醫統江山

卷8

潑天陰謀

石章魚 著

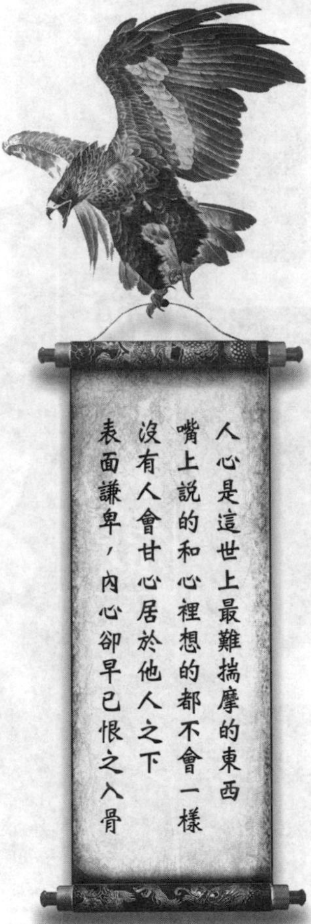
人心是這世上最難揣摩的東西
嘴上說的和心裡想的都不會一樣
沒有人會甘心居於他人之下
表面謙卑，內心卻早已恨之入骨

目錄

第一章

緊箍咒的奇效

葆葆轉過螓首，俏臉容顏蒼白，血色全無，緊緊咬住嘴唇。
胡小天看到她的反應，心中暗暗稱奇，
一開始還不明白李雲聰交給自己這個哨子有什麼作用，
原來能夠起到緊箍咒的奇效，只要他一吹，葆葆就有反應。
胡小天一邊走近葆葆，一邊吹響哨子。

胡小天剛剛聽得太過入神並沒有細想，此時突然意識到李雲聰反反覆覆地強調《無相神功》能夠救自己，而非是《無間訣》，什麼橘生江南逾淮為枳，根本是知道自己就是假太監。明白了這件事，胡小天汗毛都豎起來了，我靠啊，老太監厲害啊，一根手指在我脈門上一搭，就已經把老子的底細摸了個一清二楚。

胡小天不是不相信脈相之說，只是這位老太監實在是太牛了一些，牛得讓胡小天有些難以置信。冷靜下來，胡小天暗忖，以李雲聰的武功殺掉自己也不費吹灰之力，為什麼要跟自己聊這麼多，根本原因就是自己有利用的價值，說穿了，李雲聰和權德安、姬飛花之流也沒有任何分別，都想利用自己，自己還真是成了他們幾人之間的香餑餑。胡小天乾咳了一聲道：「這麼說，您能幫我。」

李雲聰笑道：「若是我沒這個本事，只怕天下再沒有第二個人有這個本事。」一掃往日的低調，李雲聰這句話流露出不可一世的霸氣。

胡小天點了點頭：「您想讓我做什麼？」活到現在，胡小天當然明白，這世上沒有白來的便宜，想要讓人幫助自己，首先就得幫別人做事。

李雲聰道：「幫我救出陛下！」

胡小天內心劇震，此時心中已經再無疑問，李雲聰就是太上皇龍宣恩的忠實班底，當今皇上龍燁霖皇權在握，當然不需要他去救，身陷囹圄，失去自由，又當過皇上的只有龍宣恩。

胡小天抿了抿嘴唇道：「我只怕有心無力。」他並不是在推辭，說得的確是真心話，老皇帝如今被困瑤池中心的縹緲山不說，龍燁霖為了防止常人接近，已經設下層層防守。據說在縹緲山上埋伏了皇宮內的一流好手，而且機關重重，普通人也只能遙望一下縹緲山上的宮闕，想要接近根本沒有任何可能。

李雲聰道：「若是能夠救出陛下，就能恢復昔日大康之正統，撥雲現日，重振朝綱，胡大人乃是陛下看重之棟樑，若是陛下得以重整河山，胡大人自然會受到重用，而你也會成為有功之臣，開國之勳。」

其實胡小天對誰當皇帝都無所謂，照現在來看，龍燁霖當皇帝還不如他老子龍宣恩呢，若說胡家還有翻盤的機會，唯有李雲聰的說法最為可行，若是老皇帝當真復辟成功，那麼自己連同老爹一起就都成了有功之臣，什麼位極人臣，什麼開國之勳全都不是夢話。可夢想雖然美好，現實畢竟依然殘酷，現在大康已然變天，一幫老臣子，死的死，亡的亡，造反的也有不少，可指望著那幫造反的臣子忠心捧老皇帝再次上位，應該沒有任何可能。李雲聰的條件雖然很有誘惑力，但是識時務者為俊傑，以老皇帝現在的聲勢，別說復辟，恐怕離開縹緲山都難。

李雲聰似乎看出了胡小天的猶豫，低聲道：「你若是答應，咱家就將《無相神功》的心法口訣傳給你。」

胡小天道：「這麼簡單？」

李雲聰道：「陛下雖然現在被困，但是朝中還是有不少忠臣賢良，只要陛下能夠離開皇宮，振臂一呼，必然天下回應，恢復大康江山不費吹灰之力。」

胡小天心想你就吹吧，吹得天花亂墜，過去我怎沒發現你口才這麼好，當我三歲小孩，居然忽悠我。他低聲道：「可如何才能將陛下救出皇宮呢？」

李雲聰道：「你只要能將他帶來這裡，剩下的事情自然無需你去過問。」

胡小天道：「縹緲山位於瑤池的中心，山上戒備森嚴，五步一哨，十步一崗，大內高手不知有多少埋伏在那裡，就憑我的這點道行，別說救出陛下，恐怕還沒走近，就已經被人射成了馬蜂窩。」

李雲聰道：「這皇宮之中有一條密道，可以直達縹緲峰。」

胡小天驚得雙目滾圓，李雲聰還真是無所不知，無所不曉。可稍一琢磨又感到不對，在司苑局的地下的確有條密道，可那條密道的三個出口分別在藏書閣、瑤池和紫蘭宮，就說最近通往瑤池的那個出口，即便是出去也是在水中，就算在水中潛遊到縹緲峰旁邊，一樣無法登上山頂。咦？李雲聰說的難道不是這條密道？又或是他說的就是這條密道？難道葆葆跟他是一路？

李雲聰道：「有證據表明，密道很可能就在司苑局下。」

胡小天倒吸了一口冷氣：「李公公此言怎講？」

李雲聰道：「你以為，憑藉咱家的武功修為，周圍十丈以內的動靜能夠瞞得過我嗎？」

胡小天忽然想起那日自己和葆葆在地下探察密道的時候，一直尋到了藏書閣，當時正看到李雲聰在藏書閣的三層和人說話，那時候他們距離李雲聰的距離只怕不到三丈。以李雲聰的修為，十有八九已經察覺到了他們的呼吸聲，只是當時沒有點破罷了。

胡小天道：「藏書閣的那個洞原是你堵上的？」

李雲聰嘿嘿笑了起來：「有些秘密根本就不能稱為秘密，咱家留下那個洞口還是有些用處的，那日你們潛藏在洞口的那頭，你們的呼吸瞞不過我，心跳聲更加瞞不過我。」

胡小天暗歎這老太監厲害，忽然又想到留在密道中的屍體，那具小太監的屍體十有八九也是李雲聰留下的，想到這裡有些不寒而慄，眼前這個老太監顯然也不是什麼好鳥，身處在皇宮之中果然是步步驚心，現實逼迫得胡小天不得不與狼共舞，看來不是自己把幾頭惡狼給吃了，就是幾頭惡狼把自己給撕了，絕無第三種可能。

李雲聰道破了玄機，胡小天自然沒有了隱瞞的必要，他小聲道：「司苑局的地下有密道不假，可是密道並沒有直接通往縹緲山的出口。」

李雲聰道：「做這件事的前輩絕不會無緣無故，花費這麼大功夫做一件徒勞而無功的事情，只是我們暫時沒有找到。」

胡小天道：「李公公，司苑局地下密道的事情已經不是什麼秘密了。」「那又如何？即便是公開了也沒什麼好怕，你現在要做的就是幫我盯緊權德安和姬飛花這兩邊，他們但凡有什麼動向，你就要第一時間過來向我稟報。」

胡小天心中暗自苦笑，好嘛，自己居然變成了三重間諜了，話說自己上輩子明明是個醫生啊，也沒從事過什麼諜報工作，現在他幾乎就要把自己的本職工作給忘了。他忽然想起葆葆曾經交給自己的那包藥粉，剛好拿來探察一下李雲聰跟她的關係。

胡小天將那包藥粉從兜裡掏了出來，遞給李雲聰道：「有人交給我這包東西，讓我將它灑在明月宮，李公公認不認得？」

李雲聰接過那包藥粉，看了看，又展開聞了聞。

胡小天屏住呼吸，生怕是什麼毒物，自己可沒有人家那麼精深的內力。

李雲聰道：「是不是凌玉殿的宮女交給你的？」

胡小天聽他直接就道破了這件事，看來李雲聰果然和葆葆就是同夥，正準備表白幫助李雲聰做這件事的時候，卻聽李雲聰道：「此事不可輕舉妄動，我們之間的事情，你不可以告訴任何人，包括那個宮女在內，對了，你找個機會問問她，到底是什麼人將藥粉交給她的。」

胡小天道：「就算我問她，她也未必肯跟我說實話。」

李雲聰道：「你等等。」他轉身去拿了一樣東西遞給了胡小天，胡小天握在手中，卻是一個和田玉雕刻成的哨子，李雲聰道：「她若不肯說實話，你就吹這個哨子。」

胡小天一聽就明白了，這其中的道理肯定是和李雲聰剛才拉胡琴一樣，利用聲音來控制對方的經脈。

李雲聰又遞給他三顆紅色藥丸：「她發作之時，你將這顆藥丸給她，以後她就會乖乖聽你的吩咐。」

胡小天點了點頭，小心將兩樣東西收好了。心中猶豫著是不是應該提出要求讓李雲聰教給自己《無相神功》的時候。李雲聰道：「咱家現在就將無相神功的練氣口訣教給你，只要你按照口訣練習，很快就能將體內的異種真氣收為己用，再也不用擔心別人用這件事來威脅你、控制你。」

虛與委蛇是胡小天目前唯一的選擇，在實力不濟的前提下，這幫野心家他是一個都不能得罪，無論哪一個都可以輕易置他於死地。當內奸有當內奸的好處，至少目前還有不少的好處，糖衣炮彈一個接著一個，表面的糖衣一個比一個誘惑，胡小天啃得不亦樂乎，天知道炸彈什麼時候才會爆掉？先將糖衣啃完再說。

姬飛花將胡小天調去明月宮負責統管，同時胡小天還身兼司苑局的管理之職，雖然皇宮內像胡小天這樣身兼多職的太監並不少見，但是能夠成為兩處總管，一個是肥得冒油的司苑局，一個是有可能近距離接近皇上的明月宮，這就少之又少了，由此也能夠看出姬飛花對胡小天的信任。

明月宮的園子已經整理完畢，只等文雅這位新晉才人的到來。

胡小天也趁著這些許的空閒出宮採買，所謂採買早已不用他親自動手了，史學東和小卓子完全可以代勞。胡小天在翡翠堂走了一圈，離開的時候，在門前看到了高遠，一陣子不見，這孩子最近長高了不少，也黑壯了一些，眼睛圓溜溜的頗為精神。穿著棕色棉襖，樂呵呵站在路對面望著胡小天。

胡小天朝他點了點頭，基本上每次相見他都會約好下次的見面之期，看了看周圍，看到四邊無人，方才道：「自己來的？」

高遠道：「胡公公，我家老闆在寶豐堂恭候。」

胡小天跟著高遠上了馬車，走出不過半里地就已經到達了高遠所說的寶豐堂。下了馬車，看到寶豐堂正在裝修，牌匾還沒有來得及掛上去。高遠引著胡小天走入裡面，胡小天道：「這是哪裡？」

高遠道：「周老闆，胡公公到了。」

正在裡面指揮民工擺放傢俱的周默聞聲出來相迎，看到胡小天自然是笑顏逐開，他帶著胡小天走入內院，蕭天穆也在那裡等著了。

茶已經沏好，只等胡小天的到來，胡小天卻被兩人搞得有些糊塗了，在蕭天穆身邊坐下道：「不是剛剛買了明方巷的宅子，怎麼又在這裡添置產業？兩位哥哥莫不是做好了長留京城的打算？」

周默道：「這得問你二哥。」

蕭天穆道：「與其東躲西藏的偷偷見面，不如我們買下一處商行，跟你這位司苑局的管事做生意，這樣咱們見面豈不是光明正大？且穩賺不賠，不怕你賴帳。」

胡小天不禁笑了起來：「做什麼生意？」

蕭天穆道：「鮮果生意，我們從南方買進鮮果，在康都中轉，多數銷往大雍，少部分送入宮中，一是方便和三弟見面，還有一個好處可以打探周圍的行情，為咱們以後前往大雍做生意打下基礎。」

胡小天道：「僅僅是鮮果生意還不夠。」

蕭天穆道：「人總不能一口就吃成一個胖子。」

周默道：「慕容姑娘本來想過來的，可是昨天送信過來，說神策府派他們前往臨淵辦事，估計要兩個月的時間。」

胡小天聽到慕容飛煙被派往外地，心中不禁有些悵然若失，兩個月，再回來的時候已經是新年了，卻不知慕容飛煙這次前往臨淵，是不是權德安在背後授意？展鵬被編入飛羽衛深得文博遠的器重，為了避免嫌疑，胡小天也是儘量避免和他見面太多。

蕭天穆道：「說說你現在的情況。」

胡小天將自身的境況簡單說了一遍，兩人聽說宮內還暗藏著一股太上皇的勢力，不由得更為胡小天的處境感到擔心，三股勢力都想利用胡小天，胡小天在三大勢力的夾縫中尋求生存，稍有不慎，就會小命玩完。

周默濃眉緊鎖道：「還是儘快尋找機會離開的好，與虎謀皮實在是太過冒險。」

蕭天穆抿起嘴唇，低聲道：「這三方全都不好對付。」

胡小天道：「雖說不好對付，但是未必不能對付。」

「什麼意思？」蕭天穆和周默同時道。

胡小天道：「剛開始的時候，我也擔心他們會識破我在其中兩面討好，牟取漁利的事實，可後來我就發現，越是這樣反倒越不容易暴露，權德安讓我去接近姬飛花，我理所當然應該取得他的信任，想要獲取他的信任，就要在一些小事上出賣權德安，這也是權德安默許的。姬飛花想用反間計對付權德安，是不是會放出一些假消息，讓我傳達給權德安，而且此人心機深重，雖然懷疑我，但是仍然敢用我，從他目前對我的態度來看，是要用種種的好處，讓我明白只有跟著他才會有前途。」

周默道：「這些閹賊實在太狡詐了。」

蕭天穆趕緊咳嗽了一聲，周默方才意識到一聲閹賊將自己的小兄弟也罵了進去，神情尷尬道：「三弟，我口無遮攔，你千萬不要怪我。」

倘若胡小天真是個太監，說不定還真會因為蕭天穆這句口無遮攔的話感到難堪，可他根本就是個假太監，當然不會感到失落受傷，笑道：「我也這麼看。」一句話就敷衍了過去。

蕭天穆道：「權德安對你是威脅，姬飛花對你是利誘，三弟自然進退兩難。」

胡小天道：「權德安強行傳給了我十年功力，我本來以為占了個大便宜，可並沒有想到異種真氣會對我的經脈造成損害。雖說權德安當時也交給了我一個什麼練氣的口訣，可現在看來根本就毫無用處。」

周默最關心的還是這件事，他低聲道：「也許是你練功不得其法，如果你願意，可以將這套功法寫出來，我研究一下。」

胡小天搖了搖頭道：「權德安根本就沒想幫我從根本上解決這件事，他就是要利用這件事來控制我，掌握我的生死，我就不敢輕舉妄動。」

周默怒道：「直娘賊，有生之日我必殺此賊，為三弟出了這口惡氣。」

胡小天道：「還好此時李雲聰出現了，此人也是一個深不可測的高手，他利用胡琴牽動我體內的真氣，讓異種真氣在我的經脈氣海中激蕩，僅憑著一根手指為我診脈，就斷定我的癥結所在，端得是一個難得一見的奇人。」

蕭天穆道：「一指診脈的事情我倒也聽說過，不過用音樂聲可以牽動別人體內的真氣，令體內真氣產生波動，這樣的人絕對是頂尖高手了。」

周默歎了口氣道：「天下之大，無奇不有，想不到這皇宮中竟然隱藏著這麼多的高手。」

胡小天道：「李雲聰可以幫我化解體內的異種真氣，而且他教給了我一個練氣口訣。」胡小天並沒有將無相神功的名字說出來，畢竟這套神功被江湖人視為至高寶典，他不想引起不必要的麻煩。這倒不是他對兩位結拜兄弟不信任，有些秘密必須要嚴格守住。

蕭天穆道：「如此說來，李雲聰對你還真算不錯。」

胡小天道：「他讓我幫忙救出太上皇，還說宮內應該還有一條密道，可以直通縹緲山。」

蕭天穆道：「當前的情況下你也只有答應他。」

周默道：「看來咱們應該加緊籌備逃離京城之事，一旦時機成熟，咱們即刻就離開。」

胡小天道：「寶豐堂這邊我會讓人安排，你們也只需裝成普普通通的商人，千萬不要引起別人太多的關注，以後我也不會經常過來，畢竟這幫老傢伙全都不是等閒之輩，萬一讓他們覺察到你們的存在，只怕你們的處境會變得異常危險。」

蕭天穆笑道：「放心吧。」他忽然發現這場變故對胡小天來說未嘗不是一件好事，胡小天突然就成熟了起來，考慮事情比起過去更加周到縝密，由此看來，能被皇宮中三個老妖級別的人物選中，也不是件偶然的事情。

胡小天道：「姬飛花答應我，最近會安排我和父母見面，接下來到底應該怎樣走，還是等到我見過他們再說。」

明月宮基本準備就緒，太監宮女也都已經調撥完畢，胡小天作為明月宮的臨時管事，在文才人前來明月宮之前，最後檢查了一下這邊的準備工作，順便召集明月宮新來的宮女太監開個小會，依照姬飛花的意思，胡小天在這裡的工作只是一個過渡，主要任務還是摸清這位文才人的來路，從目前的種種跡象表明，倘若皇上寵幸文才人，那麼姬飛花絕不會容忍文才人受寵，倘若皇上對文才人冷遇，那麼姬飛花應該犯不上為了一個普普通通的妃子而做出過激的舉動。

小小的明月宮卻牽動了各方的注意，新來的才人文雅乃是文太師的養女，應該是權德安和文太師兩人密謀籌畫的結果，他們對文雅寄予的希望很大，希望通過文雅吸引皇上的注意力，加重自身地位的同時又可以起到冷落姬飛花的效果。權德安讓胡小天幫忙保護文雅，姬飛花偏偏將胡小天派入明月宮。對胡小天而言，實在是有些為難了。可事情的複雜程度超乎他的想像，兩名小太監，一個叫王仁一個叫馬良芃，不知是什麼來路。兩位宮女，其中一位是簡皇后派來的名叫秋燕，另外一位竟然是葆葆。

胡小天叫來幾人訓話之後，將葆葆一個人留在了宮室內。

葆葆望著胡小天，臉上的笑容帶著說不出的得意。

胡小天道：「你怎麼會到這裡來？」

葆葆道：「貴妃娘娘向皇后娘娘保薦我。」

胡小天呵呵冷笑了一聲。

葆葆道：「胡公公笑得好生奇怪。」

胡小天道：「看來你終究還是信不過我。」

葆葆道：「胡公公答應葆葆的事情好像仍然沒做呢。」

胡小天道：「看在相識一場的份上，我給你一個機會，要麼你自己乖乖請辭，要麼……」

「要麼怎樣？你又敢拿我怎樣？」葆葆挺起胸膛向胡小天走了一步，一副有恃無恐的樣子，胡小天有她的把柄在手，她一樣掌握著胡小天的秘密，料想胡小天不敢拿自己怎樣。

胡小天呵呵笑了一聲道：「是洪先生讓你這麼做的？」

葆葆冷哼了一聲：「胡公公若是沒什麼事情，我要出去了。」

胡小天的手摸到了李雲聰給他的哨子，葆葆已經轉身向大門處走去，渾然沒有將胡小天放在眼裡。

胡小天的嘴唇湊在哨子上，輕輕吹響了一下。葆葆聽到這聲音，腳步陡然停了下來。胡小天接著吹響了第二聲，剛開始只是試探，這次的聲音顯然要大了許多，哨聲雖然不大，可是異常尖銳。

葆葆霍然轉過螓首，一張俏臉容顏蒼白，血色全無，她緊緊咬住嘴唇。胡小天看到她的反應，心中暗暗稱奇，初開始的時候還不明白李雲聰交給自己這個哨子有什麼作用，原來能夠起到緊箍咒的奇效，只要他一吹，葆葆就有反應。

胡小天一邊走近葆葆，一邊吹響哨子。

葆葆花容失色，雙手捂著太陽穴，慘叫道：「別吹，別吹……」頭痛欲裂竟然立足不穩，撲通一聲摔倒在了胡小天的面前。胡小天雖然也曾經憐香惜玉，可畢竟要分什麼時候，葆葆這丫頭居然敢威脅他做事，不給這妮子些顏色看看，只怕還會給他造成麻煩，胡小天非但沒停，反而湊近葆葆耳邊又吹了一下。

葆葆嬌軀顫抖，額頭上香汗淋漓，望著胡小天一臉哀求之色，不過雙眸中又暗藏著怨毒之色。

胡小天笑瞇瞇道：「原來你害怕聽這個聲音啊。」他又將哨子湊近唇邊。

「別……」葆葆抓住他的褲腿。

胡小天歎了口氣道：「我本不想如此對你，奈何你對我苦苦相逼。」

葆葆顫聲道：「給我……給我……」

胡小天倒吸了一口冷氣：「給你什麼？認識我這麼久，你應該知道，咱家不是隨便的人……」

葆葆抓住他的右腿苦苦哀求道：「快給我，快點把解藥給我。」

胡小天此時方才明白她的意思，想到了李雲聰給他的那顆紅色藥丸，終於明白這葆葆也只是被李雲聰控制的一顆棋子而已，當下冷笑了一聲道：「你此時知道求我了？剛才又是誰威脅我來著？」硬下心腸，將葆葆推倒在地上，轉身來到桌旁坐下，再看葆葆仍然蜷曲在地上，雙手緊緊摟住雙肩，顫抖不已，仰著雪白的俏臉期期艾艾望著自己，牙關緊咬，兩行清淚已經流了下來。

胡小天看到她這般模樣頓時心頭有些不忍，幾乎要拿出那顆紅色藥丸給她，可是想起自己的目的還沒有達到，馬上又硬起了心腸，低聲道：「那包藥粉究竟是什麼人交給你的？」

葆葆用力搖頭，顯然還在拚命抗爭，怎奈體內萬蟲蝕骨的滋味不斷湧上心頭，顫聲道：「胡小天……我做鬼都不會放過你……」

胡小天意態逍遙道：「既然你那麼喜歡做鬼，那就做鬼咯。」他看都不看葆葆，翹起二郎腿道：「其實你不說我也明白，是林菀將這包藥粉交給你的對不對？

你來這裡也是林菀的主意。」

葆葆抓著雙鬢，痛不欲生，終於再也抵受不住這陣陣難熬的滋味，趴在地上，艱難向胡小天爬來：「是……是林菀讓我做的……」

看到葆葆如此情形，胡小天真是有些於心不忍了，他點了點頭道：「這件事洪先生有沒有跟你聯絡過？」

葆葆拚命搖頭，已經說不出話來。不等她爬到胡小天的面前，已經昏倒在了地上。

胡小天無奈搖了搖頭，來到她的身邊，掰開她的櫻唇，將那顆早已準備好的藥丸塞了進去，葆葆似乎失去了意識，藥丸到了嘴裡也不知道往下吞咽，胡小天只能將藥丸從她嘴裡摳了出來，用嘴嚼碎之後再度入葆葆的嘴中。倘若葆葆若是清醒狀態，看到這貨將口水吐到自己嘴裡，只怕要嘔出來了。

胡小天看到呼吸漸趨平穩的葆葆，不由得笑道：「任你狡猾似鬼，也得喝老子的口水。」葆葆眼皮微動，應該就要醒來，胡小天趕緊回到原來的位子坐下，拿起茶壺啜了兩口，將口中的殘餘藥渣清理乾淨，雖然是解藥，焉知不是以毒攻毒。

剛剛忙活完，就聽到葆葆長舒了一口氣，果然醒了過來，她從冰涼的地板上坐了起來，捂住胸口，先看看自己是不是衣衫完整，話說這妮子對胡小天的人品實在是太信不過了，抬起頭看到翹著二郎腿端坐紅木雕花椅之上的胡小天，有些氣不打一處來，怒道：「你對我做了什麼？」

胡小天笑道：「你想我對你做什麼？」

葆葆活動了一下手臂站起身來，慢慢走向胡小天。

胡小天臉上笑容不變，心中卻暗自警惕，這妮子也是個拎不清的角色，真要是破釜沉舟拚上一個跟自己魚死網破，也不好辦，胡小天不由得有些後悔，自己對美女終究還是心軟了一些，倘若當初在葆葆發現自己秘密的時候，一不做二不休將她滅口，再用化骨水化掉，豈不是省卻了這麼多的麻煩。

葆葆在距離胡小天兩丈處停下腳步，美眸中流露出畏懼之色。

胡小天看她如此神情，頓時知道她害怕什麼，輕聲道：「你剛剛是怎麼了？」

葆葆咬了咬嘴唇道：「明知故問，還不是你吹的緣故。」

胡小天呵呵笑了起來，自己終於抓住了葆葆的短處。

葆葆心中恨極卻又不敢發作，咬牙切齒道：「終有一日我會雪今日之恥，到時候我十倍還你，吹得你跪地求饒。」

胡小天笑得越發暢快，葆葆被他笑得有點雲裡霧裡了，胡小天心中暗樂，吹我？來啊，老子什麼沒見過還會怕你吹我？卻不知到時候你想要怎樣吹我？邪惡的念頭在心中得意了好一陣子，方才整理情緒，收斂笑容道：「你以後只要乖乖聽話，我自然不會為難你。」

葆葆充滿迷惘道：「是洪先生派你來的？」

胡小天冷哼了一聲道：「我的事情你無權過問。」

葆葆咬了咬櫻唇，目光和胡小天對峙了一會兒，終於還是軟化了下來，垂下黑長的睫毛，低聲道：「是……」

胡小天看到她終於服軟，明白完全是這個哨子的緣故，哨子本身沒有什麼威力，可是葆葆的體內應該被下了什麼禁制，這哨聲剛好起到了催化劑的作用，類似於孫悟空的緊箍咒。

葆葆道：「以後……就是你給我解藥嗎？」

胡小天愣了一下，從葆葆的話中他聽出了端倪，應該是她被人在體內下毒。短暫的錯愕之後，胡小天又點了點頭，先蒙住這傻丫頭，讓她乖乖聽話再說。

葆葆道：「胡公公可不可以幫我解除了萬蟲蝕骨丸的折磨？」

胡小天道：「那要看你以後怎樣去做，還有，你記住以後你直接聽命於我，林菀讓你做什麼，你都必須要先經過我的同意。」

葆葆面露疑惑之色，她低聲道：「是洪先生讓你告訴我的？」

胡小天霍然站起身來：「你只需記住以後只要對我負責，其他的事情一概和你無關。」

葆葆似乎被胡小天的氣勢所懾，螓首低垂了下去。

胡小天昂首闊步從她的身邊走過，葆葆清秀可人的俏臉之上流露出幾分哀怨和憤怒，芳心中暗忖道：「終有一日，我要吹死你，咬死你！」

回到司苑局這個熟悉的院子，胡小天心底才感到踏實。今天晚上史學東和小卓子、小鄧子這三個心腹已經準備好了豐盛的酒菜，說是要給胡小天壯行，雖然胡小天並不是離開司苑局，可前往明月宮負責也算是一樁喜事，在太監們看來，胡小天被委以重任，足見上頭對他的信任。像他們這種級別的小太監很少去管誰是忠誰是奸，他們最關心的就是誰最當紅，誰最有權，皇帝他們是巴結不上，可巴結宦官中的紅人還是有希望的。

現在宮內到處都在傳言姬飛花對胡小天非常欣賞，胡小天搖身一變成為了年輕太監中炙手可熱的人物。最開心的要數他的三個心腹，這其中史學東又是最高興的一個。本以為劉玉章死了，皇宮中再也沒有人能夠庇護胡小天，可想不到自己的這位把兄弟居然傍上了更為強硬的靠山。胡小天得勢，自己這個結拜大哥當然也跟著威風。現在司苑局中胡小天是老大，他就是老二。正所謂一人之下，數人之上，背後跟著拍馬屁的小太監也有不少。

望著滿滿一桌子美味佳餚，胡小天不由得歎了口氣道：「又不是什麼大事，何必搞得那麼隆重，都跟你們說過多少次了，做事情一定要低調。宮裡耳目眾多，一旦被別人看到，抓住我們的錯處，還不知要怎樣詆毀我們。」

史學東笑道：「胡公公不必擔心，我們做事很小心的，沒有讓太多人看到。」

小卓子和小鄧子兩人過來邀請胡小天入座，胡小天提醒歸提醒，心中也不認為吃頓飯算什麼大事，來到上座坐了。史學東已經恭恭敬敬給他倒上了酒，別看他是結拜大哥，可在這裡胡小天才是老大，想在皇宮混日子，必須要仰仗胡小天的照顧。史學東也明白，當初他和胡小天的結拜根本就是虛情假意，想不到朝堂風雲變幻，兩人不但成了難兄難弟，反而同時被閹入宮。

現在史學東對胡小天是真正有了感情，兄弟之情，相依之情，患難之情。

三名心腹太監同時端起酒杯道：「這杯酒祝胡公公前往明月宮旗開得勝，無往不利。」

胡小天哈哈笑了起來，端起酒杯跟他們乾了這杯酒，小卓子已經拿起胡小天的筷子，趕緊給他夾了一塊白切雞放在味碟裡，做太監最擅長的就是察言觀色。

胡小天吃了口白切雞，點了點頭：「味道不錯。」

小卓子一臉媚笑道：「屬下特地去了趟御膳房，挑選最好的拿了幾道菜。」

胡小天道：「我去明月宮又不是打仗，什麼旗開得勝，無往不利，你們可真會胡說八道。」

史學東道：「總之是個吉利話，現在宮裡面到處都在傳，說這位新來的才人長得閉月羞花，沉魚落雁，說得我們都想前去見識見識了。」

胡小天瞪了他一眼，心想史學東殘存的那顆睪丸又在起作用了，要說這廝還真是痛苦啊，仍然在分泌雄性激素，卻不能人事，算是得到報應了。

小鄧子也跟著點點頭道：「我也聽說了，還有人說她是天下第一大美人呢。」

史學東一旁嗤之以鼻道：「什麼天下第一大美人，我卻是不相信，要知道人外有人天外有天，誰敢自稱第一呢？」

小卓子道：「我也是不信，聽說安平公主才是天下第一大美女呢。」

史學東跟著點頭道：「我也聽說了，只可惜我沒有那個福分，到現在也沒機會見上一面。」

提到安平公主，胡小天不禁陷入沉思之中，最近因為諸事繁忙，抽身不能，再加上那條地下通道也並非是那麼的隱秘，所以胡小天最近也開始變得謹慎許多。

小鄧子道：「這位文才人是文太師的女兒，生得又如此漂亮，聽說還是皇后娘娘親自牽的線，若是得到皇上的寵愛，以後說不定可以位列三宮。」

幾個人同時望向胡小天，胡小天被派去負責明月宮，也就是有了近距離接觸文才人的機會，皇上若是寵幸文才人，肯定會經常前往明月宮，換句話來說，胡小天就有了親近皇上的機會，若是能夠討得皇上的歡心，飛黃騰達，指日可待。其實本來這個機會是給小卓子的，若非姬飛花要胡小天親往，胡小天才不想招惹這個麻煩，別人眼中的香餑餑，在他看來只不過是一塊燙手山芋。他有種預感，文才人入宮之後，明月宮的是非肯定不會少。

史學東道：「這事兒仔細一琢磨還是有些奇怪的。」

胡小天笑道：「有什麼好奇怪的？」

史學東道：「一般來說，這後宮嬪妃為了爭寵，一個個恨不能將對方給吃了，又怎麼會主動將這麼漂亮的一個美女推薦給皇上，皇后這麼做好像有些不正常。」

小卓子看了胡小天一眼，怯怯道：「王德才的事情，皇后似乎不再追究了。」他那天親眼目睹王德才被殺的全部情景，至今仍然心驚膽戰。

胡小天道：「你們務必要記住一件事，咱們只是一幫小太監，在皇宮中也只是最底層的人物，別人的事情，咱們不要去管，即便是看到了也只當沒有看到。」

小卓子慌忙點頭答應。

此時有人過來找胡小天，卻是紫蘭宮的宮女紫鵑，胡小天怎麼都不會想到她會來司苑局，料想這件事十有八九和安平公主有關，趕緊出門相迎。

夜色降臨不久，紫鵑在一名掌燈太監的陪同下站在院子裡，看到胡小天笑道：「胡公公吉祥。」

胡小天趕緊躬身行禮道：「紫鵑姐姐吉祥，難怪今天小天一早起來就聽到枝頭喜鵲鳴叫，原來是紫鵑姐姐要來。」

紫鵑格格笑了起來：「胡公公真會說話，我這會兒來是不是打擾您吃飯了？」

胡小天道：「不打擾，紫鵑姐姐就算三更天來，小天也歡喜得很呢。」

紫鵑抿了抿嘴唇，居然露出了幾分羞澀，心想這小太監真是會說話，可未免有些輕浮了，人家才不會三更天過來找你。紫鵑道：「我這次來也沒什麼要緊事，公主殿下今天口味寡淡，忽然想吃桃子，卻不知你這司苑局裡面有沒有？」

胡小天道：「冬桃倒是下來了，我也訂了，不過要明天送過來。」其實今天就有一大批的冬桃入庫，胡小天心中明白安平公主絕不是為了吃什麼冬桃，而是找個藉口罷了，真正的目的是想和自己見面。看來不止是自己對安平公主有意，伊人對自己也有那麼點意思了。

紫鵑道：「那你可要記住啊，明兒只要冬桃一到就送過去。」

胡小天嘿嘿笑道：「紫鵑姐姐放心，您幫我轉告公主殿下，就算是今晚半夜三更冬桃到了，我也一定給公主送過去。」

紫鵑啐了一聲道：「你半夜三更送來，吵了公主的美夢，小心將你治罪。」

胡小天嘿嘿笑道：「就這麼一說，紫鵑姐姐只管幫我帶話，好讓公主看到小天的一顆忠誠之心。」

紫鵑暗笑這小太監有趣，點了點頭轉身去了，她哪能想到胡小天的狼子野心，更想不到胡小天當真敢半夜三更地潛入紫蘭宮，給安平公主送冬桃去。

第二章

我要你做我的女人

胡小天堅毅的面龐緊緊貼住龍曦月嬌嫩的俏臉，
道：「我不會放你走，我不管你是什麼大康公主，
我不要你去做什麼大雍王妃，我只知道你是龍曦月，
我要你做我的女人，誰敢阻止我，我就跟他死磕，
誰敢欺負你，我絕饒不了他。」

胡小天雖然得了《無相神功》的練氣口訣，也按照李雲聰的指點修行，可目前來說仍然沒有感到什麼效果，不過除了李雲聰用胡琴勾起他體內真氣激蕩，痛不欲生，平日裡他還真沒有感到什麼異狀。他甚至對李雲聰所說的一切也產生了疑心，這幫老太監全都狡猾無比，很難說他是不是故意在誇大自己的病情恐嚇自己，也唯有利用這種方法才能讓自己乖乖聽話。

自從胡小天掌握司苑局大權之後，他又在酒窖的二層弄了一個臨時的住處，酒窖冬暖夏涼，說出去別人也不會懷疑，更何況現在他已經是司苑局的老大，沒有人對他的事情說三道四。

將酒窖從裡面插上，胡小天又用鐵鍊上了鎖，這才拎著燈籠循著地道一直走向紫蘭宮。胡小天現在對這三條密道早已輕車熟路，來到岔路口的時候，短暫停下了腳步。三條道路通往三個不同的方向，左側通往瑤池，右側通往藏書閣，中間那條通往紫蘭宮，這其中並沒有任何一條可以通到縹緲山上。可李雲聰言之鑿鑿，又不像是在說謊，難道除了這三條密道之外，當真還有另外的密道和縹緲山相通？

胡小天搖了搖頭，從短暫的沉思中醒悟過來，想起自己今晚的主要任務，是要給美麗公主送冬桃。沿著正中的那條通道蜿蜒前行，順利來到紫蘭宮的水井內，胡小天的金蛛八步不斷提升，濕滑的井壁對他來說已經無法製造任何的障礙，這貨爬到井口，發現這次井口上並沒有蒙上絲網和小鈴鐺，心中竊喜，安平公主果然為自己留門了，可也不排除紫鵑沒有將自己的那番話給帶到，安平公主壓根不知道自己會在深更半夜前來的事情。

小心趴在井口上，朝紫蘭宮的方向看了看，看到書齋內仍然亮著燈，顯然有人沒睡。胡小天的身法今非昔比，四處觀察了一下動靜，確信內院無人值守，這才放心大膽地從水井中爬了上來，躡手躡腳朝著書齋的方向摸了過去。

已經快到午夜時分，宮內一片寂靜，太監宮女們早已熄燈睡覺，紫蘭宮內亮燈的只有書齋。

胡小天來到書齋的窗前，瞇著眼睛從窗縫中向內望去，卻見一個無限美好的背影正坐在書案前，就著燭火看書，不是安平公主龍曦月還有哪個？胡小天摸不準龍曦月這麼晚沒睡是不是為了等自己，想了想，輕輕敲了敲格窗。

龍曦月聽到這聲音，倏然站起身來，胡小天心中暗樂，看她這反應一定是在等自己了，安平公主還真是秀外慧中，單從紫鵑代傳的那句話就已經悟到了自己的意思，正所謂心有靈犀一點通。料想龍曦月已經將那幫宮女太監支開了，老子何德何能，居然能夠讓美得冒泡的安平公主對我癡心一片，苦熬到深夜等待我到來，胡小天啊胡小天，就衝著公主對你的這份情意，這次入宮也值了。

龍曦月來到窗前，推開了格窗，一陣冷風迎面吹來，她下意識地瞇上了美眸，胡小天此時已經躲入了陰影之中，所以龍曦月並沒有看到他的身影，龍曦月左顧右盼，確信窗外無人，方才幽然歎了一口氣，將窗戶掩上，回到書桌前，又似乎想起了什麼，來到門前將房門拉開，外面空蕩蕩一片，並沒有任何的人影，龍曦月搖了搖頭，反手將房門掩上。

回到書案前坐下，右手托腮，靜靜望著跳動的燭火，美眸中流露出無限失落。身後忽然一陣風吹了過來，燭台上的紅燭閃爍了一下，竟然熄滅，室內頓時陷入一片黑暗之中。龍曦月心中一驚，門窗明明都關著，怎麼會有風？她驚聲道：「誰？」

黑暗中一個熟悉的聲音答道：「我！」

聽聲音胡小天就在她的身後，龍曦月羞得一顆心突突直跳，同時又有些害怕，咬了咬櫻唇小聲道：「大膽，深更半夜，你來這裡做什麼？」

胡小天道：「聽聞公主口味寡淡，所以特地前來給公主送冬桃來了。」

龍曦月呸了一聲：「誰要吃你的冬桃。」雙手捧著俏臉已經察覺到自己的面頰熱得燙人。

胡小天心想你不想吃我的冬桃，我還想吃你的水蜜桃呢。這念頭在腦子裡也是稍閃即逝，暗罵自己無恥，面對如此清純的美人兒，怎麼可以生出如此下作的念頭。

龍曦月聽他半天沒有回應，還以為自己的話傷了他的自尊，想想他大半夜從司苑局的地道裡面爬過來，應該費盡了九牛二虎之力，如果不是自己找他，他應該不會費那麼大的辛苦冒著可能被別人發現的風險前來，心中雖然這麼想，可話說出來之後卻不是這個樣子：「這些天你很忙啊？」連龍曦月自己都沒想到會說出這種話來，感覺透著幽怨，有些不好意思地垂下頭去，好在室內一片黑暗，胡小天又在她身後，不可能看到她的表情變化。

胡小天暗自發笑，輕聲道：「最近宮裡事情實在太多，我倒是早就想來看公主，可惜一直抽不出時間。」

龍曦月嗯了一聲，便不再說話。

胡小天道：「我帶了一些冬桃過來。」他將冬桃放在書案之上。

龍曦月道：「不想吃。」

明明是她讓紫娟前往司苑局讓胡小天送冬桃過來，可現在胡小天將冬桃送來，她卻又說不想吃。

胡小天道：「公主是不是有心事？」

龍曦月道：「婚期定在三月十六，再有兩個月，我就要離開大康了。」

胡小天內心一震，忽然想起今天已經是臘月初七，也就是說龍曦月二月初就要離開大康嫁往大雍，雖然這件事早已定下，可聽到確實的消息，胡小天心中仍然不免被深深震撼了一下，他是不想龍曦月嫁入大雍的，甚至曾經多次想過要帶著龍曦月逃離皇宮，遠走高飛，可是現實卻並不能讓他說走就走，他還有親人還有朋友還有太多放不下的人和事，可是他又怎能忍心看著龍曦月步入火坑？

龍曦月說完之後，察覺到胡小天仍然保持沉默，一顆芳心不由得慢慢沉了下去，耳邊有個聲音在回想，你若不離，我便不棄。這些天來這句話始終迴盪在她的身邊，正是因為這句話，她早已絕望的內心方才萌生出一絲希望，可胡小天的沉默卻讓她心中的那丁點兒溫度迅速冷卻了下去，也許這才是現實，她的命運早已註定，她必須要去面對這殘酷的命運，她的一生終該如此。

兩顆晶瑩的淚水順著龍曦月的面頰滑落，她望著花窗的方向，默默吸了口氣，生怕被身後的胡小天察覺到異樣，她正準備讓胡小天離開的時候，嬌軀卻被一雙有力的臂膀從身後緊緊擁住，龍曦月嬌軀一震，處於本能反應她掙扎了一下，卻聽胡小天附在她的耳邊低聲道：「你若不離，我便不棄，我胡小天對天發誓，就算拚上這條性命，我也不會讓你嫁入大雍。」

聽到他的這句話，龍曦月的嬌軀頓時軟化，熱淚宛如河流決堤一般湧了出來，胡小天不敢對她有絲毫的褻瀆之念，抱了一會兒，悄悄放開。

龍曦月摸出錦帕，悄悄擦去臉上的淚痕，抽噎了一下，平復情緒道：「有你這句話我便心安了，至少這個世界上還有人記得我。」她雖然相信胡小天的話，但是並不相信胡小天有將她從火坑中救出的能力，畢竟胡小天只是宮中一個普通的太監而已，雖然她已經知道這個太監是個冒牌貨。想起這個秘密，龍曦月又不由得俏臉發燒，如果不是因為這件事，她或許也不會對他產生異樣的感覺，其實龍曦月無數次想過這件事，在谷底，她就對胡小天產生了一種依賴的感覺，她仍然記得那寧靜的夜晚，記得那漫天飛舞的螢火蟲，記得那高掛天空中的明月。

胡小天道：「公主，我雖然暫時還沒有想到什麼辦法，可是我說過的話就一定會去做。」

龍曦月咬了咬唇：「上天註定的事情，並非人力能夠改變，你我的相識也許只是一場錯誤罷了。」她站起身慢慢走向窗前，推開花窗，讓冷風從外面吹入室內，閉上美眸，嬌軀在寒風中瑟縮戰慄。

臉上感到一陣陣沁涼，不知何時天空落下了鹽粒兒。夜風裹著鹽粒兒打在臉上，針扎般疼痛。

胡小天走了過來，將窗戶關上，關切道：「小心著涼。」

龍曦月道：「下雪了，你也該回去了。」

胡小天抿了抿嘴唇，黑暗中只能看到龍曦月模糊的輪廓。他忽然抓住龍曦月的臂膀，不由分說地將她拉入自己懷中，緊緊擁抱著龍曦月的嬌軀，不知是因為寒冷還是害怕，龍曦月的嬌軀在他懷中瑟瑟發抖，芳心中羞澀難耐，但終究沒有抗拒。

胡小天堅毅的面龐緊緊貼住龍曦月嬌嫩的俏臉，低聲道：「我不會放你走，我才不管你是什麼大康公主，我才不要你去做什麼大雍王妃，我只知道你是龍曦月，我要你做我的女人，誰敢阻止我，我就跟他死磕，誰敢欺負你，我絕饒不了他。」

龍曦月因胡小天的這番話而感到鼻子一酸，眼淚又忍不住落了下來，她想要推開胡小天，手臂卻痠軟無力，她的內心告訴自己，眼前只想安安穩穩地趴在他的懷中，聽他說這些霸道的情話，雖然她知道這些話或許永遠都無法實現，可是每句話每個字都深深打在她的內心深處。即便是謊言，龍曦月也寧願相信。

胡小天卻知道自己所說的絕不是謊言，在他心中早已喜歡上了龍曦月，他早已下定決心要帶著龍曦月逃離這座牢籠，並不是沒有機會，一定會有機會。

龍曦月好不容易控制住自己的情緒，小聲道：「你還沒有問過我願不願意。」

胡小天一雙大手將她的俏臉捧住：「我不管你願不願意，反正我看中了你，就決不允許你跑掉。」

龍曦月抓住他的大手，看到黑暗中胡小天的一雙眼眸熠熠生輝，芳心中卻突然生出了強烈的信心，她小聲道：「你這個大膽的奴才！」

胡小天笑道：「奴才也會有翻身的一天，咱們打個賭，若是我帶你成功逃走，你要乖乖伺候我一輩子。」

龍曦月非但沒有覺得他猖狂無恥犯上，反而從心底湧現出一股暖流，垂下螓首，輕輕嗯了一聲。胡小天正想提出進一步的要求，外面的風聲忽然大了，龍曦月放開他的大手，向後退了兩步，羞不自勝道：「你快走吧，下雪了。」

胡小天點了點頭，離開書齋，卻看到地面上已經鋪滿了鹽粒兒，雪白一片，雪光讓夜變得明亮了許多。

龍曦月關門的時候看到他的身影已經消失，芳心中不由得悵然若失。掩上房門，嬌軀靠在房門上，想起剛剛的情景，龍曦月仍然羞不自勝，來到書案前重新點燃燭火，卻聽到花窗被輕輕敲響，胡小天推開花窗，從中露出一張笑臉：「忽然想起，我還沒有來得及好好看看你呢。」

龍曦月來到窗前，俏臉紅撲撲的，一雙美眸變得異常明亮，嬌嗔道：「還不快走，你不怕被人發現？」

胡小天笑道：「怕什麼？我是個太監嘜。」

龍曦月來到他的面前抓住窗扇，小聲道：「你看夠了沒有？快走吧！」

胡小天笑眯眯點了點頭，忽然雙手撐住窗台，身體一躍而起，蜻蜓點水般在龍曦月光潔無瑕的額頭上吻了一記，然後一個鷂子翻身，已然輕飄飄落在水井旁邊。

龍曦月羞得霞飛雙頰，再看胡小天已經在水井前向她來了個飛吻，然後就消失在井口之中。

十二月初八，又稱臘八節，這一天老百姓往往會祭祀祖先和神靈，祈求豐收、吉祥和避邪。有臘八節喝臘八粥的習俗。相傳這一天是釋迦牟尼在佛陀耶菩提下成道並創立佛教的日子，也稱「法寶節」，為佛教徒盛大節日之一。

因為今天是文才人入宮的日子，胡小天早早起來，喝了碗為他準備的臘八粥，就前往明月宮。來到明月宮的時候天還沒亮，這邊的宮女太監卻已經準備停當了。

大康有著嚴格的後宮制度，皇后一人，為簡皇后。皇后之下，有四妃，分別是，貴妃、德妃、淑妃、賢妃，這四位貴妃娘娘乃是正一品。四妃之下有九嬪，即昭儀、昭容、昭媛、修儀、修容、修媛、充儀、充容、充媛，為正二品。其次有婕妤九人正三品，美人九人，正四品，才人九人，正五品，寶林二十七人，正六品，御女二十七人，正七品，采女二十七人，正八品。更不用說宮中的侍女宮女。此前葆葆侍奉的林菀也不過是正二品的昭儀，還因為過去在龍燁霖身邊患過難，所以才擁有如今的地位。

文雅剛一入宮就被封為五品才人，並賜予獨立宮殿，這在後宮佳麗之中是極其罕見的，當然很大一部分原因是因為她的家世背景。養父是當朝太師，皇上多少也得給個面子。

胡小天本以為皇上新納美人入宮，和結婚也差不許多，可到了明月宮方才發現沒有一絲一毫的喜慶氣氛，兩名太監王仁和馬良芃站在明月宮門外翹首以盼。

葆葆和秋燕兩個也在那邊候著，四人看到胡小天過來慌忙行禮。

胡小天道：「都這麼早啊？」

馬良芃道：「啟稟胡公公，今兒是文才人入宮的日子，我們豈敢怠慢。」

胡小天嗯了一聲，兩旁看了看道：「怎麼？宮裡沒有其他人過來？」

幾名太監宮女同時搖了搖頭。

胡小天道：「也沒什麼儀式？」

王仁道：「沒聽說。」

胡小天向秋燕道：「秋燕，你是皇后娘娘派過來的，皇后娘娘有沒有提起今天需要舉辦什麼儀式？」

秋燕道：「皇后娘娘什麼都沒說，只是說讓奴婢伺候好文才人。」

胡小天嗯了一聲，心想這宮女顯然是簡皇后派來的內奸，從她嘴裡自然問不出什麼實話。這幾人之中，他也就是對葆葆知根知底。擺了擺手示意馬良芃留在外面候著，其餘人去檢查下有沒有疏漏的地方。

胡小天趁機和葆葆同行，看到周圍無人方才道：「今兒是怎麼回事兒？文才人入宮，皇上討小老婆，到現在都沒見宮裡有什麼動靜。」

葆葆嗤之以鼻道：「不就是個才人入宮，你當是娶皇后啊，後宮嬪妃這麼多，咱們都數不過來，更何況皇上，他只怕都記不得這檔子事了。」

「這老婆多了也不好啊！」

「那是當然，我聽說這件事從頭到尾都是皇后娘娘在操辦。」

胡小天道：「看她好像很上心的樣子，難不成就這樣了，什麼儀式都沒有？」

葆葆道：「明月宮已經準備好了，新才人入宮就住，我估計也就這個樣子了，至於皇上來或不來都很難說。」

胡小天心中暗忖，倘若皇上真要是不來，就證明他對這位新來的才人根本沒有放在心上，文太師和權德安那幫人的如意算盤豈不是全盤落空，而姬飛花自然也無需太過關注，是不是意味著自己就能夠離開明月宮回司苑局去了？

葆葆一旁打量著他，冷不防胡小天轉過頭來，把她嚇了一跳，趕緊又垂下頭去。胡小天道：「林菀那邊有沒有找過你？」

「沒有！」

胡小天正準備繼續問她的時候，卻聽外面響起馬良芃的聲音：「胡公公，有人來了。」

胡小天快步走出門去，卻見遠處一行人正朝著這邊走了過來，等走近一看，方才知道是司禮監提督權德安率眾而來。

胡小天趕緊上前參見。

權德安此次是提前將文才人的物品送來，其實就是嫁妝，雖然才人入宮比不得皇后隆重，可文雅畢竟是太師的養女，名門閨秀，入宮也帶來了不少物品，計有：

金如意兩柄；朝冠十頂；東珠、珊瑚、紅碧瑤、綠玉、琥珀、金珀、迦南香各種朝珠十一盤；金鏡珊瑚領兩件；明黃緞兩份。珍珠八十七顆、各式寶石、珊瑚飾物、玩物二十七件，各式環墜六對、寶石耳飾十七對、扁圓鐲子五對、寶石花釘十對、金點翠寶石、珍珠、綠玉、紅碧瑤抱頭蓮四枝、金鎦子十四件、珍珠、綠玉、羊脂玉金戒箍五對、脂玉、綠玉、迦南香各式長扁簪二十八枝；念珠、手串八盤，佩十八件，各式朝服、朝裙、羅衫五十一件；各種襯衣、撇衣、緊身、褂襴、二百三十六件；各種隨領衣四十四件，各種裡衣八十份；各色鞋襪八十雙；包頭手巾二十四匣。更不用說各色妝奩，琳瑯滿目，讓這幫宮女太監目不暇接。

胡小天還是第一次看到如此豐厚的嫁妝，暗忖，也唯有皇后大婚才能與之並論了。可轉念一想，這文太師屬於剃頭挑子一頭熱，嫁妝搞得如此隆重，可皇宮裡卻冷冷清清，也就是他們這群人方才知道文才人今日入宮，連點喜慶氣氛都沒有。

胡小天指揮宮女太監幫著將嫁妝先送入明月宮，他原是用不著出力的，湊了個空子來到權德安身邊，笑道：「權公公辛苦，卻不知文才人什麼時候過來？」

權德安道：「上午就會過來，此刻應該已經在路上了。」

胡小天道：「皇上今兒會不會過來？」

權德安：「皇上的心思豈是我等能夠猜測到的，或許會來，或許不來。」權德安用兩個或許回答了胡小天的問題。

在胡小天聽來，說了跟沒說一樣。胡小天道：「公公最近身體還好嗎？」

權德安唇角泛起一絲笑意：「這句話咱家正想問你呢。」

胡小天心中暗罵，倘若不是你這老傢伙強行輸給我十年內力，老子不知活得多麼快活。表面上卻沒有流露出絲毫恨意，恭敬道：「還好，只是心中忐忑了些。」

權德安悄悄遞給了他一個玉瓶：「這裡面裝著三顆百花滴露丸，能夠緩解體內的異狀，若是你突然感到不適，而又來不及找到咱家，可以救你一時之急。」

胡小天連連稱謝，將玉瓶收起，看來權德安也不想自己太早死掉，畢竟自己對他還是有些用處，糖衣炮彈又來了，老子來者不拒，只要你敢送，我就敢收。

「姬飛花讓你在這裡管事，是不是發現了什麼？」權德安這番話一語雙關，他在詢問胡小天沒淨身的事情是不是被姬飛花發現了？

胡小天搖了搖頭，倒是有人發現自己的秘密，不過這個人不是姬飛花，李雲聰藏得很深，只怕權德安也沒有覺察到這個潛在的對手，螳螂捕蟬黃雀在後，在權德安和姬飛花鬥得死去活來的時候，他們都沒有意識到，這宮中還有一股隱藏的力量。胡小天低聲道：「權公公教給我的提陰縮陽，我仍然沒有練成。」

權德安淡然笑道：「不急，你一樣活得好好的，咱家保你不會出事。」他的目光環視這間園子：「這四名宮女太監應該都有些來頭，你務必要盯緊他們，千萬不可以讓文雅有任何的閃失。」

胡小天頭皮發麻：「聽起來好像是個苦差事呢。」

權德安道：「身在宮中就要學會苦中作樂。」他並沒有逗留太久，等到將陪嫁的禮物全都安置好了，帶著那幫隨行太監離去。

權德安離去之後，胡小天帶著一幫宮女太監苦苦等到了午時，文才人仍然沒有到來，胡小天差王仁去打聽，方才知道，文才人入宮之後就直接前往了馨寧宮去拜會皇后了，看來中午應該是不會過來了。昨晚的那場雪並沒有下下來，天寒地凍，胡小天一行人在寒風中已經站了整整一個上午，一個個苦不堪言，不由得暗歎，這位新來的才人只怕也不好伺候。

胡小天看到的卻是另外一面，這個文雅很會走上層路線，在後宮嬪妃中想要吃得開，首先就要跟皇后拉好關係。不過也不排除簡皇后主動找她的可能，畢竟簡皇后和文太師之間已經達成了默契，她是文雅入宮的主要推手。

馬良芃苦著臉來到胡小天面前：「胡公公，咱們是不是還要在這兒站著？」

胡小天瞪了他一眼，沒好氣道：「廢話，當然要等著，什麼時候文才人過來，咱們什麼時候才能休息。」說是休息，怎麼可能。胡小天差葆葆去叫了點吃的，幾個人勉強對付了一頓。

除了司禮監的那幫人以外，再沒有其他人過來了，他們從黎明等到日出，從日出等到正午，又從正午等到日薄西山，文才人還是沒見過來。知道了她的動向，胡小天就讓秋燕前往馨寧宮再去打聽。

入夜時分，文才人總算姍姍來遲，卻是簡皇后親自陪同前來，由此能夠看出簡皇后對她的看重，同時也表明了一件事，今晚皇上應該不會前來明月宮。

胡小天多數時間還是躲在房間裡暖和，只苦了四名宮女太監，接到簡皇后和文才人過來的確然消息，胡小天方才懶洋洋從明月宮內出來，走到大門處，看到遠處一隊人走了過來，距離他們還有二十多丈的距離，因為夜幕降臨，胡小天也看不清那隊伍中究竟有什麼人，不過從陣仗來看，後宮中除了簡皇后之外再無他人。

等到那群人走近，胡小天率領四名宮女太監跪下，揚聲道：「參見皇后娘娘千歲千千歲，參見文才人！」

簡皇后和文才人在一幫太監宮女的簇擁下來到胡小天的面前，望著跪在面前的胡小天，簡皇后唇角露出一絲冷笑，她轉向身邊的文才人道：「妹子，今兒我就送到這裡了，有什麼事情只管跟我說。」

文才人輕聲道：「皇后娘娘費心了。」她聲音嬌柔婉轉，宛如出谷黃鶯一般動聽，別人聽來還沒有什麼，可胡小天聽在耳朵裡如同晴空霹靂，這聲音分明是……

他趴伏在地上，恨不能抬起頭來一探究竟，可偏偏又不敢抬頭。

簡皇后道：「你們都跟本宮聽著，從今日起務必要小心伺候我家妹子，若是有絲毫的怠慢之處，本宮絕饒不了你們。」

「是！」胡小天引領四人同時答道。

文才人的聲音格外溫柔，她輕聲道：「你們幾個就別跪著了，起來吧。」

簡皇后沒有發話，幾人仍然老老實實跪在地上。簡皇后冷哼一聲道：「怎麼，本宮剛剛的話你們都沒有聽到，我妹子讓你們起來了！」

胡小天帶著四名宮女太監這才站起身來，幾人仍然不敢抬頭。

簡皇后轉向文才人道：「妹子，我先走了，天寒地凍的，趕緊回去歇著吧。」

文雅嗯了一聲：「我送送皇后。」

簡皇后笑道：「不用送，你初來乍到的，宮內的道路錯綜複雜，你又不熟悉。今天皇上忙於政務，無法抽身過來看你，妹子心中千萬不要覺得委屈。」一幫宮女太監聽她這樣說簡直不能置信，他們從未見過簡皇后對其他妃子這麼禮遇過。

簡皇后道：「胡小天！」

「在！」胡小天躬身行禮。

「你來送我！」

胡小天應了一聲，趁機直起腰來，目光朝著那位文才人匆匆一瞥，只是這一瞥，胡小天整個人頓時如同凝固在那裡一般，這位文才人果然眉目如畫，傾國傾城，可驚住他的絕非是文才人的美貌，而是這位文才人竟然長得和樂瑤一模一樣。

文才人也覺察到胡小天的目光，眼波流轉在胡小天的臉上掠過，竟然沒有表現出任何的驚奇，彷彿從未見過他一樣，便從胡小天的身邊走了過去。

胡小天失魂落魄地站在原地，目光卻不敢再看，抬起頭來，正遭遇到簡皇后陰冷的目光，慌忙道：「小的送皇后娘娘。」

簡皇后舉步向前，一幫隨行的宮女太監識趣地落在後面。胡小天緊隨簡皇后身邊，低聲道：「皇后娘娘有何吩咐？」

簡皇后道：「你這麼聰明，本宮想什麼你心裡明白。」

胡小天道：「娘娘放心，小天必傾盡全力保護文才人。」在見到文才人之前，胡小天心中還想著她的死活跟自己鳥毛關係都沒有，可是在見到她之後，胡小天頓時轉變了這個想法，什麼文才人，根本就是樂瑤啊。胡小天實在是想不透，這小寡婦本來應在西川啊，自從自己將她救出虎口之後，就讓慕容飛煙將她安置在岔河鎮，後來自己因為事情不斷，也沒有來得及去探望她，後來聽說樂瑤不見了，胡小天還失落了好一陣子，卻沒有想到，幾經輾轉，他們居然會在皇宮中相見。

胡小天相信自己不會看錯，這世上絕不會有長得一模一樣的兩個人，可是剛才文才人看他的眼神如此淡漠，眼眸中甚至沒有一絲一毫的波動，想起風情萬種的小寡婦樂瑤，自己跟她怎麼也算得上是有過親密接觸的，又是她的救命恩人，面對自己，怎麼可能做到無動於衷？胡小天越想越是奇怪。

送走了簡皇后，胡小天慌忙回到明月宮，迎面看到馬良芃，他在門口候著，看到胡小天回來，趕緊道：「胡公公，文才人讓您進去見她。」

胡小天點了點頭，其實他內心更加迫切，臨到大門前，忽然意識到越是這種情況下越是應當冷靜，假如文雅不是樂瑤，人家肯定是第一次和自己見面，自己激動也沒用。假如文雅就是樂瑤，自己就更不用激動了，她都裝作不認識自己，自己又何必熱臉貼她的冷屁股？想起屁股這個詞兒，胡小天忽然感覺自己不該屬於公的部分又開始蠢蠢欲動了。深深吸了一口氣，提醒自己務必要冷靜，然後才走入了明月宮內。

王仁、秋燕、葆葆三個全都站著，文才人也就是文太師的養女文雅，此時端坐在畫屏前，身邊還站著一個宮女，那宮女長得也算標緻，可臉面上的肌肉緊繃，乍看上去跟橡皮人似的，總之沒多少親切感。

胡小天雖然在太監中已經混出點身分來了，可終歸還是下人，面對文雅這位明月宮主人，第一次見面必須要下跪，男兒膝下有黃金，這話不適用於太監。

胡小天老老實實跪了下去：「胡小天參見文才人。」皇帝的小老婆也是要敬的。胡小天心中鬱悶，樂瑤啊樂瑤，你寡婦當夠了，居然搖身一變成了娘娘，當初咱倆不說海誓山盟吧，多少也有點你情我願，當初咱倆也鑽過一個被窩，也曾耳鬢廝磨。可一轉眼你將老子忘了個乾乾淨淨，讓我給你下跪，你於心何忍？

文雅道：「起來吧！」

胡小天站了起來，毫不顧忌地望著文雅的俏臉。

文雅身邊的宮女可不樂意了，身為下人居然敢直視主人，這是做下人的大忌，怒道：「大膽奴才，竟敢對文才人不敬。」

胡小天一打眼就知道這宮女身兼女保鏢的角色，應該是文雅的貼身班底，不過這明月宮宮女太監中，老子才是最大，在我面前你耍什麼威風？

文雅道：「梧桐，不得無禮。」原來這名宮女叫梧桐。

文雅一雙勾魂攝魄的美眸盯住胡小天的面孔看了看，胡小天也趁機仔仔細細看了看這位新晉才人，從頭髮梢到眼睫毛，沒有一根毛不熟悉，她明明就是樂瑤，可為何看著自己的目光中竟然沒有一絲一毫的熟悉成分？文雅道：「胡公公的名字我是聽說過的。」

胡小天心想，你當然聽說過，你不但聽說過我的名字，你還親手扒過老子的衣服，不但如此，你還一口差點把老子的小弟弟咬掉，當時若是你下嘴再狠一點，老子在西川的時候就已經被你給淨身了。

文雅的表情高貴而冷豔，和昔日胡小天印象中那個嫵媚溫柔的樂瑤差之甚遠，連他自己都開始懷疑了，莫非這世上真有長得如此相像的兩個人？否則她見到自己這個老熟人，怎麼會連一點反應都沒有？胡小天儘量讓自己表現得從容鎮定，微笑道：「不知文才人從何處聽說的？」

文雅道：「我入宮前就聽說胡公公在這裡負責，以後還望胡公公多多照顧。」

胡小天垂首道：「文才人言重了，照顧您是小的職責所在，以後您有什麼吩咐，只管直接對我說，小的赴湯蹈火，在所不辭。」

文雅道：「我聽說你還兼著司苑局的管事？」

胡小天道：「是，不過文才人放心，小的會以明月宮為重，絕不會耽誤文才人的任何事情。」

文雅點了點頭，輕聲道：「我有些累了，今兒還是早點歇息吧。」

胡小天道：「剛剛御膳房為文才人送來了點心，文才人要不要嘗一嘗？」

文雅搖了搖頭道：「不必了。」

葆葆走了過來，恭敬道：「文才人，洗澡水已備好，請容奴婢伺候您沐浴。」

文雅嗯了一聲，起身走了兩步，繞過屏風忽然停下腳步道：「胡公公也來吧，有些話我還想問你。」

胡小天幾乎以為自己聽錯，剛剛入宮第一天，就給自己送這麼大福利，豈不是意味著老子可以大飽眼福？葆葆也驚得美眸圓睜，別人不知道，她還不知道，胡小天根本就是個假太監，文才人居然讓他伺候沐浴。其實在皇宮中，太監伺候嬪妃沐浴再常見不過，可胡小天不一樣啊。

在葆葆異樣的眼光下，胡小天勇敢地跟了進去，上命不可違，文才人的命令豈敢不從，權當是派發福利，咱家卻之不恭啊。

胡小天本以為今兒文才人是要讓他幫忙搓背，可來到浴室之後方才發現還有一道屏風攔著，文雅的那個橡皮人侍女冷冷將他攔在屏風外。

胡小天笑了笑，知道自己是沒眼福了，只能隔著屏風站著，雖然隔著屏風，還是隱約能夠看到後面的情景，看到文雅在宮女的服侍下褪去衣裙，當然是看不清楚的，影影綽綽，這份神秘感越發勾起了胡小天一探究竟的欲望，倘若在場沒有其他人，說不定這貨就直接撲了上去。關鍵時刻，胡小天還是有些自制力的。

聽到屏風後水聲淙淙，顯然文雅已經開始沐浴，嬌柔婉轉的聲音從屏風後傳來：「胡公公，我準備了一些禮物，明兒一早你幫我給各宮嬪妃送過去，名單都在梧桐那裡。」

胡小天道：「是！」

「我初入皇宮，宮裡面的規矩一點都不懂，以後有什麼做得不周到的地方，你要直接跟我說。」

胡小天陪著笑道：「文才人秀外慧中，做事進退有度，小的以後還要靠您多多指點呢。」心中真是有些煎熬，美人沐浴，自己近在咫尺卻無緣一見，敢情文雅是故意消遣老子的。

文雅道：「你們先退下吧，胡公公進來。」

梧桐充滿戒心地望著胡小天，胡小天差點沒笑出聲來，哈哈，我還以為你將我忘了，原來你一直都記得我。

梧桐、葆葆、秋燕三名宮女全都退了出去。

葆葆臨走之前，又忍不住向胡小天看了一眼，那眼神別提有多怪異了。

胡小天等她們走後，還裝腔作勢地咳嗽了一聲道：「文才人，小的進去了？」

文雅嗯了一聲。

胡小天躬著身子走了進去，不是因為尊敬，而是為了掩飾，如此香豔的情景實在是讓他有些承受不起，真要是直起身子，只怕要暴露了。

水霧繚繞之中，看到一個美麗絕倫的胴體坐在蓮花水池內，水面上還飄著一些花瓣。

胡小天的內心撲騰撲騰直跳，樂瑤啊樂瑤，你這不是故意引我犯罪嗎？本來今晚是皇帝的洞房花燭夜，想不到他沒來，看來要讓老子撿個漏，身為太監，為皇帝上刀山下火海都在所不辭，更何況小小的洞房乎？

透過朦朧的水汽，看到文雅黑色秀髮如同流瀑般垂落在她刀削般的香肩之上，每一寸曲線都絕無瑕疵，胡小天深吸了一口氣，暗自吞了口口水，美色當前卻要恪守本分，這也是一種煎熬。

文雅道：「權公公說，你會照顧我的。」

胡小天內心一怔，腦子裡的那點兒旖旎浪漫頃刻間就煙消雲散，此時他忽然意識到眼前的文雅絕不是那麼簡單，無論她是不是樂瑤，此次入宮都負有艱巨的使命。文雅的這句話一語雙關，分明是在提醒他，對他和權德安的關係已經知情。胡小天心中暗罵，權德安將他們之間的秘密告訴文雅，等於將自己出賣，外人知道的越多，自己的處境就越危險。他來到文雅身邊，一雙手慢慢搭在文雅的香肩之上，膚如凝脂，細膩柔滑，肌膚給掌心帶來的愉悅感受難以用言語來形容。這種感覺有些熟悉，胡小天輕輕為文雅按摩著雙肩，當太監果然有當太監的好處。

胡小天心懷鬼胎，他揩油之餘不禁暗想，文雅是不是也像自己一樣呢？她應該就是樂瑤啊？難道當真不記得自己了？

從文雅的反應來看並沒有任何的異常，即便是胡小天的雙手觸摸她的雙肩，她的肌肉也沒有產生任何的緊張，這讓胡小天越發感到迷惘了，倘若她真是樂瑤，為何面對自己沒有一丁一點的反應？倘若她不是文雅，一個雲英未嫁的處子之身，何以對一個男人的觸摸如此淡然？若非有過這方面的經驗，就是心態極其強大。其實樂瑤的溫柔何嘗不是一種假像，當初萬家三少爺萬廷光就是中毒而死，最大的嫌疑人就是他剛過門還未來得及洞房的妻子樂瑤。

文雅道：「胡公公入宮好像沒有多久吧？」

胡小天笑道：「沒有多久，比文才人早幾個月。」

文雅道：「過去也應該沒做過什麼伺候別人的活兒。」

胡小天道：「文才人是嫌棄小的手笨了。」

文雅道：「自小我的身邊就有一位老人家照顧，那老人家就是出身宮裡的。」她的這句話解釋了為什麼會對一個太監過來伺候自己沐浴如此泰然自若，同時又婉轉告訴胡小天，他的手法實在是拙劣了一些。

胡小天道：「小的斗膽說一句話。」

文雅淡然道：「說吧。」

「我總覺得過去好像跟文才人見過呢。」

文雅呵呵笑了起來，輕聲道：「你去過金陵？」

胡小天內心一怔，然後回答道：「我外婆家就在金陵。」

文雅道：「金陵徐家那可是赫赫有名的大戶。」她對胡小天的出身早有瞭解，說完之後閉上美眸道：「咱們從來都沒有見過，你未曾去過金陵，我又是第一次來到康都，咱們怎麼會見過？」說完這番話，她自浴池中站起身來，出水芙蓉，美得不可方物，胡小天只看了一眼，就慌忙垂下頭去，感覺內心中一股欲望升騰起來。

文雅舒展雙臂，胡小天此時才回過神來，趕緊拿起一旁的浴袍為她披在身上。

文雅繫好浴袍，走出蓮池。胡小天把臉垂得更低，望著她那雙美足，顆顆足趾晶瑩如玉，宛如花瓣一般精緻，傾國傾城用在她的身上絕不為過。文雅道：「你去吧，司苑局那邊既然還需要你管著，就不用兩邊奔波了，等我有事的時候，自然會讓人去傳你。」

「是！」和文雅的接觸越深，越是感覺到她的陌生，雖然她的相貌和樂瑤完全相同，可兩人的氣質性格竟截然不同，胡小天已經懷疑自己最初的判斷了，難道她根本就是另外一個人？

文雅並沒有讓胡小天伺候她更衣，而是讓胡小天叫來了梧桐。

胡小天耷拉著腦袋，猶如一隻鬥敗了的公雞走出宮室，來到外面，葆葆不知從何處閃身出來，伸手去抓他的耳朵，胡小天反應神速一把將她的手腕握住，一轉身帶著她來到陰影之中，將葆葆柔軟的嬌軀壓在宮牆之上。

葆葆在黑暗中劇烈喘息著，一雙美眸虎視眈眈盯住胡小天，壓低聲音帶著惡狠狠的口氣道：「你這個無恥下流的傢伙，你剛剛幹了什麼？」

胡小天心中暗自發笑，我能幹什麼？就算我有那能力，現在也沒有那個膽子，無非是幫新來的才人擦擦背，捏捏肩，想起剛才的場景，胡小天不禁熱血沸騰，望著葆葆的俏臉，感受著她起伏的胸部，忽然低下頭去，準確無誤地捉住了她的嘴唇，狠狠吻了下去。

葆葆沒想到他居然會強吻自己，嬌軀顫抖了一下，然後攥緊雙拳在胡小天的後背上用力捶了兩下，卻被這廝的熱吻親得透不過氣來，嬌軀靠在宮牆上，若非依靠宮牆的支撐，只怕此時早已癱倒在了地上。腦海中變得一片空白，彷彿在瞬間靈魂被抽離了軀體。

胡小天親了她不算，雙手也不老實，在她的玉臀之上結結實實揉了兩下，這才放開了她。葆葆看到他一臉得意的壞笑，先是啐了口唾沫，擦了擦嘴唇，然後抬起右腳向他踢去。

胡小天早已退到了安全範圍內，葆葆衝上去就想追打，卻見馬良羌和王仁兩個從一旁走了過來，趕緊把螓首垂了下去：「胡公公走好。」小妮子演技也是非同一般。哪怕是被人占了便宜，心中千般苦楚，也得打落門牙往肚裡咽，在人前裝得規規矩矩。

胡小天道：「不用送了，咱家自己回去。」

馬良羌和王仁兩人也走了過來，向胡小天行禮道：「胡公公要回去？」

胡小天點了點頭道：「文才人體諒我司苑局那邊事務繁多，讓我回去住。」

馬良羌低聲道：「胡公公，有句話小的不知當不當說。」

「別吞吞吐吐的，有什麼話只管說。」胡小天顯得有些不耐煩，今天晚上真是有些欲求不滿了，被文雅弄得心急火燎，不然剛才他也不會在葆葆面前表現得如此衝動，做出了強行非禮的事情來。

葆葆在胡小天身後又呸了一聲，啐了口唾沫，倒不是她對胡小天有什麼意見，這會兒還沒能從被胡小天強吻的陰影中走出來呢。

兩名不知內情的小太監臉上都露出錯愕的神情，認為葆葆此舉實在是不妥，居然在這時候吐口水。

馬良芃道：「胡公公，文才人讓我們幾個全都去外院候著。」

胡小天皺了皺眉頭，文雅此舉分明是透著對他們的不信任，由此可見，剛剛讓自己返回司苑局，也不是體諒他辛苦，而是想要和他們幾個保持距離，胡小天道：「那又怎樣？」

馬良芃道：「我是說文才人好像對咱們並不信任。」

胡小天笑道：「你多想了，在明月宮，只有一個主人。」胡小天的話不言自明，在這裡當家的只有文雅，她做出什麼決定大家都要遵從。

馬良芃點了點頭道：「只是……只是我看那個梧桐好像並不懂得宮裡的規矩，若是她有什麼照顧不周的地方，皇后娘娘會不會責怪我們？」

胡小天道：「小心伺候著就是，有什麼事情儘快告訴我。」他想了想又道：「今晚你們晚睡一些，剛剛文才人給了我一份禮單，上面是她要給各位嬪妃送去的禮物，今晚你們四個將禮物全都分配好，明兒一早我就逐一送過去。」

馬良芃應了一聲。

葆葆在胡小天身後又啐了一口，胡小天明知故問道：「怎麼了？不舒服？」

葆葆心中把他罵了個體無完膚，無恥、卑鄙、下流，占了我這麼大便宜，居然還裝成沒事人一樣。可無論她心中再怒，在現實面前卻不得不低頭，胡小天明裡是她的主管，背地裡一樣捏著她的命脈，葆葆真是悔不當初了，為什麼要來明月宮，受氣不算還得受辱。葆葆道：「回稟胡公公，可能是有些著涼了。」

胡小天佯裝關切道：「變天了，這兩天可能會有大雪，要注意多穿點衣服。」

「謝謝胡公公！」

胡小天望著葆葆忍氣吞聲的樣子，宛如受了氣的小媳婦兒，心中又是樂又是憐愛，他點了點頭道：「都回去歇著吧，咱家也該回去了。」

葆葆道：「我送胡公公。」

胡小天也沒拒絕，和葆葆來到明月宮外，葆葆又咳了一聲。

胡小天低聲道：「有什麼怨言說出來就是。」

葆葆咬牙切齒道：「你以後再敢對我這樣，我便……」

「便怎樣？」胡小天有恃無恐。

葆葆道：「我便將你的那根舌頭割下來，看你還敢不敢往我嘴裡亂探。」

胡小天哈哈大笑，這貨搖了搖頭，邁著四方步揚長而去，氣得葆葆在原地直跺腳，咬碎銀牙，心中碎碎念：卑鄙！無恥！下流！可目光望著胡小天在黑暗中漸漸走遠的背影，卻不由自主變得溫柔起來。

胡小天回到司苑局，卻看到一幫太監所住的大屋內燈火通明，不時傳來嬉笑之聲，他皺了皺眉頭，想不到自己剛剛離去，這邊就變得這麼熱鬧，在往常，此時已經是休息的時間了，胡小天悄悄走了過去，門前小太監看到胡小天來了，嚇得目瞪口呆，結結巴巴道：「胡……胡公公……您回來了……」這嗓子分明是卯足了勁兒喊的，根本就是在通風報信，房間內頓時亂成一團。

胡小天心中暗笑，也沒搭理他，一腳就將房門踹開了，卻見一幫太監全都站在那裡，面色尷尬，手足無措，桌上卻是空空如也。

史學東嘿嘿笑著迎了上來：「胡公公，您……您怎麼回來了？」

胡小天道：「幹什麼呢？」

「沒幹什麼？」

胡小天在桌旁坐下，右手敲了敲桌子：「全都拿出來！」

史學東和小卓子對望了一眼，他們都清楚胡小天的精明，想要瞞過他實在是太難了。史學東環視眾人一眼道：「拿出來吧。」於是有人拿出篩子，有人掏出銀子，不一會兒功夫桌上已經堆滿了碎銀。

胡小天瞄了一眼道：「還真是不少啊。」

小卓子靈機一動，陪著笑道：「這些全都是兄弟們孝敬胡公公的。」

胡小天哪會將這點銀子看在眼裡，呵呵笑了一聲道：「銀子你們自己分了吧，史學東，你跟我出來。」

史學東低頭哈腰地跟著胡小天去了他的房間，一走進房內，史學東就憤憤然道：「我都說了，不要賭博，可這幫混帳東西就是不聽。」

胡小天冷笑了一聲，史學東便再也不敢說下去，他清楚自己瞞不過胡小天，馬上耷拉著腦袋道：「兄弟，這賭局是我組織的，你知道的，宮裡面實在悶得慌，天氣冷，大家無聊嘛。」

胡小天道：「小賭怡情，本來也沒什麼，可是我看剛才桌上的銀子不少，你現在擔任司苑局的買辦，手頭自然是寬裕了一些……」

史學東急火火地表白道：「兄弟，我可沒有中飽私囊，我……」

胡小天道：「你急什麼？我有說你中飽私囊了？此地無銀三百兩。」

史學東張口結舌，他意識到自己什麼事情都瞞不過胡小天。

胡小天道：「讓你去做這件事，我就不怕你落好處，再說了，有好處我不給自己人還會給其他人嗎？」

史學東擦了擦汗道：「兄弟，你對哥哥的好處我明白，我為你上刀山下火海……」

「打住，真有麻煩，我也不能讓你這個當哥哥的為我受罪，東哥，咱們是怎樣來宮裡的你應該清楚，最近雖說日子好過了些，可畢竟咱們還是戴罪之身，不知有多少雙眼睛盯著咱們，那些小太監表面上奉承著咱們，背地裡還不知怎麼詆毀咱們，大風大浪咱們都過來了，萬一在小河溝裡翻了船，你說咱們冤不冤？」

史學東連連點頭。

胡小天道：「凡事都有個度，出宮採買什麼該拿什麼不該拿一定要分清楚，採買的蔬果全都是要送到皇上、娘娘、公主那裡的，必須層層把關，務必要做到一絲不苟，這方面若是出了任何的差錯，咱們多少顆腦袋都不夠砍。」

史學東道：「兄弟，你放心吧，這方面我一直謹小慎微。」

胡小天道：「我也不是怪你，只是給你提個醒，至於賭錢這種小事，你記住別貪圖一時的輸贏，想要收買人心就不能占盡便宜。」

史學東得他提點，恍然大悟，點了點頭道：「兄弟，我明白了，我回頭就把贏來的那些銀子全都還回去。」

……

翌日清晨，胡小天一早就來到了明月宮請安，文雅早就已經醒了，坐在書案前寫著拜帖，一旁兩名小太監負責整理禮品，葆葆和梧桐在那裡將禮單分類在不同的禮品之上。秋燕一早就被召回馨寧宮，簡皇后找她有事。

胡小天來到文雅面前，深深一揖道：「文才人吉祥！」

文雅一雙美眸看都沒有向他看上一眼，輕聲道：「拜帖我已經基本上寫好了，回頭你們幾個就分別送出去。」

胡小天道：「小的這就去辦。」

給皇后和四妃的禮物是文雅要親自去送的，至於其他的嬪妃都由胡小天等人代勞。禮物總共準備了四十份，也就是說五品才人之上的全都有禮物，至於才人以下，文雅當然不必費心去討好她們。

胡小天排除皇后和四妃，要送禮的只剩下三十五個，胡小天他們幾個分別承擔。所送的禮物都是一些髮簪、耳墜、玉鐲之類的飾物，攜帶並不費事，真正需要留意的就是別把送禮的對象給搞混了。

胡小天這邊有份禮物是送給凌玉殿林菀的，林菀是二品昭儀，平日裡他們習慣稱之為貴妃，胡小天本以為這活兒應該是葆葆的，沒想到落在自己身上。他知道這位昭儀娘娘也是位金牌臥底，和葆葆擁有同一個乾爹洪北漠，而洪北漠和李雲聰之間又應該有著某種聯繫。

凌玉殿位於瑤池以西，在後宮佳麗的居所之中，位置稍嫌偏僻，宮殿的分配是由皇后做主，由此可見林菀和簡皇后的關係並不融洽。因為葆葆的緣故，胡小天也特別關注了林菀的事情，知道她在三年前就已經進入當時的太子府，據說還曾經受寵過一段時間，或許正是這段經歷方才得罪了簡皇后。

第三章

精神分裂？

看文雅的舉動透著大戶人家的雍容華貴，
胡小天不由自主拿她和樂瑤相比，
樂瑤像個可憐小寡婦，文雅舉手抬足顯得鎮定自若，
一個是我見尤憐，一個是高高在上。
一個人怎麼可能在短時間內轉變如此之大？
難不成樂瑤得了精神分裂？

龍燁霖登基之後並沒有忘記他昔日的這位妃子，據說本來要給她貴妃的位子，後來因為簡皇后反對方才作罷，不過仍然給了她昭儀的位子，成為一后四妃之下的第一人。相差一步，地位便天壤之別。皇帝登基之後從未來過凌玉殿一次，更不用談到臨幸林菀了。

所以曾經得寵的林菀也只能滿腹幽怨，依著凌玉殿的廊柱，望穿秋水了。

胡小天前來送禮的時候，林菀正在院子裡欣賞梅花，胡小天在宮女的引領下來到她的面前，恭恭敬敬道：「小的參見林昭儀。」

林菀穿著深藍色的斗篷，背身站著，左手原本拈著一枝梅花，聽到胡小天的聲音，左手一鬆，樹枝反彈了出去，在虛空中來迴盪動，黃色的花瓣隨風飄落，有幾片沾在胡小天的臉上，他抬起袖子擦了擦臉。

林菀緩緩轉過身來，的確是一位尤物，生得眉目如畫，妖嬈動人，可有了文雅的珠玉在前，兩相比較，這位林昭儀似乎差了那麼一些的風情。比起葆葆，又似乎差那麼一些的性格，美女果然還是要比出來的。不過胡小天畢竟還是有些先入為主的概念，這位林菀是皇上的女人，而且其背景很不簡單，在他的心底深處對林菀還是戒備十足的。

林菀打量了胡小天一眼道：「有事？」

胡小天垂頭道：「奉文才人之命，特地給林昭儀送上一份禮物。」胡小天雙手將拜帖和禮物呈上。

林菀示意身邊的宮女接過，讓宮女打開禮盒，裡面卻是一對翡翠手鐲，看質地透度應該是上等貨色。胡小天心中暗歎，畢竟是文太師的養女，出手就是闊綽，今天送出這麼多份禮物，只怕幾萬兩銀子就這麼出去了。

林菀伸手去接那對翡翠玉鐲，可接到手裡的時候，那對玉鐲卻突然從她的手上滑落，宮女嚇得一聲尖叫，臉都白了。

胡小天一個箭步跨上前去，搶在玉鐲落地之前用手接住。

林菀意味深長道：「身手還真是不錯呢。」

胡小天道：「無非是眼疾手快了一些，林昭儀還請拿穩了。」他再次將那雙翡翠玉鐲遞了過去。

林菀接過玉鐲點了點頭，輕聲道：「小鬍子，你跟我來吧。」

胡小天對可能遭遇的困難早已做好了心理準備，跟著林菀進入了淩玉殿，走入宮室之後，林菀摒退了宮女太監，看來是有話單獨跟胡小天說。

眾人離去之後，林菀把玩著那對翡翠鐲子，可這次居然手又是一滑，當著胡小天的面那鐲子再度落在地上，噹啷一聲摔得粉碎。

胡小天和她還有一段距離，對她第二次失手也沒有足夠的心理準備，只能眼睜睜看著那對鐲子摔碎，心中卻已經明白，這位林昭儀根本就是存心故意。

林菀道：「本宮手滑了，小鬍子，你怎麼沒幫我接住？」

胡小天道：「小的上次是瞎貓撞上了死耗子，不是每次都有這個運氣。」

林菀呵呵冷笑道：「你這話是什麼意思？」

胡小天躬身行禮道：「隨口一說，昭儀切勿多想。」

「你是貓，本宮是耗子？你是說本宮應該怕你，還是恐嚇本宮，你要吃了我呢？」

胡小天道：「林昭儀多想了，小的就算吃了熊心豹子膽也不敢對昭儀不敬。」

林菀道：「這話還差不多，哎呦，本宮的腿突然有些痠，你幫我捶捶。」她斜靠在貴妃椅上，雙腿除去鞋履放了上去，姿態極其魅惑動人。

胡小天心中暗自忐忑，不知葆葆是不是將自己是個假太監的事情告訴了林菀，真要是如此，自己在林菀的面前也就沒有任何秘密可言，不過胡小天也不怕她，老子不是什麼好人，你更不是什麼好人，無非是洪北漠派進宮內的一個臥底，你的目的恐怕是要危害皇上呢。

胡小天應了一聲走了過去，來到林菀身邊，林菀將一雙美腿向裡面縮了縮，留給他一點空隙讓他坐了，胡小天聞到她身上一股濃郁的體香撲來，看來這位昭儀噴了不少的香香，顯然是有備而來啊。

太監幫妃子敲腿原算不上什麼大事，林菀一雙鳳目半睜半閉望著胡小天道：

「葆葆在你的手下，你可要多多照顧她。」

胡小天道：「簡皇后派我們去明月宮伺候文才人，以後我們會相互照顧。」

林菀呵呵笑了一聲：「你們的那位文才人漂不漂亮？」

胡小天道：「人間絕色。」

林菀用手撐起螓首，仰起俏臉向胡小天道：「比起本宮如何？」她現在的姿勢剛好擺成了一個S形的曲線，誘惑力十足。胡小天道：「春蘭秋菊，各擅其場。」

林菀發出一串銀鈴般的笑聲，然後抬起左足，穿著羅襪的玉足抵在胡小天的胸膛之上。

胡小天心想不好，這娘們分明是要勾引我，他趕緊從貴妃椅上起身，撲通一聲就跪了下來，顫聲道：「小的說錯了話，還望林昭儀贖罪。」

林菀坐直了身子，理了理秀髮道：「說錯了什麼？你是說本宮比不上你的主子？」

胡小天用眼角的餘光向林菀望去，卻見她揚起手來，手中一道寒芒閃現，向自己的肩頭倏然插落。胡小天此驚非同小可，這女人果然並非善類，竟然出手傷人。胡小天身軀向後一仰，雙足在地上一蹬，身體貼著地面向後滑出一丈有餘。林菀這下刺了個空，右手在貴妃椅上一拍，身體如同一片青雲一般飛起，手中藍芒閃現，脫手向胡小天的胸口射去，胡小天連續翻滾，鏘！的一聲，卻是林菀射出的髮簪撞擊在了地面之上，竟然刺入地面半寸有餘。倘若射在他的身上那還了得，肯定是非死即傷。

胡小天趁機站起身來，剛剛站起，林菀的攻勢就已經來到面前，劈面一掌，玉掌未至，一股罡烈的掌風已經撲面而來，胡小天暗歎，但看這娘們的出手，肯定要比葆葆的武功高上一籌，他見招拆招，和林菀瞬間就對了五掌，在林菀的攻勢之下，胡小天連連後退。眼看到了廊柱之下，胡小天騰空躍起，使出權德安教給他的金蛛八步，蹭蹭蹭，瞬間就爬到了房樑之上。

林菀抬起頭來，冷哼道：「哪裡走！」右手一揚，又是一道藍光射出，胡小天的身體藏身在抱柱之後，奪的一聲袖箭深深刺入廊柱裡面。林菀足尖在地上一頓，身體螺旋上升，穩穩落在宮殿的橫樑之上，雙手張開，分別有三根寒光凜凜的鋼針夾持在她的指縫之間。

胡小天道：「林昭儀何必苦苦相逼，我若是出了什麼事情，你不怕自己的身分暴露嗎？」

林菀咬牙切齒道：「本宮在這裡殺了你，又有誰會知道。」

胡小天呵呵笑道：「那得看你有沒有這個本事。」既然撕破臉皮，又何須顧忌太多。

林菀左手揮出，三根寸許長度的鋼針朝著胡小天激射而來，胡小天沿著廊柱倏然滑落，奪！奪！奪！三聲在他的頭頂響起，三根鋼針釘入他剛剛所在的位置。一擊落空，林菀右手揮出，又是三根鋼針從上方向下激射而至。

胡小天騰空飛躍，落在貴妃椅之上，帶著貴妃椅整個翻倒在地，突！突！突！三聲，鋼針從貴妃椅的底部穿透，幾乎要掙脫而出。

胡小天暗捏了一把冷汗，這娘們兒的暗器功夫很不一般。真要是貼身肉搏胡小天並不怕她，可是林菀的遠距離射殺卻讓胡小天近身不能，只能利用宮殿內的廊柱和傢俱進行躲避，可林菀的暗器層出不窮。六根鋼針射完又摸出了六根。

胡小天躲在貴妃椅後面，忽然想起了一件事，他從胸前掏出李雲聰給他的哨子，嗚！地吹了一聲。

林菀原本已經做好了攻擊的準備，可聽到哨聲，卻不由得發出一聲尖叫，胡小天一把推開貴妃椅，又吹了聲哨子。卻見林菀撲通一聲摔倒在了地上，雙手捂住頭顱，慘叫道：「別吹，別吹……」

胡小天心中大樂，妙啊，哈哈，真是妙不可言，想不到李雲聰無意中給了自己一個大殺器，有了這個哨子，從此以後再不用怕林菀和葆葆姐妹兩人的騷擾。

林菀被哨聲所制，痛苦不已，一張俏臉頃刻間冷汗密佈，手中的鋼針也失落在地上。

胡小天一步步走了過去，林菀咬牙切齒道：「小畜生……你敢害我……」

胡小天呵呵笑道：「敬酒不吃你吃罰酒，老子當你是昭儀供著，對你禮貌有加，你這臭娘們居然想害我。」他抓住林菀的頭髮，照著她的肚子就是一拳，胡小天剛剛被她追得抱頭鼠竄，早就憋了一肚子的火，這一拳顯然沒有留情，打得林菀身軀如同蝦米一樣拱起，慘叫了一聲：「你……好無恥……居然打女人……」

胡小天道：「許你殺我，不許我打你？是何種道理？」他抬起腳照著林菀的屁股又是狠狠踹了一下，根本沒有一絲一毫的憐香惜玉之情。

林菀被他拳打腳踢，此時已經是披頭散髮狼狽不堪，哪裡還敢跟胡小天耍橫，哀求道：「胡公公饒命，本宮錯了……」

胡小天冷笑道：「在本公公面前居然敢稱本宮？你是什麼來頭真當咱家不知道嗎？」抬起腳來又照著林菀的屁股踹了一腳，踢這個部位居然有些成癮。

林菀道：「胡公公，我錯了！」

胡小天這才滿意地點了點頭，感覺總算出了堵在心頭的惡氣，轉身回到貴妃椅旁，扯起貴妃椅，將插在上面的三根鋼針拽了下來，借著光線望去，看到鋼針隱隱泛出藍色，湊到鼻翼前聞了聞，一股腥臭的氣息撲來，頭腦感覺到一陣眩暈，趕緊將鋼針丟掉，這些鋼針顯然都是啐毒的。胡小天在貴妃椅上坐下，一條腿翹了上去，冷冷望著林菀。

林菀披頭散髮地從地上爬了起來，臉色蒼白道：「求胡公公賜我解藥。」

胡小天心中明白，林菀一定和葆葆一樣，被迫服下了萬蟲蝕骨丸，所以自己吹響哨子才會牽動她體內毒發，胡小天道：「剛剛不是你要殺我嗎？」

林菀嚇得撲通一聲就跪倒在了地上：「胡公公，千錯萬錯都是我的錯，我不知胡公公是自己人，才會做錯事，還望胡公公大人不計小人過，不要和我……」

「嗯？」

「和奴婢一般計較……」林菀在胡小天的威脅下哪還有半分妃子的威儀，倘若此時的情景讓外人看到，誰也分不清誰是主人，誰是奴才。

望著林菀跪在身下搖尾乞憐，胡小天打心底生出一種快意，只要把握住關鍵，證明位置是可以顛倒的。胡小天當然明白讓林菀和葆葆俯首貼耳乖乖聽話的並不是自己的能耐，而是萬蟲蝕骨丸，手握萬蟲蝕骨丸的解藥，又擁有如同緊箍咒的大殺器哨子，就算林菀身為昭儀，在自己這個小太監面前也只有下跪的份兒。

胡小天哪會那麼容易就將解藥給她，本來原沒準備這麼早就跟林菀攤牌，可今天她向自己猝然發難，如果不是自己突出奇兵，說不定還真要傷在她的手裡。他冷冷道：「誰讓你來殺我的？」

林菀道：「胡公公，奴婢沒想殺你，只是想利用毒針控制住你。」

「那不是比殺了我還要歹毒？看你長得也算清秀，怎麼心腸如此歹毒？」

林菀期期艾艾道：「胡公公，我真不知道咱們原來是同門，若是知道，就算借我一個膽子，我也不敢向您下手。」

胡小天嘿嘿冷笑，女人靠得住，母豬能上樹，他低聲道：「你讓葆葆前往明月宮，究竟是何目的？」

林菀咬了咬櫻唇道：「是洪先生讓你來的？」

從她的這句話就能夠判斷出，葆葆前往明月宮絕非是洪先生的差遣，十有八九是她的主意，胡小天道：「你還記不記得洪先生派你們來宮內的目的是什麼？」

林菀垂下頭去。

胡小天善於從他人的一舉一動中剖析對方的心理狀態，從林菀的表現幾乎可以斷定，她對洪北漠也非言聽計從，或許這位林貴妃也和自己一樣是個雙重間諜，想到這裡胡小天不由得覺得有趣起來，他索性賭一把，冷冷道：「咱家不管你出於何種目的，總之不能壞了洪先生的大計，倘若讓我查出你還有其他的盤算，嘿嘿……咱家必讓你求生不得求死不能。」

林菀捂住胸膛，呼吸變得急促起來，用力咬住嘴唇，她在和體內陣陣難熬的痛苦相抗衡。林菀顫聲道：「胡公公，我只是一時糊塗，讓嫉妒沖昏了頭腦，所以才會向文雅出手。」

胡小天已經確信，她想要謀害文雅根本就是自作主張，冷哼一聲站起身來：「今天的事情，我且放過你一次，如有再犯，決不輕饒。」他舉步要走，林菀看到他這麼就走了，慌忙上前拉住他的手臂：「胡公公……」

胡小天轉過臉去，看到林菀一臉獻媚的樣子，再看到她披頭散髮的模樣，怎麼看怎麼滑稽，這萬蟲蝕骨丸還真是厲害，竟然能讓一個高高在上的昭儀放下自尊，不惜取悅獻媚自己，胡小天明知故問道：「什麼事？」

林菀道：「還請胡公公賜藥！」

胡小天道：「你最好記著，以後無論有什麼事情都務必要先向我稟報，假如敢擅作主張，咱家決不饒你。」這一聲咱家胡小天說得是氣勢十足，心頭暗爽，難怪一個個為了爭權奪利，赴湯蹈火、前仆後繼，權力果然是個好東西，帶來的滿足感無可替代。說完之後又補充道：「還有，今天發生的事情你不可以告訴任何人，葆葆也不例外！」

林菀連連點頭答應。

臨行之前，胡小天方才丟了一顆藥丸給林菀，此時的林菀那還顧得上什麼嬪妃的儀態，接過之後就忙不迭地吞了下去，閉上眼睛，等到藥力化去之後，長舒了一口氣，方才睜開雙目，再看胡小天早已離去多時了，林菀用力咬了咬銀牙，暗暗道，胡小天，有生之年我必將你挫骨揚灰方解心頭之恨。

胡小天忙完文雅交給自己的任務，返回明月宮，發現其他幾個出去送禮物的人都已經回來了，他是最後回來的一個，這也難怪，在明月宮跟林菀鬥智鬥勇了老半天耽擱了不少的時間，否則他早就忙完了。胡小天先去文雅那裡覆命，將送禮後別人的回禮和口信一一送上。

文雅一邊聽一邊在窗前繡著女紅，一舉一動像極樂瑤，事實上胡小天根本沒有辦法將她和樂瑤區分開來，可倘若她是樂瑤，為何看到自己會無動於衷，難道她將對自己所有的記憶都抹得乾乾淨淨？

胡小天將林菀那一節略去，文雅聽完緩緩點了點頭道：「很好，辛苦了，梧桐，每人賞十兩銀子。」

看文雅的一舉一動都透著大戶人家的雍容華貴，胡小天不由自主拿她和樂瑤相比，在他的記憶中，樂瑤一直都是個期期艾艾的可憐小寡婦，最忘不了就是她充滿求助的眼神，可文雅舉手抬足間都顯得鎮定自若，一個是我見尤憐，讓人從心底生出呵護之情，一個高高在上，完全一個女強人形象。一個人怎麼可能在短時間內轉變如此之大？難不成分手的這段時間樂瑤得了精神分裂？可怎麼看眼前的這位文才人都不像是個精神病患者，做事井井有條，識得大體，精明得很，理智得很。

區區五兩賞錢胡小天是不會看在眼裡的，儘管如此還得裝得千恩萬謝，正準備告辭離去的時候，外面忽然傳來一陣喜悅的聲音：「文才人，榮公公來了！」

來的正是在皇上身邊貼身侍奉的太監榮寶興，此前胡小天就和此人多次打過交道，知道榮寶興為人貪婪，當初前往司苑局找劉玉章討要黑虎鞭，可以說也是劉玉章被害的黑手之一，胡小天在內心中也已經將此人列為需要報復的仇人之一。

榮寶興在宦官中的級別雖然不高，可是因為他處在特別的位置，所以皇宮裡裡外外對他都非常的客氣，這就如同現代企業中為老闆開車的司機一般，他的榮光全都是背後的主人賜給的。

榮寶興還沒有走入宮室內，他喜氣洋洋的聲音就已經響起：「恭喜文才人，賀喜文才人！」

文雅淡然笑道：「榮公公來了，卻不知何喜之有？」

榮寶興行禮後，壓低聲音道：「皇上今兒翻了文才人的牌子，欽點文才人今晚前往宣微宮進御。」

幾名宮女太監宮女聽到這個消息，齊齊賀喜道：「恭喜文才人！」

胡小天沒吭聲，翻牌子他懂，進御他也懂，進就是進貢，御就是駕馭，說穿了就是騎，也就是把文雅送去給皇上騎，他大爺的，怎麼我這心裡如此鬱悶不爽，有種綠雲壓頂的感覺？

文雅的表情雖然帶著淡淡的微笑，但是明顯帶著矜持和理性，從她的臉上找不到任何嬌羞惶恐的成份，她輕輕點了點頭道：「知道了。」

榮寶興又道：「今天巳時，奴才過來接文才人過去。」

文雅道：「不勞公公大駕，我自己過去就是。」

榮寶興笑道：「要的要的，皇上專門交代，務必要我親自來接。文才人好生準備一下，等著去見皇上吧。」

文雅道：「看賞。」這次讓梧桐拿了一錠赤金元寶給了榮寶興，人比人氣死人，幾名明月宮的宮女太監看到人家的大金錠，再想想自己的二兩銀子，頓時覺得寒酸了，沒辦法，誰讓你地位不比人家。

胡小天幫著文雅送人，榮寶興在裡面也沒跟他打招呼，來到外面之後，眉開眼笑地將金錠子收好，方才向胡小天拱了拱手道：「胡公公，剛剛在文才人面前多有不便，慢待之處還望海涵。」

胡小天道：「榮公公實在是太客氣了，應該是我失禮才對。」

榮寶興道：「胡公公晚上也過去嗎？」

胡小天道：「不知文才人要不要我送過去。」此時的心情五味俱全，這貨忽然發現自己的佔有欲還是很強的，雖然無法斷定文雅是不是樂瑤，可即便是這樣，仍然不想便宜了狗皇帝。

榮寶興壓低聲音道：「皇上喜歡紅色，胡公公應該明白的。」

胡小天佯裝感激不盡的樣子：「多謝榮公公指點。」心中卻罵，我謝你八輩子祖宗。

榮寶興離去後，胡小天回到文雅身邊，文雅讓王仁和馬良芃去準備熱水沐浴，又讓秋燕和梧桐兩人將她一號箱子裡的衣裙拿出來，葆葆去幫忙取她的首飾。

胡小天無精打采地來到文雅面前，文雅看了他一眼道：「今晚，你陪我過去。」

胡小天心中暗歎，蒼天啊，大地啊，這世上還有比老子更悲情的人物嗎？要把自己的女人送到皇帝床上去，老子汗毛都綠了。嘴上卻應承道：「是！」

文雅道：「小鬍子，你好像興致不高啊？」

胡小天擠出一絲笑容道：「文才人，小的正在想您應該穿什麼衣服去見皇上。」

文雅道：「你操心的事情倒還真是不少。」

胡小天道：「聽說皇上最喜歡紅色。」說完之後他恨不能反手抽自己一個大嘴巴子，犯賤，老子這不是犯賤嗎？

文雅道：「說起這件事，我心中還真是有些矛盾呢。」

胡小天心想你矛盾什麼，你養父把你送到宮裡目的是什麼？還不是想儘早將你送到皇上的床上去，魅惑皇上，早日洞房，最好迷得那變態皇帝神魂顛倒，為他生個帶把的小皇子那才叫好，現在居然在我面前演戲？胡小天道：「文才人矛盾什麼？」

文雅歎了口氣道：「我入宮之前，心中的確想著早一點見到皇上，可是真正來到這皇宮之後，卻又有些矛盾了，想著若是皇上永遠都不見我，我在這明月宮中待上一輩子倒也不算什麼壞事。」

胡小天哪裡肯信，後宮嬪妃哪個不朝思暮想地想見皇上，為了給皇上侍寢只差沒爭得頭破血流了，文雅入宮第二天，皇上就翻了她的牌子，傳她進御，說不定她心裡已經樂開了花，此時居然還跟自己在裝腔作勢。假清高！胡小天心中無比怨念。甚至連當初樂瑤欺騙自己的事全都帶入到了文雅的身上。口中卻假惺惺勸道：「文才人還是不要多想的好，現在需要做的只是靜下心來，將你自己打扮得漂漂亮亮的，皇上若是龍顏大悅，說不定會冊封文才人當貴妃娘娘呢。」胡小天說得眉開眼笑，感覺心底卻在嘩嘩地滴血。

文雅道：「我沒有什麼太高的奢望，只求在這宮中安安靜靜地度過此生。」

這番話胡小天絕對不信，文雅雖然表現得淡定自若，無欲無求，可是胡小天憑直覺感到在她靜若止水的表情下實則包藏著一顆驛動的心，倘若她就是樂瑤，此女的心機應該深沉到了何種地步，方能做到泰山崩於面前而毫不動容的境界，老子也自歎弗如了。胡小天道：「有句話，小天不知當不當問？」

文雅道：「你說！」

「文才人有沒有去過西川？」

文雅搖了搖頭：「昨日你便問過我，我從小就在金陵長大，從未去過西川。」

「文才人認不認識一個叫樂瑤的女人？」

文雅一臉迷惘道：「樂瑤？我從沒有聽說過這個名字。」

這下輪到胡小天感到迷惑不解了，從文雅的反應來看，她應該不像作偽，否則胡小天提起樂瑤這個名字，她不會連一點點反應都沒有。

望著胡小天，文雅的唇角露出一絲淡淡笑意：「怎麼？你以為我就是樂瑤？」

胡小天沒承認也沒否認。

文雅道：「我和她長得很像？」

胡小天道：「豈止是很像，簡直一模一樣。」他沒有說謊，也沒必要說謊。

文雅道：「如果你說的是真的，我倒想見見她，我一直以為這世上不會有長得完全一樣的兩個人。」說完她又笑了笑道：「你不用懷疑，我不是她，假如我早一點遇到她，或許可以問問，她願不願意為我入宮。」

胡小天道：「入宮伺候皇上乃是每個人夢寐以求的事情，我想她一定願意。」觀察著文雅每一個細微的表情變化，以他在心理學上的造詣竟然看不出文雅是否在說謊。

文雅臉上的笑容突然消失：「入宮伺候皇上也是你夢寐以求的事情？」

「是！」胡小天毫不猶豫答道。

文雅冷笑了一聲道：「連句真話都不敢說，胡小天，你讓我很失望。」她轉身欲走，走了兩步卻又停下腳步：「那個樂瑤是你什麼人？」

胡小天猶豫了一下，低聲答道：「曾經是小的的愛人。」

「愛人？宦官也有愛人？」文雅這句話似乎根本沒有顧及到胡小天的自尊心。

胡小天道：「沒有人生來就是宦官，小的入宮前也是一個男人，也有感情。」

文雅霍然轉過身來，美眸盯住胡小天的眼睛：「出爾反爾，口是心非，你不是說入宮伺候皇上才是你夢寐以求的事情嗎？為何還要對昔日的愛人戀戀不捨？」

胡小天被問得啞口無言，論到口舌之利，少有人是他的對手，不過眼前的文雅實在是有些厲害，她善於抓住自己言語中的漏洞，給予有力一擊。面對文雅，胡小天又不能歪攪胡纏，畢竟她是自己名義上的主人，服軟是必須的。

文雅這次沒有讓胡小天伺候沐浴，胡小天獨自一人來到院落之中，望著灰濛濛的天空呆呆出神，一個人不可能在短時間內完全變成另外一個人，容貌可以改變，性情很難改變，自從文雅入宮之後，他就注意著她的一舉一動，發現文雅和樂瑤在性情上毫無共同之處，樂瑤溫柔嫵媚，優柔寡斷，文雅高貴孤冷，性情果決，難道這根本就是兩個人？又或是他在過去從未真正瞭解過樂瑤？

身後響起輕盈的腳步聲，胡小天沒有回頭就已經從腳步的節奏中判斷出來人是葆葆。

光天化日之下，葆葆沒有像昨晚那樣肆無忌憚地發動攻擊，而是規規矩矩來到胡小天身邊站了，裝出和他一樣欣賞天空的景致，事實上天空灰濛濛的，彤雲密佈，看得讓人心頭壓抑。葆葆低聲道：「你心裡好像很不好受的樣子。」

胡小天笑了起來：「咱家不知有多快活。」

葆葆瞥了他一眼，小聲道：「文才人真是美麗啊，別說是你這個假太監，連我這個真女人看著都有些心動。」

胡小天沒好氣道：「你應該去太醫院看病了，放著現成男人不喜歡，居然改換了口味。」

葆葆不屑道：「男人？我說你是男人，你敢承認嗎？」

胡小天望著這個放肆的小宮女，自從給她解藥之後，她似乎好了傷疤忘了疼，大有蹬鼻子上臉的趨勢了。

葆葆咬了咬嘴唇：「看什麼看？信不信我把你的醜事全都抖出來。」威脅歸威脅，這番話說得卻是沒有底氣。當她看到胡小天掏出了那枚玉哨子，俏臉馬上就變色了，顫聲道：「你敢……」

胡小天笑道：「咱家有什麼不敢的。」

葆葆馬上軟了下來：「我……我跟你開玩笑的。」

胡小天道：「轉過身去！」

葆葆沒奈何轉過身去，剛剛把身體轉了過去，就感覺到屁股上一陣劇痛，啪！的一聲，卻是胡小天狠狠一巴掌落在她屁股上，這巴掌可沒留情，打得葆葆呲牙咧嘴，胡小天在她身後輕聲道：「下次再敢對咱家無禮，我脫了你的褲子吊打！」

皇上晚膳之後就是嬪妃的進御時間，榮寶興已時就已經過來接人，文雅沒有讓其他人隨行，包括她的那個橡皮人宮女梧桐在內，只是讓胡小天獨自一人陪她前往宣微宮，胡小天打心底不想去，不認為文雅這種行為是對自己的寵幸，而是一種變相的折磨。儘管他已經否定了文雅就是樂瑤，可心底深處仍然有種要將自己女人送到皇帝床上的感覺，揮之不去。抬頭望，天色未暗，空中的雲彩怎麼看都是一種灰綠色，正所謂綠雲壓頂，這頂綠帽子不可謂不大，胡小天感覺自己被壓得就快透不過氣來。

雖然是前往宣微宮進御，卻不是直接前往，而是先去了宣微宮旁的慕雲閣，在這裡，被欽點侍寢的嬪妃還要進行一次沐浴熏香，然後才能送到皇上的龍床上。

榮寶興始終都是一副笑容可掬的樣子，向文雅道：「請文才人沐浴。」

文雅點了點頭，看到兩名彩妝宮女婷婷嫋嫋走向自己，伸出手去，讓她們兩人攙著，宛如風中擺柳一般步入了慕雲閣。

胡小天和榮寶興就在外面候著，榮寶興笑道：「恭喜胡公公，賀喜胡公公。」

胡小天心情很差，暗罵：「賀你媽個頭？老子就要被戴上一頂這麼大的綠帽子，何喜之有？」嘴巴咧開老大，露出兩排白森森的牙齒，笑容的幅度雖然很大，可未免誇張了一些，僵硬了一些：「同喜，同喜……」

榮寶興道：「若是文才人得到皇上寵愛，以後胡公公飛黃騰達，指日可待。」

胡小天乾笑道：「哈哈哈哈……」打落門牙往肚裡咽，誰能知道老子的悲哀。

此時一群太監從院門外魚貫而入，為首一人正是內官監提督姬飛花，姬飛花身穿大紅長袍，腰纏玉帶，外罩黑色貂裘，長眉入鬢，鳳目含威，他一走入院落之中，小宮女小太監嚇得紛紛跪了下去，榮寶興臉上的笑容也是一斂，慌忙快步上前，恭敬道：「姬提督來了。」

姬飛花明澈的雙眸掃了他一眼，臉上卻沒有絲毫的笑意，輕聲道：「榮公公不在皇上身邊做事，來這裡做什麼？」

榮寶興道：「稟姬提督，皇上今晚翻了文才人的牌子，所以……」他的表情明顯有些忐忑。

姬飛花道：「文才人？咱家還未見過呢。」他將貂裘向後一抖，舉步向慕雲閣走去。榮寶興慌忙跟上，卻不敢阻止姬飛花。胡小天心中不怒反喜，姬飛花這會兒出現，十有八九是為了攪局而來，真要是讓他攪和了皇上的好事，對自己沒什麼損失，這貨唯恐天下不亂地扯了扯榮寶興的袖子，示意他開口說話。

榮寶興本來就在猶豫，胡小天這麼一來，他終於忍不住道：「姬提督，文才人尚在沐浴，此時進去只怕不妥。」

姬飛花停下腳步，猛然轉過身來，一雙鳳目迸射出逼人的寒光，宛如兩把利劍投向榮寶興，嚇得榮寶興嘴巴一癟，竟然不敢出聲了。姬飛花冷笑了一聲：「咱家去伺候才人有何不妥？」說完這句話之後，他繼續向裡面走去。

榮寶興不敢再出聲制止，只能跟著他一起進去，胡小天也隨著眾人進入，一是出於關心，還有一個原因是看熱鬧，卻不知姬飛花要如何對待文雅。

蓮花池內水汽縈繞，文雅宛如出水芙蓉般在池心沐浴，嘈雜的腳步聲並沒有讓她驚慌失措，她仍然靜靜端坐在水中，兩名宮女被眼前的場景嚇住了，正在為她濯洗秀髮的手停頓下來。

姬飛花在蓮池旁站定，微笑道：「內官監姬飛花參見文才人！」

文雅道：「免禮！」聲音淡定自若，宛如古井無波，並沒有透露出一絲一毫的畏懼。

胡小天此時可以完全斷定，文雅應該不是樂瑤，小寡婦絕無她這種泰山崩於面前而不動聲色的境界。

一名宮女可能是因為太過害怕，手中用來濯洗的水勺失手落在了地上。

姬飛花的目光落在兩名驚慌失措的宮女身上，冷哼一聲道：「賤婢，你們就是這樣伺候文才人的？還不給我滾出去！」

兩名宮女嚇得也顧不上文雅了，起身鞠躬謝罪，拔腿就逃，可見姬飛花在後宮中囂張跋扈到了何種地步。

文雅輕聲歎了口氣道：「只是一些不懂事的小孩子，姬公公又何必對她們太過嚴厲。」

姬飛花雙目中流露出一絲異樣的光芒，面對自己，這位新來的文才人居然沒有流露出任何的怯意，在這樣的狀態下仍然能夠保持這份鎮定的心態，實在是非同一般。難怪文承煥那個老東西會對她寄予厚望。

姬飛花向前走了一步道：「文才人是何等身分，豈能讓這幫笨手笨腳的賤婢伺候，還是咱家親自來伺候。」他口口聲聲叫著文才人，卻又自稱咱家，擺明了沒有將這位新來的才人放在眼裡。

胡小天暗自為文雅捏了把汗，以姬飛花的冷酷性情，就算將文雅一把捏死也有可能，如今的皇宮之中，他可以覆雨翻雲，其他人誰又敢說個不字。

文雅道：「不敢勞姬公公大駕，小鬍子，你來，一直都是你伺候本宮的。」

所有人的目光都聚集在胡小天的身上，如果不是文雅說起了他，今兒胡小天一直都處於被人忽略的狀況。胡小天不由得有些頭皮發緊，文雅啊文雅，你這是要坑我啊！

姬飛花一雙鳳目望著胡小天，唇角卻露出了一絲笑意：「小鬍子，文才人的話難道你沒聽到？」

「是！」胡小天只能走了過去，先在浴池旁邊的水盆中淨了淨手，這才來到文雅身邊。

文雅道：「小鬍子，你為本宮將浴袍拿來。」

「是！」

姬飛花卻道：「文才人還未洗頭呢。」他向胡小天使了個眼色，胡小天無奈只能將地上的水勺拾起，來到文雅身邊，文雅將頭揚起，黑髮如雲，散亂在水池的邊緣，胡小天舀了一勺清水，慢慢為文雅濯洗秀髮，文雅閉上美眸，水汽蒸蔚中美得不可方物，如果說昨兒胡小天只是看了個囫圇背影，今兒算是近距離仔細看了個清楚，尤物，果然是尤物！出淤泥而不染，濯清漣而不妖，每一根髮絲，每一寸肌膚都透露著讓人心動的美。

要說笨手笨腳，胡小天才是，這貨雖然入宮也有一段日子了，可貼身伺候別人的活根本就沒幹過，為文雅洗頭，也就是裝模作樣，自己幾斤幾兩自己還不清楚？

姬飛花看到胡小天洗頭的笨拙模樣心中暗暗好笑，再看文雅秀眉微顰，顯然是被這廝扯痛了頭髮。姬飛花道：「文才人在這宮裡還過得慣嗎？」

文雅依然閉著美眸，輕聲道：「托姬公公的福，一切都安排得妥當周到。」

姬飛花道：「有什麼不到的地方只管說出來，皇上對才人關心得很，若是知道我們有照顧不周的地方，陛下肯定會不高興。」

文雅道：「謝謝姬公公，等本宮見到陛下，一定會將姬公公對我的好處全都告訴他。」

胡小天禁不住將她的秀髮扯了一下，文雅吃痛，咬住櫻唇，其實胡小天是好意，旨在提醒她在姬飛花面前說話要客氣一些，萬一觸怒了姬飛花，說不定就是個血染蓮池的下場。

在姬飛花看來，胡小天扯文雅的頭髮卻是在給自己出氣，心中大悅。他慢條斯理道：「那咱家還得要謝謝文才人了。」

文雅正想反唇相譏，胡小天卻在這時舀了一勺水兜頭蓋臉澆了上去，弄得她不得不屏住氣，一個字都說不出來了。

姬飛花道：「在皇上身邊伺候久了就會知道，什麼話該說什麼話不該說，千萬不要胡亂說話，不然就會惹得皇上不開心，皇上不開心，我們做奴才的就會不開心，皇上不開心又怎麼有心去處理朝政？皇上無心處理朝政就會荒廢大康的政業，最終受損的還是千萬百姓。」

文雅道：「皇上……」她本想說朝政本宮怎麼敢去管，可剛說出了兩個字，胡小天又是一勺水澆了上來，這廝的意思再明顯不過，根本不想讓她開口說話。

姬飛花躬下身子，春蔥般的手指落在文雅濕漉漉的黑髮之上，他五指岔開在秀髮中穿行，感受著髮絲中的水汽，秀髮沾水後有些生澀，姬飛花的手指每移動一下，文雅的頭皮就會痛一下。

胡小天望著姬飛花的動作暗自心驚，但願他不會做出辣手摧花的事情來。姬飛花的手指最終落在了文雅的肩頭，指尖觸摸到文雅絲緞般柔滑的肌膚，一雙鳳目中流露出羨慕的光芒，瞬間又轉為嫉妒和怨毒，纖長的手指伸出，用食指托起文雅的下頷，小指頭尖銳的尾端落在文雅的咽喉之上。

文雅能夠清晰覺察到指尖在咽喉的滑行，冰冷而尖銳，就像一把鋒利的匕首，文雅細膩柔滑的肌膚也起了一層雞皮疙瘩。

胡小天彷彿看到姬飛花的手指刺入文雅咽喉的情景，似乎嗅到一股血腥的味道，看到這池水泛起了紅色。他眨了眨眼睛，不是錯覺，池水中竟然真的浮起一抹紅色。

文雅不早不晚，竟然在這個時候來了月事。

姬飛花顯然也留意到了水中的變化，有些厭惡地皺了皺眉頭，放開文雅的咽喉，站起身來，向胡小天道：「小鬍子，你送文才人回宮。」

「是！」

文雅也沒有想到自己會在這種時候來了月事，而且在眾目睽睽之下，饒是她心態鎮定，此時也不禁羞得雙頰通紅，用力咬了咬櫻唇，小聲叮囑胡小天為她去拿浴袍。

姬飛花揮了揮手，一幫太監宮女全都退了出去，胡小天取了浴袍，伺候著文雅從水池中走了上來，為她將浴袍披上。這貨感覺小腹處有一團火升騰了起來，強行抑制住自己內心的衝動，眼光儘量不去看文雅。幫著文雅擦淨嬌軀，文雅處理好身子，穿好衣服，此時整個人方才從羞不可耐中漸漸冷靜了下來。

胡小天裝得像個老實孩子，其實這貨腦子裡裝滿了齷齪的念頭，想入非非不算，還帶著那麼一點點的竊喜，既然文雅在這當口兒來了月事，就不可能在今晚侍寢，身體不方便還在其次，皇室之中對這種事非常講究，當然不想她影響了皇上的運程。

文雅收拾停當來到外面的時候，發現其他宮女太監都已經走了，只有胡小天一個人在那裡等著他，芳心中忽然生出一種無法形容的滋味。

胡小天恭敬道：「文才人，咱們回宮吧。」

文雅點了點頭，伸出一隻手，胡小天抬起右臂讓她搭在自己的臂膀上，打著燈籠為文雅引路。走出慕雲閣，夜幕已經完全降臨了，此時開始下起雪來，雪花悠悠蕩蕩地從天際落下，落在他們的頭上身上，胡小天體貼地幫著文雅將斗篷拉起遮住她尚未乾透的長髮。文雅道：「下雪了。」

胡小天嗯了一聲，然後道：「過去在西川有沒有見過雪？」

文雅停下腳步，美眸帶著冷漠：「本宮跟你說過，我從未去過西川！」這還是她在胡小天面前第一次用本宮來稱呼自己。

胡小天笑了起來：「小天錯了，小天只是忽然間想起了另外一個人。」

文雅道：「你們一起看過雪嗎？」

胡小天搖了搖頭。

文雅道：「我陪你看！」

胡小天心想還不知道誰陪誰？大冷的天，北風呼呼地吹，大雪不停地下，你居然要陪我賞雪？是我陪你才對。倘若不是你剛巧來了月事，現在可能正給皇上暖被窩呢，敢情你把我當成備胎了，胡小天的心裡居然有些怨氣，他低聲道：「夜冷風寒，文才人還是早些回去休息，萬一著涼就不好了，皇上怪罪下來，小的可擔待不起。」

文雅不急不慢地走著，又將手搭在胡小天的手臂上，輕聲道：「若是病了，倒也不是什麼壞事。」

胡小天暗忖，這妞兒腦子是不是被刺激糊塗了？突如其來的意外讓她進御的希望落空，破壞了一個她接近皇上的絕佳機會，所以她才會倍感失落。難不成想通過生病這種方式，再次引得皇上的關注？真要是這樣，這妞兒也算得上是居心叵測。

頂著寒風冒著雪花回到了明月宮，文雅放開胡小天的手臂，徑直進入了宮室，一會兒功夫就將要陪著胡小天看雪的事情忘了個一乾二淨。所以女人的話不能信，尤其是漂亮女人。

看到文雅去而復返，幾個宮女太監都倍感驚奇，等到文雅進去之後，方才一個個湊過來打聽詳情，被胡小天冷冷喝退，這種事情還是憋在肚子裡好。

明月宮內雖然也給胡小天準備了房間，可是又小又冷，現在即便是點上火盆子也不知什麼時候才能暖和起來，與其留在這裡受凍，不如回司苑局去享受，本來文雅也答應過，他可以每天晚上都回司苑局去住。

胡小天將這邊的事情向葆葆交代了一聲，打著燈籠向司苑局趕去，司苑局和明月宮之間相距不遠，大概不到兩里的距離，不過中途要經過幾道崗哨，胡小天如今的身分自然不會被層層盤查搜身。

方才走出了明月宮，就看到前方有燈籠朝著自己的方向移動，胡小天判斷出對方是向明月宮來的，於是停下腳步，等到對方走到近前，方才發現來人是史學東和司苑局的一名小太監，他們兩人顯然是奔著自己過來的。

史學東看到胡小天又驚又喜道：「胡公公，總算找到您了，剛聽說您去了宣微宮，等到了那兒卻又聽說您已經回來了。」

胡小天道：「有事？」

史學東將頭用力點了點，湊近他的耳邊壓低聲音道：「出事兒了。」

胡小天皺了皺眉頭：「走，回去再說！」

方才走出幾步，身後馬良芃趕了過來：「胡公公留步，胡公公留步！」

胡小天停下腳步，馬良芃氣喘吁吁追了過來，因為迎著風雪奔跑，不得不瞇起了眼睛：「胡公公，文才人讓您過去。」

胡小天向史學東道：「你們先回去吧，我見過文才人再過去。」

史學東點了點頭道：「那我們先回去等著。」他向胡小天使了個眼色，看來的確是出了要緊事情。

胡小天又返回了明月宮，宮室也算不上暖和。文雅半倚半靠在椅子上，身上蓋著一件水貂皮毯子，肩膀倚在靠墊上，雙手端著杯熱騰騰的參茶正在慢慢品味著。

胡小天在外面抖了抖風雪方才跨入宮室，來到文雅面前躬身行禮道：「小的參見文才人！」作勢要跪，其實蹲下去的很緩慢。

文雅道：「免了！」

胡小天趁機站直了身子，在皇宮中混得久了，這方面演技一流，胡小天不知不覺中已經成了一個老油子，糊弄這幫上層人物自有他的一套。

文雅道：「小鬍子，這麼晚了你要去哪裡？」

胡小天恭敬道：「文才人忘了，您不是答應讓我晚上回司苑局休息嗎？」

文雅漫不經心道：「今兒風雪這麼大，就沒必要回去了，不如留在這裡陪本宮說說話。」

胡小天道：「剛剛司苑局來人說那邊發生了點事情，需要我回去處理，所以小的不管多晚都得回去一趟。」看來文雅今晚因為進御受阻之事心情頗不平靜，不然也不會想起讓他作陪。

文雅一雙秀眉揚了起來，喝完了最後一口參湯，將碗盅遞給胡小天，胡小天伸手接了過來，卻聽文雅道：「身在曹營心在漢！」

胡小天道：「文才人責怪小的了。」

文雅道：「本宮不是責怪你，而是今晚這心裡翻來覆去的不是滋味，總想有個人在我身邊，陪著我說說話兒。」

胡小天道：「既然如此，小的便哪裡都不去，就留在文才人身邊陪您說話。」

文雅笑著搖了搖頭道：「看你神不守舍的，既然有事那就趕緊去辦吧。勉強留在這裡，也是心不在焉的。」

胡小天道：「那我先去了。」

文雅此時卻幽然歎了口氣道：「當真是寂寞如雪啊……」

胡小天聞言一怔，抬頭卻見文雅已經將雙眸閉上，似乎在傾聽外面的落雪之聲，望著她精緻得沒有半分可以挑剔的面龐，用美輪美奐都不足以形容，胡小天卻覺得眼前的文雅越發讓人看不透了。

史學東匆匆過來尋找胡小天的原因只有一個，司苑局失竊了，今晚巡視的時候他發現酒窖的門鎖被人撬開，他雖然不知道酒窖裡面有什麼秘密，可是因為胡小天平時對這裡極為看重，很少讓外人進入，知道可能有了大麻煩，所以才匆匆前往明月宮報訊。

胡小天頂著風雪回到司苑局，跟著史學東來到酒窖之中，他最為關心的就是地下密道的事情有沒有暴露，先來到底層，看到一切還都是原來的樣子，這才稍稍放下心來。

史學東道：「公公放心，剛才我已經清點過，應該沒有丟失什麼東西。」

胡小天點了點頭道：「藥庫那邊呢？」

史學東道：「全都看過了，都好好的。」

胡小天皺了皺眉頭，忽然想起了一件事，他轉身快步向自己的房間走去，來到房間外面看到門鎖仍然鎖得好端端的，一顆心方才放下，然後取出鑰匙打開了房門，史學東舉著燈籠在他身後進入，來到房內不禁大吃一驚，卻見房間內一片狼藉，被褥扔在地面上，床鋪被翻了個底兒朝天。胡小天檢查了一下，唯一丟失的東西就是那條黑虎鞭，其實這條黑虎鞭對胡小天來說並不重要，他才不相信服用黑虎鞭可以重新長出命根子的荒唐傳言，可是想起為了這條黑虎鞭，劉玉章已經送了性命，這條黑虎鞭代表著老爺子對自己的深厚情誼，心中頓時怒火填膺，不用問，偷走黑虎鞭的十有八九就是太監，不然其他人要來又有何用？自己一直都將黑虎鞭收藏得很好，並沒有多少人知道這根東西在自己這裡。胡小天首先懷疑的對象就是榮寶興，這貨三番兩次過來找自己索要此物，自己也給了他不少根虎鞭搪塞，難道是他賊心不死，懷疑到了自己的身上，所以才幹出這種翻牆越戶偷盜的勾當？

史學東前去檢查了一下窗戶，發現窗戶被人從外面撬開了，他摸了摸後腦勺道：「應該是從窗戶爬進來的。」

胡小天默不作聲，拉開房門來到外面，舉起燈籠從地上尋找著可疑的腳印。外面除了他和史學東兩人的腳印再也沒有第三個，胡小天抿起嘴唇，很難說竊賊是何時潛入自己的房間，如果是下雪之後方才潛入，那麼此人必然有了踏雪無痕的本事。

史學東道：「要不要通報侍衛？」

胡小天搖了搖頭道：「算了，反正又沒丟什麼重要東西。東哥，今天司苑局有沒有什麼可疑的人物過來？」

史學東想了想道：「沒有，一個都沒有。要不要我把咱們的人全都叫過來，一個一個的審？」

「不用，沒必要搞得人心惶惶的。」

胡小天也懷疑這件事可能有內賊，否則怎麼會神不知鬼不覺地進入自己的房間，從容偷盜，而又從容逃走。

史學東湊了上來：「兄弟，你到底丟了什麼東西？」

胡小天道：「沒什麼！」他並不想引起太多的注意，造成不必要的影響。

此時忽然聽到通報之聲：「提督大人到！」

胡小天和史學東對望了一眼，他們都沒有想到在這個時候姬飛花會過來，胡小天使了個眼色，史學東趕緊去招呼司苑局的其他人，所有人都來到院落中迎接姬飛花的到來。

姬飛花身穿黑色貂裘，在兩名太監的陪同下走入司苑局，和昔日眾星捧月的陣仗完全不同。

胡小天率領眾人上前施禮，心中有些奇怪，姬飛花不在宣微宮陪皇上，來這裡做什麼？

姬飛花擺了擺手道：「算了，這麼大的風雪都回去吧，咱家路過這裡，忽然想起了胡公公，所以過來和他說兩句話。」

其他人聽到姬飛花有話要和胡小天聊，於是識趣地走開，姬飛花不等胡小天邀請，已經走向胡小天的房間，胡小天趕緊跟了上去，恭敬道：「提督大人，不如咱們去那邊坐。」

姬飛花有些疑惑地看了他一眼，卻並未停下腳步，來到胡小天的房門前伸手推開了房門。當他看到一片狼藉的房間，方才明白胡小天想要阻止他的原因，不禁笑了起來：「這兒好像剛剛被打劫過一樣。」

胡小天躬身道：「提督大人好眼力，這都看得出來。」

姬飛花瞪了他一眼道：「咱家又不是瞎子，若要人不知除非己莫為！」這句話明顯暗藏深意。

胡小天陪著笑道：「這跟我沒什麼關係。」

姬飛花走了進去，從地上拾起一張倒伏的椅子，胡小天趕緊走上去，用衣袖在椅子上面擦了擦，這才邀請姬飛花坐下。心中卻是非常納悶，既然今天文雅身體不方便遭遇退貨，那麼姬飛花豈不是就來了機會，這樣的風雪之夜剛好去給皇上暖床，怎麼他不去討好皇上，反而蹓躂到司苑局來了？更奇怪的是，他怎麼知道自己已經回來了？難道那根黑虎鞭是被他給偷走了？轉念一想應該沒有任何的可能，當初自己曾經將黑虎鞭主動謹獻給他，他都不要，又怎麼可能回頭來做偷竊的事情？雖然姬飛花不是什麼好人，可是以他高冷孤傲的性格，應該不屑做這種事情。

姬飛花道：「丟了什麼東西？」

胡小天老老實實道：「黑虎鞭！」

「哦？知不知道什麼人偷的？」

胡小天搖了搖頭，沒證據的事情當然不能亂說。

姬飛花道：「想不想知道是什麼人做的？」

胡小天心中一動，看來姬飛花果然是有備而來，難道他發現了這件事的罪魁禍首？聽他話裡的意思應該是知道這件事的內情。

胡小天道：「想，可又有點不想。」

姬飛花道：「吞吞吐吐，猶猶豫豫，真是好沒意思。」

胡小天道：「想知道，又怕知道了我也惹不起人家。」

姬飛花因胡小天的這句話而哈哈大笑起來，他點了點頭道：「有點意思，既然你這麼想，還是不要知道答案的好。」

胡小天道：「每次跟大人談話總讓小天如同醍醐灌頂，茅塞頓開。」

姬飛花道：「明明知道你說的是假話，可聽起來還是很舒服。」

胡小天道：「小天對大人忠心耿耿，願為大人上刀山，下……」

姬飛花笑盈盈道：「你且打住吧。」他站起身來，胡小天以為他準備離開，慌忙跟著恭送。卻想不到姬飛花來到門外，望著漫天的飛雪忽然道：「咱家忽然很想喝酒！」

胡小天道：「酒窖裡有幾罈好酒，我這就去給姬公公拿。」

姬飛花道：「不用，咱們去內官監喝。」

姬飛花來了興致，胡小天自然不敢說個不字，跟著姬飛花一行前往內官監。雪沒有停歇的跡象反而越來越大了，胡小天心中揣摩著姬飛花到底有什麼目的？深夜過來找自己，怕不是僅僅喝酒聊天那麼簡單？

第四章

唯一能信的只有自己

「你不該來這兒。」胡不為牽掛兒子處境，
這次來探望，不知會給他造成怎樣的影響，
水井兒胡同遍佈朝廷的眼線，很可能被別人發現。
胡小天道：「沒事，姬公公肯帶我來，就能解決這件事。」
胡不為搖了搖頭，道：「唯一能信得過的只有你自己。」

說是前往內官監，可姬飛花走的卻是相反的方向，胡小天也不敢多問，發現原本跟著姬飛花的兩名太監中途也失去了身影，他們從後宮來到了外庭，一輛馬車早已等在軒轅門處，駕車的仍然是上次姬飛花的馬夫。胡小天知道此人武功絕非泛泛，上次和機關門的那場惡戰仍然記憶猶新，看來姬飛花是要和自己一起出宮了，難道今晚又要去煙水閣筆會？

姬飛花和胡小天上了馬車，馬車緩緩向宮外馳去，途中自然遇到了不少的大內侍衛巡查隊伍，可當他們看到姬飛花的令牌，自然無人敢阻攔，一路暢通無阻地出了皇宮。

胡小天始終保持著沉默，直到出了宮門的剎那，姬飛花笑了起來：「小天，你怎麼不問咱家要帶你去哪裡？」

胡小天道：「小天相信提督大人一定不會害我。」心中卻沒有多少的把握，姬飛花這個人喜怒無常又冷酷無情，說不定今天晚上的事情觸怒了他，他對自己產生了殺念，畢竟自己在文雅沐浴的時候曾經三番兩次阻止她說話，生怕她觸怒姬飛花遭到毒手。姬飛花為人精明，萬一識破了自己的用心可就麻煩了。

姬飛花道：「這樣說就是害怕咱家咯！」他掀開車簾，一股冷風捲著雪花飄了進來，車廂內頓時感覺到一股寒意。

胡小天道：「這樣的風雪天，西鳳橋的那對老人家不會出來做生意的。」

姬飛花呵呵笑了起來，一雙鳳目在黑暗中異常明亮：「難為你還記得他們。」

胡小天道：「他們做的滷牛肉很好吃，現在想起來，小天還口舌生津呢。」

姬飛花道：「那回頭咱們再去看看，萬一他們在呢。」

胡小天心中卻認為絕無可能，原本那對老人家就沒有什麼生意，這樣的風雪天又豈會出來做生意？

馬車在康都內城行進了約有半個時辰，終於停了下來，姬飛花道：「你下去吧！」

胡小天微微一怔，不知姬飛花究竟是什麼意思。

姬飛花道：「這裡就是水井兒胡同，走進去第三家就是你爹娘暫住的地方。」

胡小天聽到這裡，內心劇震，臉上充滿了不可思議的表情，他怎麼都不會想到在這樣一個風雪之夜，姬飛花居然帶著他來探望自己的父母。姬飛花道：「咱家既然答應過你就一定會做到，你去吧，半個時辰，咱家就在外面等你。」

胡小天推開車門想要走下去，卻因為太過匆忙，額頭撞在了門樑上。

姬飛花看到他的樣子也不禁露出一絲笑意，等到胡小天下了馬車，他將一個包裹從車內扔了下去：「久別重逢總不能空著手過去。」

胡小天接住那個包裹，一時間百感交集，甚至對姬飛花的仇恨也沖淡了幾分。

拎著姬飛花給他的禮物，胡小天踩著積雪，深一腳淺一腳地來到父母的居所門前，深深吸了口氣，這才揚起手叩響了門環。過了好一會兒方才聽到裡面傳來窸窸的腳步聲，有人在裡面道：「誰啊！」這聲音居然是梁大壯。

聽到梁大壯這熟悉的聲音，胡小天也不禁感到溫暖了，他又敲了兩下。

梁大壯這才過來開門，先將大門拉開了一條細縫，看了看外面的情形，借著燈籠的光芒隱約看到外面的身影有些熟悉，他又不敢確認，將房門拉開了一些，更多的光束隨著房門的敞開散落在外面，梁大壯終於看清胡小天拎著一個包裹，笑瞇瞇站在外面，他無法相信自己看到的一切，先是睜大了眼睛，然後用力眨了眨，發現胡小天仍然站在那裡，方才驚喜萬分道：「少……」

胡小天右手的食指豎起在唇前，向他做了個噤聲的手勢。梁大壯張大了嘴巴，止住了聲音，可眼淚卻啪嗒啪嗒地落了下來，胡小天走入小院之中，伸出手去，在他寬厚的肩膀上用力拍了兩下，數月不見，這廝明顯清瘦了許多，雖然不及昔日豐滿圓潤，卻顯得精神幹練了很多。

「我爹，我娘呢？」

梁大壯指了指亮燈的堂屋，胡小天踩著積雪大步走了過去，等到了門前卻又放緩了腳步。

裡面傳來父親低沉的聲音：「大壯，什麼人？」

胡小天平復了一下激動的心情，這才慢慢推開房門。

胡不為和徐鳳儀夫婦正坐在火盆前取暖，兩人都穿著粗布衣服，棉襖還打著補丁，布衣荊釵的徐鳳儀就著油燈正在納著鞋底，看到門外突然出現的胡小天，夫婦兩人同時驚呆在那裡，徐鳳儀一時失手，手指被針戳了一下，鮮血冒了出來。

胡小天一個箭步就衝了過去，撲通一聲跪倒在兩人面前，含淚道：「爹！娘！孩兒來晚了，讓你們受苦了……」

徐鳳儀只叫了一聲我的兒，便撲了上去，將胡小天牢牢抱在懷中，什麼話都說不出來，只是用力將他摟住，眼淚止不住地落了下來。胡不為呆在那裡什麼都沒說，可是臉上的表情卻糾結複雜之極。

過了好一會兒，胡不為方才抑制住內心的激動，低聲道：「鳳儀，你先讓小天起來吧。」

徐鳳儀這才回過神來，一邊抹淚一邊捧著胡小天的臉：「小天，讓娘好好看看。」

胡小天過去一度以為自己會對這種過於親近的表達方式不適應，可這一刻真正到來的時候，他心中更多的是感動，看到老媽的手指仍在流血，胡小天抓住她的手在嘴中吮了吮。

徐鳳儀含著淚笑道：「長高了……也壯了……」做母親的看兒子越看越愛。

相比起妻子，胡不為更加的冷靜，他向隨後跟來的梁大壯道：「大壯，你去看看外面還有沒有人跟過來。」

胡小天道：「不用看，姬公公送我來的。」

胡不為微微一怔，低聲道：「姬飛花？」

胡小天點了點頭。

胡不為的表情瞬間變得凝重起來。

「你們爺倆兒先說話，我去，我去沏茶。」徐鳳儀如夢初醒站了起來。

胡小天道：「不用。」可徐鳳儀已經出門了，梁大壯也識相地退了出去，顯然是要給他們爺倆兒留一個單獨說話的空間。

胡小天環視這簡陋的斗室，聯想起昔日富麗堂皇奴僕如雲的尚書府，簡直是一天一地，更感覺到此時境況的淒涼。

「你還好嗎？」父子兩人幾乎同時說道。

兩人笑了起來，胡不為道：「你先說。」

胡小天道：「我還好，目前在司苑局當差，姬公公對我非常器重，周圍的人也對我很好。」

胡不為點了點頭，聽到公公這兩個字，內心就如同刀割般疼痛，這是自己唯一的兒子啊。龍燁霖這混帳竟然讓他入宮贖罪，等於斷了我胡家的香煙，這是何等深仇大恨。

胡小天道：「戶部那邊怎麼樣？」

胡不為道：「無非是榨取我的最後一點價值罷了。」他將未來看得很透，知道自己即便是苟且偷生，最終仍然逃不過一死。

「你不該來這兒。」胡不為最牽掛的仍然是兒子的處境，此次前來探望他們，還不知會給他造成怎樣的影響，須知在水井兒胡同周圍遍佈朝廷的眼線，今晚過來的事情很可能被別人發現。

胡小天道：「沒事，姬公公既然肯帶我來，就能解決這件事。」

胡不為緩緩搖了搖頭，低聲道：「唯一能信得過的只有你自己。」他有很多話想對兒子說，可又不能現在說。姬飛花是什麼人他當然清楚，兒子和這種人混在一起，無異於與虎謀皮。

胡小天自從進入房間之後，始終在留意觀察傾聽周圍的動靜，以防有人監聽，現在的處境逼迫他不得不小心謹慎。他從火盆中取出一根木炭，在地上寫了一行字：「梁大壯一直都在這裡？」

胡不為也學著他的樣子挑了一根木炭，寫道：「今天傍晚過來探望我們的，我們留他沒走。」然後又寫道：「怎麼？你懷疑他？」

胡小天用手將地上的字體抹去，然後又寫道：「我正在計畫，準備帶著你和娘一起逃走。」

胡不為用力搖了搖頭，寫道：「絕不可以！現在逃等於自尋死路！」又寫道：「要走你自己走，不要管我和你娘。」

胡小天抿了抿嘴唇，寫道：「我有辦法。」

胡不為寫道：「打消念頭，皇上不會讓我活著離開京城，他之所以不殺我，是因為我掌握著大康財富的秘密，現在殺了我，他就永遠不會知道。」

胡小天內心劇震，此時方才明白老爹並沒有那麼簡單。

胡不為寫完就迅速擦去，又寫道：「我最擔心的就是他們拿你的性命威脅我，你不該回來。」

胡小天寫道：「若是我眼睜睜看著你和娘出事而無動於衷，今生良心難安。」

父子兩人目光對視，彼此的眼圈都紅了，胡不為伸出手去，滿是炭黑的手掌跟兒子牢牢握在一起。

院落之中，徐鳳儀端著已經泡好的茶卻始終沒有進去，梁大壯恭敬道：「夫人，為何不進去？」

徐鳳儀道：「讓他爺倆兒好好聊幾句，我們就不用進去打擾了。」

梁大壯低下頭去：「那，我就在這裡陪著夫人。」

徐鳳儀道：「難為你還有這片心思，說起來自從我們胡家落難之後，前來探望我們的下人，你還是第一個，想不到我胡家還有忠心耿耿的義僕。」

梁大壯眼含熱淚道：「夫人，只怪大壯沒有本事，胡家發生了這麼大的事情都幫不上忙。」

徐鳳儀淡然道：「是胡家拖累了你們才對，如果不是聖上開恩，這次胡家免不了是滿門抄斬的下場，現在雖然蒙難，可畢竟大家都保全了性命，也算是不幸中的萬幸。」

梁大壯道：「全都多虧了少爺，若不是少爺捨身入宮，我等只怕早已沒命了。」

徐鳳儀歎了口氣道：「小天俠骨柔腸，希望他好心能夠得到好報。以後我們胡家的冤情若有昭雪之日，還希望你們能夠好好照顧他。」

梁大壯深有感觸道：「夫人，少爺待我恩重如山，大壯但有一口氣在，為少爺上刀山下火海絕不會皺一下眉頭。」

腳下的地面已經烏黑，胡不為換了塊地方，繼續寫道：「身在宮中，步步驚心，切莫做與虎謀皮的事情。」

胡小天寫道：「夾縫中求生，鷸蚌相爭，漁翁得利。」

胡不為寫道：「我絕不會饒過龍氏，害得我們胡家斷子絕孫。」他的雙目中流露出刻骨銘心的仇恨，顯然因為兒子被淨身入宮的事情將龍氏恨到了極點。他已經抱定禍亂大康江山的念頭，但有一口氣在，必然要讓大康的經濟崩塌。

胡小天在父親面前寫道：「我未淨身，一切都是假像，胡家不會絕後。」寫完之後迅速擦去。

胡不為看到這行字不可思議地望著兒子，胡小天向他點了點頭，胡不為的表情激動到了極點，本來他以為兒子被淨身，胡家就此絕後，所以對未來完全失去了希望，所以當他得知此事的真相，心中的喜悅難以名狀，恨不能跳起來高呼幾聲方才能宣洩心中的快意。

胡小天又寫道：「現在願不願意跟我走？」

胡不為搖了搖頭，寫道：「留得青山在不愁沒柴燒，讓為父好好籌謀，你在宮中小心處世，務必要保全了性命。」停頓了一下，又寫道：「以後再不要過來。」寫完這行字全部擦去，然後揚聲道：「孩兒他娘，怎麼去了這麼久？」

徐鳳儀聽到丈夫的聲音，這才應了一聲，拎著尚有餘溫的茶壺走入房間內。

梁大壯等到徐鳳儀走後，方才抖落了身上的雪花，他並沒有跟著進去，而是抬起頭，卻見屋頂之上一道黑色的身影立在風雪之中，黑衣人一雙犀利的眼睛冷冷看了梁大壯一眼，然後足尖輕點，宛如大鳥般騰空而起，在夜空中連續幾個轉折，撲向院落之外。

姬飛花掀開車簾，一雙鳳目望向外面，身穿黑衣的車夫來到他面前抱了抱拳，姬飛花淡然道：「怎麼說？」

車夫低聲道：「他父子二人並未說話，應該是用書信的方式交流。」

姬飛花宛如烈焰般的紅唇彎起一個誘人的弧度，雙眸宛如星辰般明亮：「好狡詐的一對父子。」

車夫道：「大人，會不會有什麼麻煩？」

姬飛花手若蘭花撚起鬢角的一縷長髮輕輕滑落，低聲道：「精明才好，若然他是個傻子，咱家對他們還沒有興趣呢。」

胡小天的身影已經出現在水井兒胡同外，他向跟隨自己前來的梁大壯揮了揮手道：「大壯，你回去吧。」

梁大壯顯得有些不捨，仍然站在原地，直到看到胡小天走入車內，車影沒入漫天風雪之中方才轉身離開。

姬飛花將身上貂裘裹緊了一些，身軀向胡小天側過一些，輕聲道：「如何？」

胡小天躬身行禮道：「大人對小天的恩情沒齒難忘。」

姬飛花呵呵笑了一聲道：「大恩不言謝，看來咱家給你的恩情不算什麼。」

胡小天道：「永銘於心！」

姬飛花卻道：「得人恩果千年記，不知在你心中，咱家和權德安究竟哪個更重要一些？」

胡小天並沒有直接回答姬飛花的問題，而是巧妙答道：「在小天的心目中沒有什麼比爹娘的平安更加重要。」

姬飛花微笑道：「你只要為咱家乖乖做事，你父母的平安就包在咱家身上。」

胡小天道：「提督大人有什麼事情想讓小天去做？」

姬飛花笑道：「目前只有一件事，陪咱家喝酒。」

大雪紛飛，康都的街頭寂寥無人，西鳳橋頭卻仍然亮著燈火。馬車停了下來，姬飛花率先跳了下去，胡小天跟著他來到橋下，看到那對老年夫婦在橋下正在準備酒菜，河岸邊有一條小船，就是倆夫婦的住處。

胡小天心中不免有些奇怪，不知道這倆口子究竟和姬飛花是什麼淵源，為何姬飛花總是光顧他們的生意，連風雪天也會專程來此？

姬飛花和胡小天來到小桌旁坐下，馬上老太婆就端上了熱騰騰的滷牛肉，白蓮藕，還有剛剛炸好的小魚兒，外酥裡嫩，香氣四溢。

冷風捲著風雪不停撲入橋樑的拱洞之中，胡小天接過車夫送來的玉堂春，在小黑碗中滿上，姬飛花端起酒碗，也不說話，仰首先乾了一碗。

胡小天也喝了一碗酒，只是不知姬飛花這麼晚了將自己叫到這裡喝酒的目的。

姬飛花道：「這好像是今冬的第一場雪吧。」

胡小天點了點頭道：「前兩天下了些鹽粒兒，若說下雪，今天才是真正的第一次。」

姬飛花道：「每年第一場雪的時候，咱家都會來到這裡喝酒，這對老人家知道我的習慣，所以只要是冬天的第一場雪，無論多晚都會做好酒菜，在這裡等我光顧。」

胡小天看了看那對默默忙碌的老年人，低聲道：「真是難得，他們也算得上是有心人。」

姬飛花道：「這世上很多的事情是不用說出來的，咱家從未說過我要來，他們卻數年如一日的準備，咱家也從未讓他們失望過。」

胡小天為姬飛花滿上那碗酒，隨著跟姬飛花接觸的加深，他發現姬飛花的身上的確有太多與眾不同的地方，或許這就是人們常說的人格魅力，相比陰測測的權德安，他寧願和有些狂妄的姬飛花相處。人總會在不知不覺中改變，胡小天意識到自己也因為姬飛花改變了一些。

姬飛花瞇起雙目望向皇宮的方向，大雪紛飛，已經看不清皇城的輪廓，姬飛花道：「雪天裡總覺得這個世界說不出的孤單，好像突然間一切都消失了，只剩下自己孤零零的一個。」

胡小天端起酒碗道：「我還在大人身邊，大人並不孤單啊！」

姬飛花可與星辰爭輝的雙眸投射到胡小天的臉上，看了一會兒，又搖了搖頭，歎了口氣道：「其實你又何嘗不是孤單寂寞著？」他的目光落在仍在一旁忙碌的老年夫婦身上，低聲道：「他們雖然不說話，可是他們對彼此的一個眼神一個動作全都清楚，人生一世，又有幾人能像他們這樣相濡以沫，老來為伴？」

胡小天心想這可不像你，你姬飛花明明是雄霸皇城的一代梟雄，又怎麼突然間變得兒女情長了？難道是因為文雅的入宮而被刺激到了？

胡小天道：「大人還有家人嗎？」

姬飛花的眼眸中掠過一絲失落，稍閃即逝，他搖了搖頭，可馬上卻又點了點頭：「這皇宮便是咱家的家，皇上便是咱家的親人……」說到這裡，又將碗中酒一飲而盡，朗聲道：「所以這皇宮中發生的每一件事都瞞不過咱家的眼睛。」

胡小天內心一顫，姬飛花的這句話似乎意有所指，難道自己的事情被他發現了？

一道身影忽然從橋頭跌落下來，此前毫無徵兆，胡小天被嚇了一跳，他定睛望去，卻見那人披頭散髮地被吊在那裡，身體在半空中晃來晃去，雙手不停揮舞，可惜啞穴被人制住，只能像瀕死的魚一樣不停張大嘴巴，卻發不出任何的聲音。

那對老年夫婦仍然在默默準備著飯菜，似乎眼前的一切都和他們無關，單單是這對老年夫婦的淡定就可以斷定他們絕非普通人物。

胡小天借著火光辨認出被倒吊在橋頭的這個人竟然是大太監榮寶興，心中的震驚難以形容。

姬飛花微笑道：「你應該認識他。」

胡小天點了點頭：「榮公公！」榮寶興乃是皇上的貼身太監，剛才還在宮中，卻想不到此時竟然會被吊在西鳳橋頭。毋庸置疑，這一切顯然都是姬飛花所為。胡小天暗自揣測，應該是文雅進御的事情觸怒了姬飛花，所以他才會對榮寶興下手。

姬飛花道：「咱家是個護短之人，從來只有我的人可以欺負別人，不可以有別人欺負我的人，想不想聽聽他怎麼說？」筷子輕輕一抖，一顆花生米流星般飛了出去撞在榮寶興的胸口，榮寶興感到胸口一痛，卻終於可以發聲，慘叫道：「姬公公……饒命……」

姬飛花笑道：「你又沒得罪我，我為何要你死？」

榮寶興哀嚎道：「胡公公饒命，我……我……不該讓人偷了你的黑虎鞭……」

胡小天心中暗歎，那根黑虎鞭果然是被榮寶興盜走了。他佯怒道：「你為何要盜走那件東西？」

榮寶興顫聲道：「皆因我鬼迷心竅，我想用那根東西取悅皇上……幾次找胡公公索取不得，所以才出此下策。」

姬飛花歎了口氣道：「你在皇上身邊做事這麼多年，居然還不長腦子，什麼該做，什麼不該做，你到現在都不明白，難道你這麼大的年紀都活到狗身上了？」

榮寶興哀嚎道：「姬公公饒了我這次。」

姬飛花的目光望向胡小天。

榮寶興道：「你們不能殺我，咱家貼身伺候皇上，皇上不會對我的死活不聞不問，只求你們給我一條活路，以後咱家必然會報答你們……」

姬飛花望著胡小天道：「他偷的是你的東西，咱家幫你將小偷找了出來，至於怎麼發落，還要看你自己的意思。」

胡小天心中暗忖，姬飛花是在給自己出難題啊，根本是榮寶興得罪了他，姬飛花對榮寶興生出了殺念，不然他豈會將榮寶興從宮中掠劫出來？可姬飛花既然做了這件事，就不會再給榮寶興留下活路，榮寶興註定是活不過今天晚上了。偷黑虎鞭應該不是主要原因，真正觸怒姬飛花的是文雅進御之事，這件事十有八九是榮寶興一手安排。

胡小天緩緩站了起來，走向榮寶興。

榮寶興看到胡小天走來，嚇得魂飛魄散，顫聲道：「胡公公饒命……你若敢殺我，皇上絕不會放過你……」

胡小天道：「你這句話反倒提醒了我。」他來到榮寶興面前，忽然伸出手去，右手抓住榮寶興的咽喉狠狠捏了下去，靜夜之中傳來清晰的骨骼碎裂聲，胡小天修煉玄冥陰風爪已非一日之功，對付一個喪失反抗能力的老太監還不是手到擒來，榮寶興死不瞑目，一雙眼睛瞪得滾圓，充滿不甘地望著胡小天。

身後傳來清脆的掌聲，卻是姬飛花在為胡小天鼓掌：「玄冥陰風爪，這一招頗得權德安的神髓。」

胡小天在河水中洗了洗手，重新回到姬飛花的身邊，榮寶興的屍體仍然在夜風中蕩來蕩去。那老婦從屍體旁邊經過，對這具尚未冷卻的屍身視而不見。

胡小天雖然親手殺掉了榮寶興，可是面對死不瞑目的一具屍體他可做不到像姬飛花一樣談笑風生，姬飛花鳳目朝榮寶興的屍體一瞥，笑得越發暢快了，他的笑容妖冶嫵媚，倘若不是知道他的真正身分，一定以為眼前是個女人。

姬飛花端起酒碗道：「喝酒！」

胡小天雙手捧起酒碗，跟姬飛花碰了碰，仰首一飲而盡。酒壯英雄膽，火辣辣的一碗酒進入體內，騰的一股熱力躥升而起，胡小天整個人頓時感覺舒服了許多。

姬飛花道：「明月宮你不會待得太久，過兩天，會有一些事情發生，你且配合就好。」

胡小天心中不由得一沉，姬飛花果然不準備放過文雅，看來是要對文雅動手了。

胡小天道：「有句話小天不知當講還是不當講。」

「說！」

胡小天道：「文雅只是一個棋子，他們將她送到宮中的目的或許並不是為了取悅皇上。」

姬飛花將酒碗緩緩放在桌上，尾指微微一動。

「大人有沒有想過，倘若她只是一個誘餌，若是我們急於對她出手，豈不是正合了他們的心意？」

姬飛花微笑道：「這咱家倒是沒有想過，可是明明知道是一隻蒼蠅，卻要強迫咱家將她吞下去，咱家可做不到。咱家素有潔癖，眼裡揉不得一粒沙子。」

胡小天心中暗道，說文雅是一隻蒼蠅？這世上有那麼漂亮的蒼蠅嗎？倘若真有，自己倒不介意將她吞下去。

姬飛花道：「咱家自己也知道這樣不好，可總是改變不了。」他拿起一個藍布包放在桌上，慢慢推到胡小天的面前，胡小天認得這樣東西，裡面包裹的就是黑虎鞭。

姬飛花意味深長道：「收好了！千萬不要再讓別人偷去！」

榮寶興的屍體仍然在一旁搖曳，繩子摩擦在橋頭發出吱吱嘎嘎的聲音，胡小天知道姬飛花美貌如花的外表下卻包藏著一顆極其冷酷的內心，雖然目前他對自己還算不錯，那只是因為自己對他還有利用的價值，倘若有一天自己已經沒有了值得他利用的必要，姬飛花絕對會毫不猶豫地剷除自己，就像自己殺掉榮寶興一樣。

雖然榮寶興是死在自己手裡，真正決定他命運的卻是姬飛花，竊取黑虎鞭這件事決不至於讓皇帝身邊的貼身太監喪命，真正觸怒姬飛花的原因是因為榮寶興一手安排了進御之事，想將文雅送到皇帝的床上，而文雅突然來臨的月事讓原本安排好的侍寢落空。胡小天再次領會到了姬飛花陰狠果決的手段，即便是榮寶興這個皇上身邊的大太監，得罪了他仍然免不了被殺的下場。

回到皇宮的時候已經接近午夜，胡小天在路口卻突然猶豫了起來，向前是司苑局，向右卻是前往明月宮，躊躇片刻，他終於還是選擇向右。雪沒完沒了的下著，很多地方已經沒過了足踝，這麼大的雪在康都已經有多年未見。

走入明月宮，看到宮室之中仍然有燈光透出，胡小天意識到在這樣的靜夜之中，仍然有人未眠。

他無意打擾別人的清淨，看到四下無人，施展金蛛八步，騰空越過圍牆，落到院落之中，然後躡手躡腳來到屬於自己的房門前，正準備開門進去，忽然聽到一個輕柔的聲音道：「我還以為，你今晚都不會回來呢。」

胡小天內心一驚，轉身望去，卻見文雅披著白色貂裘站在風雪飄揚的庭院之中，他不知文雅是不是看到了自己翻牆而入的情景，剛到還是早就站在了那裡，從她肩頭落雪可以判斷出，她應該在外面待了不短時間，無論怎樣文雅都不可能是在等待自己。胡小天躬身行禮道：「小的驚擾了文才人睡眠，真是罪該萬死。」

文雅淡然道：「我一直都沒睡，你談不上什麼驚擾。」

胡小天道：「外面風雪太大，文才人還是儘快回去休息，千萬不要著涼，更何況您今兒的身子還不方便。」他在婉轉提醒文雅今天剛剛來了月事。

文雅俏臉微微一熱，輕聲道：「本宮就是在裡面待得氣悶，所以才出來走走。」她的美眸環視了一下周圍，輕聲歎道：「經歷了這場暴雪，只怕這園子裡的花朵多半都要敗了。」

胡小天微笑道：「能在這個季節盛開的鮮花都無懼風雪，文才人過去應該聽說過踏雪尋梅。」

文雅點了點頭，緩步走向一旁的蠟梅，手指撥動蠟梅樹枝，枝上的積雪簌簌而落。她低聲道：「我聽說你在康都素有才名，值此風雪漫天之夜，不如你作一首詩給我聽聽。」

大冷的天胡小天可沒有這個雅興，儘管文雅是位傾國傾城的大美女，儘管文雅長得和樂瑤一模一樣，可胡小天更清楚眼前這位是皇上的女人，別說是碰，只怕多看上一眼都是不敬。

胡小天道：「外面傳的事情又有多少可靠的，小天未入宮之前也就是個混吃溜喝蒙混度日的主兒，根本不懂什麼詩詞。」在宮裡討生活，不但女子無才便是德，太監也是這樣。槍打出頭鳥，自從煙水閣的事情之後，胡小天就學了個乖。

文雅臉上的表情突然轉冷。

胡小天此時話鋒一轉道：「文才人真要是想聽，那小的也不敢藏拙，多年以前曾經在下雪的時候寫過那麼一首詞，就念來給您聽聽。」

文雅道：「洗耳恭聽。」

胡小天清了清嗓子道：「簾外雪初飄，翠幌香凝火未消。獨坐夜寒人欲倦，迢迢，夢斷更殘倍寂寥！」

文雅聽他誦完，螓首低垂了下去，顯然被這首詞的意境打動，默默回味了好一會兒，方才道：「夜深了，回去休息吧。」

胡小天道：「小的送才人進去。」

文雅點了點頭，將柔荑交到他的臂彎之上，此時忽然聽到外面一陣騷亂，文雅微微一怔，胡小天示意她先回去，此時外面已經響起了蓬蓬蓬的砸門聲。

敲門聲將王仁、馬良芃、葆葆幾人都驚醒，王仁打著哈欠揉著眼睛最先從房間裡出來，看到胡小天道：「胡公公，外面什麼事情？」

胡小天道：「去開門看看。」他帶著一群人來到大門前，王仁走過去將房門拉開了，方一拉開房門，外面一群大內侍衛便嘩啦擁了進來。

王仁一時躲閃不及被撞得踉踉蹌蹌一屁股坐倒在地上。

胡小天怒吼道：「幹什麼？全都給我站住！」

一幫侍衛蜂擁而至，似乎沒有停下來的趨勢，口口聲聲叫著抓賊。胡小天一看勢頭不對，抬腳照著其中一人踹了過去，這一腳踹中對方的胸膛，將那名侍衛踢得向後踉蹌退去，一直撞到同伴的身上方才停下後退的勢頭。

此時這幫侍衛方才停下了腳步，隊伍從中分開，一名身材魁梧的年輕男子從中走了出來，他向胡小天拱手行禮道：「胡公公，恕罪恕罪！」

胡小天定睛望去，此人卻是皇宮一等侍衛陳成強，也是當晚這一區域值夜的領班首領。一等侍衛屬於正四品帶刀，皇宮內也不過有區區五十人，他的身分地位並不比胡小天低，從品階上還要高上一些。胡小天和陳成強並不熟悉，打過數次照面，並沒有直接交流過。皇宮內侍衛戍區變換頻繁，就是害怕侍衛和內宮走得太近。

胡小天沒給他什麼好臉色，冷冷道：「深夜闖入明月宮，驚擾文才人休息，不知陳統領是何居心？」

陳成強還沒有來得及解釋，卻聽有人驚呼道：「房頂有人。」

胡小天轉身望去，果然看到明月宮房頂之上，有一道黑影站在那裡，冷冷望著他們這群人，然後一轉身翻越屋脊，不知逃向何方。

陳成強怒吼道：「哪裡走！」他已顧不上跟胡小天解釋清楚，一個箭步就從胡小天身邊竄了出去，其餘侍衛看到首領前往抓賊，也都爭先恐後地衝上前去。

胡小天這會兒明白了，敢情真有賊潛入，要說這皇宮還真是不太平，自己的黑虎鞭剛剛被人偷，這邊又有賊夜入明月宮，膽子也忒大了一點兒，難不成是想偷香竊玉？想起這事兒胡小天不由得緊張了起來。他向馬良芃、葆葆幾人道：「趕緊去保護文才人。」

幾人慌慌張張趕到宮內，還好文雅沒什麼事情，梧桐候在她身邊，警惕十足。看到胡小天幾人進來，梧桐厲聲道：「到底發生了什麼事情？」

胡小天道：「可能有賊潛入，大內侍衛追進來了。」

梧桐怒道：「這幫侍衛都是吃閒飯的，居然會讓賊人混進來。」她性情冷傲，始終擺出一副高高在上的架勢。胡小天對此女打心底的厭煩，不過這句話說得倒是非常合乎他的心意，這幫侍衛的確是吃閒飯的，而且非常無禮。

文雅輕聲道：「算了，皇宮也不是密不透風，難免有疏漏的地方。」

此時屋頂上傳來腳步聲，幾人同時抬頭向上望去，過了一會兒腳步聲平息下去，聽到宮外傳來一個洪亮的聲音道：「值守四品帶刀侍衛陳成強求見文才人。」

胡小天道：「不如我去見他？」

文雅道：「讓他進來吧！」

胡小天朝王仁使了個眼色，不多時王仁引著幾名侍衛走了進來，這幫侍衛並沒有找到那名賊人的蹤影，所以特地求見文雅，想要在明月宮內外進行搜查，以免賊人藏匿其中，雖然這幫侍衛的請求於禮節不合，但是卻非常必要，倘若那賊人當真藏匿在明月宮，對文雅就構成了威脅，要是鬧出了事情，恐怕所有人都會被追責。

文雅在這件事上也表現得非常配合，同意侍衛進入明月宮進行搜查。

當晚的這番折騰可真是不輕，一直到深夜三更，方才將明月宮裡裡外外搜查了個遍，確信那名賊人並不在明月宮，陳成強這才過來向文雅稟明。

文雅聽他說完，輕輕點了點頭道：「沒事最好，你們也辛苦了一個晚上，趕緊回去休息吧。」

陳成強道：「保護文才人的安危是我們的職責，文才人只管放心安寢，我會加強明月宮周圍的警戒，力求做到萬無一失。」

文雅道：「陳統領費心了！」

陳成強這才站起身來，目光向文雅的俏臉上望了一眼，不覺呆了一下，還好他迅速反應了過來，又是深深一揖，帶著手下人離開。

文雅道：「小鬍子，幫我送送陳統領。」

胡小天送這幫侍衛出去，來到門外忍不住打了個哈欠道：「陳統領，我今兒就送到這裡了。」

陳成強拱手道：「胡公公留步，今晚多有叨擾了，還望胡公公勿怪。」

胡小天笑道：「大家都是為了文才人的安危著想，不怪不怪……哈哈哈哈……」望著陳成強遠去的背影，胡小天目光中卻閃爍出幾分疑惑，今晚的事情總給他一種奇怪的感覺，事情怎會這般湊巧，如果說司苑局遭賊，那叫內賊還情有可原，今晚明月宮也有賊影出沒，皇宮大內防守裡三層外三層，可謂是密不透風，哪有那麼容易讓飛賊混進來？而且明月宮又不是皇宮中的什麼重要地方，為何偏偏選中了明月宮？難道今晚的事情也是內賊，也和姬飛花有關？也許他故意在宮內製造混亂也未必可知。

經過這一番折騰，胡小天早已睏意全無，回到自己的房間內，腦子裡仍然在想著今晚發生的一切，從門縫中看到明月宮宮室內的燈火終於熄滅，想來文雅終於入睡，胡小天正準備返回床上，卻聽到房門被輕輕敲響了兩下。

胡小天來到門前低聲道：「誰？」

「我！」葆葆在外面低聲道。

胡小天拉開門閂，將葆葆一把拉進房內，然後又探頭向外面看了看，這會兒功夫，葆葆已經一口將桌上的蠟燭給吹熄了，室內陷入一片黑暗之中。

胡小天將房門插上，找到葆葆所在的位置，壓低聲音道：「你深夜來此，所為何事？」

葆葆忽然整個人撲了上來，縱身入懷，牢牢將胡小天抱住，低聲道：「我冷得很。」

胡小天知道她素來狡詐多變，雖然暫時被自己所制，也保不齊她還會生出什麼歹意，於是抓住她的雙手，這是為了防止她在黑暗中對自己突施暗算。葆葆的雙手冰冷異常，嬌軀微微有些顫抖，不知是因為天氣寒冷還是因為和胡小天如此近距離接觸激動的緣故。

胡小天將她的雙手反剪到身後，以這樣的姿勢擁抱著她，提防她做出危害自己的舉動。

黑暗中葆葆輕聲笑了起來，俏臉埋在他的胸膛上，小聲道：「以小人之心度君子之腹，你疑心好重。」

「一朝被蛇咬十年怕井繩，跟你這種蛇蠍美人相處，咱家還是小心為妙。」

葆葆道：「我有話想跟你說。」

胡小天道：「地冷天寒，不如咱們換個地方說？」

「去哪裡？」

胡小天摟著她的嬌軀輕輕一帶，就勢歪倒在了身後的床上，葆葆掙扎了一下，嬌聲啐道：「你這下流胚子，就會占人家的便宜。」

第五章

小聰明中的大智慧

「信手拈來的時候往往會起到意想不到的奇效。」
紅梅斜插在花瓶中，紅白相襯，給人以強烈美感的衝擊。
他當然明白胡小天不會愚蠢到跟自己打賭，
只是利用這種方法幫助自己做出抉擇，
這小子的小聰明之中實則蘊含著大智慧。

胡小天道：「相互取暖，彼此慰藉，你好像並不吃虧呢。」

葆葆道：「我有正經事，今晚我看到那個馬良艽和秋燕鬼鬼祟祟地來往。」

胡小天笑道：「咱們兩人不也是鬼鬼祟祟偷偷摸摸？」

葆葆附在他耳邊吹氣若蘭道：「秋燕乃是皇后身邊的人。」

「那又如何？」

葆葆道：「他們和梧桐應該是不認識的，我今兒還看到梧桐偷偷放飛了一隻鳥兒。」

胡小天道：「那又代表了什麼？」

葆葆道：「笨蛋，代表了她在和宮外聯絡消息。」

胡小天嘿嘿笑了起來。

葆葆因為他的笑而變得有些惱羞成怒，雙手被他抓住，只能張開櫻唇朝他的下巴上咬了過來，怎奈胡小天過於狡猾，一低頭，將她的櫻唇捉了個正著，葆葆剛剛醞釀起來的戰鬥力卻因為他的熱吻而潰不成軍。

從被動承受到默默配合是一個過程，這其中蘊含著複雜的心理變化，葆葆好不容易才說服自己掙脫開這廝的糾纏，嘴上惡狠狠說了一句：「終有一天我會殺了你。」這句話非但沒有半分的殺氣，反而蘊藏著只有她自己才能夠懂得的甜蜜，更何況說完之後，就將發熱的俏臉藏在胡小天的肩膀上。

胡小天道：「我信，不如現在。」

葆葆感到這廝似乎正在蠢蠢欲動，猛然將手掙脫開來，雙手抵在胡小天的胸前，用力撐住他，以這樣的方式和他保持足夠的距離。

胡小天看到葆葆負隅頑抗的樣子心中不禁有些好笑，借著微弱的光線看到她羞澀旖旎的神態，自然也有些心曳神搖，低聲道：「以後乖乖聽我話，咱們一條心好不好？」

葆葆抿了抿嘴唇，閉上眼睛，這種時候她居然還在想，考慮了好一會兒方才道：「你太狡詐，我擔心你騙我。」

胡小天道：「拜託你用腳趾頭想一想，咱們認識這麼久，我可曾主動坑過你害過你？」

葆葆睜開美眸，唇角浮現出一絲嫵媚的笑意，胡小天看得心猿意馬，抓住她的手腕，整個人壓了上去，黑暗中葆葆的胸膛在劇烈起伏著，美眸用力閉緊，有些惶恐又有些羞澀。可忽然葆葆抱住了他，附在他的耳邊低聲道：「有人！」

胡小天正在心曳神搖之時，哪裡還顧得上關注周圍的情況，聽到葆葆這麼說，沸騰的血液頃刻間冷卻了下來，雙目瞪得滾圓，望向格窗的方向，想不到葆葆的耳目如此敏銳。

葆葆低聲道：「窗外！」

胡小天向她噓了一聲，然後低聲道：「你回去，我將這個人揪出來。」

葆葆點了點頭，迅速從床上爬了起來，看到長裙已經被掀到了大腿處，雖然還穿著內衣，俏臉卻羞得就要燃燒起來，低下螓首不敢再看胡小天，黑暗中迅速整理好衣裙，拉開房門走了出去，胡小天側耳傾聽，這動靜果然來自後窗，他跟著葆葆的腳步走了出去，示意葆葆繼續向明月宮的方向走去。此舉是為了吸引那個潛伏者的注意。

葆葆反手關上房門，然後不緊不慢地在雪中走著。

胡小天騰空一躍，雙手抓住屋簷，一個倒掛金鉤就已經翻上了屋頂，站在屋頂之上，居高臨下向下望去，葆葆走到明月宮前方的時候，果然有一道黑影從自己居處後方繞了過來，那人弓腰躡步，落腳極輕，踩在雪地上聲息極其細微，倘若不用心傾聽根本聽不到他的動靜。

胡小天看到那人來到自己正下方的時候，悄悄揭下一片瓦片，猛然向那人後心射去，與此同時足尖在屋頂一點，從高處俯衝而下。

瓦片呼嘯而至，被潛伏者及時覺察，他一轉身，順勢一腳踢在瓦片之上，蓬！的一聲悶響，瓦片四分五裂，此人的腳力竟然極強，不等他站穩腳跟，胡小天已經神兵天降，下手絕不容情，玄冥陰風爪連續三抓朝著對方的面門抓去。

潛伏者並沒有硬撼其峰，雙膝微屈，猛然繃直，腳掌如同滑雪板一般在雪地上倒滑而行，轉瞬之間已經滑出三丈的距離，胡小天的連續三抓全部落空，向前跨出一大步，化爪為拳，轟向對方的前胸。

潛伏者右腿橫掃，席捲起地面上大片雪花，宛如一道幕牆擋在胡小天的面前，拳風擊打在雪花幕牆之上，發出兩聲炸響，權德安傳給胡小天的十年內力聲勢已經相當駭人。

潛伏者身穿宮廷太監服飾，半邊面孔用黑布遮擋，一雙眼睛流露出驚駭莫名的光芒，他似乎對胡小天的實力缺乏充分的估計。

此時葆葆已經追風逐電般向這邊而來，未到面前，雙手連續揮出，袖箭破空發出尖銳的嘶嘯。潛伏者左右騰挪，雖然成功躲過袖箭的射殺，卻拖慢了逃離的步伐。胡小天已經衝了上去，攻勢如潮，玄冥陰風爪，一爪接著一爪，那潛伏者終於沒能逃過，被他一把抓住肩頭，指尖摳入肩頭肌肉之中，用力一扯，五道血痕即可見骨，鮮血沿著那名潛伏者的手臂滴落，他強忍疼痛，右手抽出一柄短刀照著胡小天的胸膛刺去，又被胡小天抓住手腕，用力一擰，喀嚓一聲，腕骨被胡小天硬生生折斷，刀也落在了地上。

葆葆此時也已經趕到，揮掌擊中那人的後心。在兩人的前後夾擊之下，那名潛伏者哪還承受得住，噗！地噴出一口鮮血，坐倒在雪地之上，胡小天迎上去一腳踹中他的胸口，將他踹倒。葆葆湊上去扯下蒙在他臉上的黑布，雪光映照之下，將此人的面孔輪廓看得清清楚楚，正是和他們一起被派來伺候文雅的小太監馬良芃。

馬良芃嘴上滿是鮮血，慘叫道：「胡公公饒命……剛剛我只是出來小解，看到葆葆進入你的房間，所以一時好奇……」

葆葆拾起地上的尖刀，一雙美眸充滿殺機，慢慢向馬良芃逼迫而去，她顯然興起了滅口的心思，此時明月宮忽然有燈光亮起，卻是梧桐和另外兩名宮女太監出來，馬良芃看到有人慌忙叫道：「救命……」

胡小天原本還沒有下定狠心，聽到這廝不分好歹地叫了起來，心中一橫，抓住這廝的腦袋用力一擰，喀嚓一聲脆響，馬良芃便再也發不出任何聲息了。

梧桐最先趕到現場，看到眼前的情景不禁一怔，旋即一雙目光惡狠狠盯住胡小天：「你居然殺了他！」

胡小天道：「你哪隻眼睛看到我殺了他？是他自己跌倒摔斷了脖子。」

葆葆此時的演技表現得淋漓盡致，嬌軀軟癱在雪地之上，雙拳堵住櫻唇，一副被嚇得魂飛魄散的樣子，大聲尖叫起來，總之她要裝出被嚇壞的樣子，接下來不管發生什麼事情都交給胡小天去應付，胡小天說什麼就是什麼，她對胡小天充滿百分百的信心，以他的聰明智慧，這點小風小浪根本難不住他。

梧桐怒道：「我親眼看到你扭斷了他的脖子。」

這註定是個不平靜的夜晚，文雅也被驚醒，剛剛離去的那幫大內侍衛聽到動靜又在陳成強的引領下去而復返。

馬良芃被胡小天殺死無疑，不過胡小天給出的理由很充分：「咱家剛剛就寢，忽然聽到有女人尖叫，於是咱家便出來查看情況，結果看到此人正拖著葆葆往花園裡走，咱家看到他蒙住面孔，料想他不是什麼好人，所以就衝上來救人，他先是向我投擲袖箭，然後又扔下瓦片，最後還掏出匕首想要奪了我們的性命，於是咱家奮起反擊，最後終於成功將他制服，只可惜出手重了一些。」

陳成強望著已經氣絕身亡的馬良芃心中暗自苦笑，何止是手重，簡直就是殺人滅口，卻不知馬良芃看到了什麼？胡小天非要將之置於死地。他的目光轉向仍然瑟瑟發抖的葆葆：「你看到了什麼？」

葆葆抽泣不已道：「我……我剛剛出來如廁，可還沒有走到地方，便被一人從後面抱住，捂住我的嘴巴，將我往後拖，我嚇得魂飛魄散，只以為自己要死了……幸虧……胡公公這時候衝了出來……後來他們便廝打在一起……我一個女流之輩又幫不上忙……」

陳成強看到她楚楚可憐的樣子心中居然信了八成，女人說謊天生就有優勢，再加上胡小天將所有的事情都攬了過去，葆葆說的情況和他的描述基本符合。

梧桐他們是後來出來的，雖然梧桐說親眼看到胡小天折斷了馬良芃的脖子，其他人卻沒有她那麼好的目力。所以王仁和秋燕都沒看清什麼。梧桐顯然沒有放過胡小天的意思，仍然堅持道：「我看得清清楚楚，我們趕出來的時候，馬良芃的手腳仍然還在動彈，是他覺察到我們出來，所以才一把扭斷了馬良芃的脖子，根本是要殺人滅口。」

胡小天聽到殺人滅口四個字不禁有些惱火，怒視梧桐道：「賤婢！你說咱家要殺人滅口？咱家什麼身分地位？我做事堂堂正正，皇宮上下無人不知無人不曉，馬良芃跟我無怨無仇，我因何要殺人滅口？根本是你想坑害咱家，所以血口噴人。」梧桐轉向王仁和秋燕：「你們兩個幾乎和我一起出來，你們說，當時你們有沒有聽到馬良芃高呼救命？」

王仁和秋燕對望了一眼，兩人的確聽到了，可是當著胡小天的面他們也不敢說，若是證明了這件事，等於幫助梧桐一起推胡小天下水，倘若胡小天度過此關，又豈能饒了他們。

胡小天哈哈大笑：「救命？假如你拿刀來殺我，你高喊救命，難道就能證明是老子要殺你嗎？」

梧桐聽他以老子自稱不由得大怒：「胡小天，你休要囂張，根本是你居心叵測，不知你和這賤人搞什麼苟且之事被馬良芃撞上，所以才殺人滅口。」

葆葆聽到這裡，悲啼一聲，竟暈了過去，當然是裝的，裝成受辱不住的樣子。

胡小天瞪圓了眼睛，其實梧桐還真沒冤枉他，哪怕是猜到了也不能承認，胡小天指梧桐的鼻樑道：「好你個賤人，居然污蔑咱家清白，咱家都淨身了，如何做得苟且之事？真是氣殺我也。」

一群大內侍衛在周圍聽著，禁不住暗暗偷笑，其中有覺得好笑的，有幸災樂禍的，別看你胡小天貴為司苑局的總管，守著一幫如花似玉的宮女娘娘卻只能看不能動，誰讓你少了根東西。

梧桐道：「皇宮裡從不缺少太監和宮女的苟且事。」

胡小天道：「老子行得正坐得直，一顆忠心可昭日月，你這賤婢再敢侮辱我，我絕不介意多送走一條人命。」

這貨起身作勢要向梧桐出手，卻被一幫侍衛攔住。

一旁陳成強道：「胡公公，勞煩您跟我們走一趟，這件事務必要調查清楚，相信我們很快就能給公公一個清白。」話雖然說得客氣，可真正的用意卻是要將胡小天帶走調查。

胡小天冷笑道：「陳統領什麼意思？懷疑我？不相信咱家說的話？」

陳成強道：「胡公公不要誤會，畢竟人命關天，皇宮裡面出現這樣的命案是必須要調查清楚的，陳某職責所在，還請胡公公體諒。」

胡小天道：「把你們的眼睛都給我擦亮了，你們仔細看看，他馬良芃若是沒有鬼，為什麼要用黑布蒙面？又為何攜帶兇器？你們這幫侍衛領著大康的俸祿，蒙受著皇上的恩澤，卻都是一群酒囊飯袋之輩。」他一句話將所有侍衛都罵了。

陳成強臉色鐵青，自然是心生怨恨。

胡小天道：「咱家還沒問你們警戒不嚴之責，爾等居然反咬咱家一口，若不是你們人浮於事，大意失責，又怎會讓人潛入明月宮？又怎會有這種居心叵測的小人潛伏於內宮作亂？」他罵完陳成強又指著梧桐道：「還有你這個賤人，口口聲聲污蔑咱家，難不成這個馬良芃是你的姦夫不成？所以你才這麼恨咱家？急著為你的姦夫報仇？」

「你……」梧桐一雙眼睛幾乎就要噴出火來，雙拳緊握，似乎要衝出去和胡小天拚個死活。

此時文雅從宮內走了出來，冷冷道：「今晚看來真是不想讓本宮安寢了！」一群人慌忙慌忙向文雅行禮，陳成強叫了聲文才人，主動上前將瞭解到的情況說了一遍。梧桐也走了過去向文雅道：「文才人，這胡小天居心叵測，狼子野心居然幹出這種殺人滅口的事情……」

「你住口！」文雅厲聲斥道。

梧桐不由得一怔，她顯然沒有想到文雅會對自己如此疾言厲色。

文雅冷冷向地上的屍首掃了一眼，居然沒有流露出一絲一毫的畏懼，目光來到胡小天的臉上，一字一句道：「對胡公公的忠心，本宮是從來都沒有懷疑過的，陳統領，你們還是好好調查一下馬良芃的來路。」這句話等於告訴所有人胡小天並無可疑之處，也表明她是站在胡小天這一邊的。

胡小天心頭暗爽，還算你有些良心。

陳成強卻並沒有想就此放過胡小天，恭敬道：「文才人，畢竟是一件命案，此事在下也做不了主，必須請胡公公和這位宮女回去調查，等明日……」

文雅怒道：「這裡是明月宮，難道本宮說話都不算嗎？」

陳成強抿了抿嘴唇，轉念一想，也不怕胡小天逃到哪裡去，拱了拱手，示意收隊。

胡小天不忘提醒他道：「陳統領，別忘了將這具屍體帶走。」

眾人離去之後，葆葆仍然躺在雪地上裝暈，胡小天看到她的樣子，心中好笑之餘又有些憐惜，為了裝得似模似樣，這妮子也是拚了，在雪地裡睡這麼久也不知她冷不冷？

文雅讓王仁和秋燕將葆葆先帶回宮裡，梧桐仍然不時以怨毒的目光向胡小天看來，胡小天心中暗罵，小表砸，等老子騰出手來一定要好好的虐你。

雪地上血跡仍在，文雅的目光落在血跡上有些厭惡地皺了皺眉頭，輕聲道：「關起門來畢竟是一家人，剛才的事情豈不是讓外人笑話。」這句話顯然是在斥責梧桐。梧桐道：「還請文才人明鑒，千萬別被有些小人蒙蔽。」

文雅道：「你且退下！」

梧桐咬了咬嘴唇，恨恨瞪了胡小天一眼，心有不甘地離開。

空曠的院落之中只剩下文雅和胡小天，此時雪小了，夜重新沉澱了下去，寂靜非常，細小的雪花落在白皚皚的大地上發出沙沙的聲音，宛如蠶吃桑葉。

文雅黑長的睫毛閃動了一下，輕聲道：「本宮不管發生了什麼，明兒你就讓葆葆離開。」

胡小天心中一怔，難道文雅對他和葆葆之間的事情有所覺察？可自己向來隱藏得很好，按理說是不會暴露的，只能躬身道：「是！」

文雅道：「我也聽到了馬良芃的呼救聲。」

胡小天微笑道：「那又如何？膽敢危害才人的，小的絕不會容留他活在世上。」

文雅皺了皺眉頭：「將這裡清掃乾淨，本宮最討厭看到血跡。」

自從決定文雅入主明月宮之後，這裡已經先後喪掉了兩條人命。王德才是姬飛花所殺自然沒有人說三道四，可馬良芃卻是胡小天親手幹掉，更麻煩的是，馬良芃居然是姬飛花的人，胡小天也是在殺死馬良芃之後方才知道了這件事。

由此可見姬飛花對他也不是完全信任，居然在他的身邊安插了眼線，胡小天可以不理陳成強這種人，可是對姬飛花那邊卻不能不去解釋，所以胡小天親自往那邊走了一趟。

來到內官監首先遭遇的就是李岩充滿仇恨的目光，馬良芃是他的心腹手下，也是經由李岩之手親自派往明月宮，卻想不到剛剛去了幾天，就被胡小天給殺了。

胡小天雖然不知其中的來龍去脈，可是從李岩的表情就已經猜出了一二，這貨仍然笑得如沐春風：「李公公好，提督大人在嗎？」

李岩冷哼一聲道：「胡公公的手段果然狠辣，李某自歎弗如。」

胡小天嘿嘿笑了一聲，也不多說，徑直走向姬飛花的房間，剛剛來到門前，就聽到姬飛花的聲音道：「小天來了，進來吧。」

可能是和姬飛花接觸多了的緣故，過去讓他聽來有些心裡發毛的腔調，如今也變得順耳了許多，好像姬飛花的聲音改變了不少，越來越像女人。

來到門前，胡小天先將沾著泥土的靴子脫掉，只穿著棉襪走入溫暖的室內。

姬飛花素來愛潔，室內一塵不染，他穿著白色長袍，滿頭黑髮如流瀑般披散在肩頭，盤膝坐在地毯上，望著小桌上方的花瓶，白色細頸瓷瓶潔白如玉，沒有一絲一毫的瑕疵。姬飛花白玉般纖長的右手握著一枝紅梅，那枝紅梅朵朵怒放，宛如火焰般奔放嬌豔，和姬飛花的潔白肌膚，一塵不染的長袍相映，越發顯得對比鮮明。

胡小天不便打擾他，靜靜候在一旁。

姬飛花忽然歎了口氣，輕聲道：「有花堪折直須折，莫待無花空折枝。咱家今晨看到園中的紅梅開得正豔，心中喜愛得很，於是便折了一枝，本想插入瓶中，可是拿到這裡，我卻突然猶豫了。」

胡小天趁機道：「提督大人因何猶豫？不如說出來讓小天聽聽。」

姬飛花道：「這花瓶乃是天工坊的梁先生送給我的，梁先生稱得上一代宗師，他親手製作的瓷器無不渾然天成巧奪天工。」

胡小天點了點頭，他一眼就看出這花瓶的與眾不同，雖簡單，可是造型和比例無一不是恰到好處，正所謂增一分則長，減一分則短。姬飛花想來是因為這件事而苦惱，本想插花，可是卻發現若是將這枝花插入花瓶之中，反而會破壞兩者的美。

姬飛花道：「依你來看，這花應該怎樣插才好看？」

胡小天道：「我不懂插花，不過我覺得花還是長在它該長的地方最好看。」

姬飛花笑道：「跟沒說一樣，咱家已經將這枝梅花折了下來。」

胡小天道：「其實人活在世上沒必要想這麼多，花開花謝，日出日落，折斷的樹枝還會生長，至於好看與否，只是見仁見智的事情。提督大人若是凡事都追求盡善盡美，那麼這世上就會有許多事情讓你不順心，可如果你看問題的角度改變一下，對插花只是抱著一種好奇心，看看這枝紅梅插入花瓶之中到底是什麼樣子，目的達到就行了，何必一定要做到完美？」

姬飛花道：「咱家反倒有些糊塗了。」

胡小天道：「不如咱們換個想法，我賭提督大人無法在一丈之外將這枝梅花投入花瓶之中。」他走過去，抓起花瓶向後退了幾步，來到距離姬飛花約有一丈的地方將花瓶放在地上。

姬飛花隨手一揮，手中那枝梅花在空中劃出了一道紅色弧線，準確無誤地投入花瓶之中。

胡小天微笑道：「我輸了。」

姬飛花卻笑了起來：「人活在世上果然不必想得太多，信手拈來的時候往往會起到意想不到的奇效。」那枝紅梅斜插在花瓶之中，紅白相襯，雅致中透著熱烈，給人以一種強烈美感的衝擊。他當然明白胡小天不會愚蠢到跟自己打賭，只是利用這種方法幫助自己做出抉擇，這小子的小聰明之中實則蘊含著大智慧。

胡小天將插好的花瓶重新放在小桌上。

姬飛花的目光仍然停留在紅梅之上，小聲道：「馬良芃是咱家的人。」

胡小天道：「我並不知情。」這事兒純粹是你姬飛花的原因，不信任老子，居然安插眼線監督老子，馬良芃死的一點都不冤枉。

姬飛花道：「不知者不罪，怕的是明知故犯。」

胡小天道：「提督大人信不過我？」

姬飛花搖了搖頭：「咱家讓他去明月宮要做的事情和你不同，卻不知他因何會觸怒了你？」

胡小天道：「他在我的房外偷聽，我擔心他會對我不利，所以才對他下了狠手。」跟姬飛花說話必須七分真三分假，有些時候甚至要全說實話，不然又怎能將他瞞過，殺人滅口也是理直氣壯。

姬飛花道：「咱家才誇過你的玄冥陰風爪，你就派上了用場，果然是權德安的好徒弟。」

胡小天道：「錯已鑄成，提督大人要怎樣罰我，小天絕無半句怨言。」

姬飛花道：「咱家並未讓他去監視你，你又做了什麼事情引起了他的興趣？」

胡小天道：「昨晚很不太平，先有飛賊夜闖明月宮，當值侍衛一直追蹤而至。所以我一直對外界的動靜保持警惕，夜半時分，他來到我的窗外，我以為有人想害我，再加上當時他蒙著面孔，我並沒有第一時間認出他。」

姬飛花道：「咱家並沒有問你這件事，他的屍體咱家已經看過，除了玄冥陰風爪之外，後心還受了一掌，任何的攻擊都會在對方的身體上留下痕跡，有些痕跡即便是肉眼看不清，但是仍然有辦法讓它暴露出來。」

胡小天內心一驚，如此說來姬飛花已經發現了葆葆打在馬良艽後心的一掌。

姬飛花道：「打在他後心的那一掌乃是一個女人所發，倘若咱家沒有猜錯，就是那個宮女。」

胡小天暗歎姬飛花厲害，只是這樣一來葆葆就暴露了，葆葆暴露等於他們之間的事就浮出了水面。胡小天垂頭道：「提督大人恕罪，小天並未將實情全說出。」

姬飛花道：「文雅身邊的宮女太監，哪個的背後沒有來頭，咱家又怎能不將這些事情調查清楚？你在司苑局之時，那宮女便去找過你多次，你們之間的關係不必咱家點破吧？」

胡小天額頭冷汗不由得冒了出來，腦袋耷拉了下去，身體如同一個問號：「小天罪無可恕，提督大人要殺要剮小天絕無半句怨言。」

姬飛花道：「一定是馬良芃不巧，撞破了你們之間的秘密，所以你們兩個一不做二不休，聯手將馬良芃殺死，只可惜沒有來得及處理屍體，就被別人發覺，才會把事情鬧這麼大，否則馬良芃也和榮寶興一樣突然就不知所蹤了。」

胡小天道：「那宮女乃是小天的眼線，她幫我監視明月宮的動靜，昨夜她偷偷來我房內稟明情況，就在那時我發現有人在窗外偷聽。」

姬飛花緩緩點了點頭：「一個人就算三頭六臂也不可能兼顧好每一件事，你做得很好，馬良芃雖然被你所殺，可是塞翁失馬安知非福。現在宮裡面很多人都知道咱家對你不錯，即便是權德安一手將你送入宮中，又讓你刻意接近我，可他聽到這些也難免不會生出疑心，你殺了馬良芃，剛好借著這件事增加他對你的信心。」

胡小天暗叫僥倖，看來姬飛花並不準備追究自己殺死馬良芃的責任。胡小天道：「姬公公想我怎樣做？」

姬飛花道：「咱家想讓你幫我除掉一個人。」

胡小天不由得想起了文雅，暗自倒吸了一口冷氣，倘若姬飛花讓他現在就殺掉文雅，只怕他還真難以下定決心下手。

姬飛花道：「文雅的那個宮女梧桐應該是她和外界溝通的眼線，也是文承煥那幫人佈置在宮中的一顆棋，我要你找個機會將她剷除，斷了文雅和外界的聯絡。」

胡小天有些好奇，梧桐通過鳥兒傳書和外界互通消息，這件事葆葆昨晚才告訴他，卻不知道姬飛花又是從那裡得知的。看來姬飛花的眼線果然遍佈皇宮。胡小天低聲道：「梧桐武功很厲害，小天未必是她的對手。」

姬飛花道：「殺人未必要用武功，多數時候是要靠這裡的。」他指了指自己的頭。

胡小天道：「大人放心，此女處處針對於我，小天早就想將她除之後快。」

姬飛花道：「務必要做到神不知鬼不覺，千萬不可再掀起這麼大的風浪。」

胡小天慚愧道：「小天給您添麻煩了。」

姬飛花又道：「我們之間的事，天知地知你知我知，不可告訴第三人知道。」

「是！」

「那個宮女乃是林菀的貼身侍女，出身凌玉殿，林菀居然主動割愛將自己的貼身宮女送給了別人，這件事本身就不合理，皇上倒是寵幸過她一段時間，可自從登基之後對她疏遠了不少，是不是因此生怨而遷怒於文才人，這就不得而知了。」

胡小天道：「姬公公，其實小天早就發覺林昭儀有些不對頭，所以才故意接近葆葆。」

姬飛花桀桀笑了起來：「你想管的事情還真多，你只需管好明月宮的事情，其他的事情跟你絕無關係。」

「是！」

胡小天離去之後，姬飛花的目光重新落在那花瓶之上，忽然他揚起手來，瓶中的那枝紅梅被一股無形的吸引力吸起，緩緩升騰起來，懸浮在虛空之中，姬飛花望著枝頭怒放的梅花，唇角卻現出一絲陰森的冷意，春蔥般的手指緩緩握緊，懸浮在空中的花枝被一股無形的力量所包裹，然後向中心壓縮，花枝寸寸折斷，花瓣落英紛飛。掌力猛然一吐，紅色花瓣四散飛去。

姬飛花手指撚起一片飄向自己的花瓣，慢慢湊近鼻翼前，聞了聞花香，鳳目中閃過一絲冷意，淡然道：「你可以出來了！」

帷幔之後一個身披深藍色斗篷的女子緩步走出，來到姬飛花面前淺淺道了個萬福，嬌滴滴道：「參見主人！」那女子竟然是凌玉殿主人，大康昭儀林菀。

姬飛花低聲道：「你都聽到了？」

林菀嗯了一聲，在姬飛花的身邊坐了下來，螓首試圖靠在姬飛花的肩頭，姬飛花皺了皺眉頭，在她就要靠上自己肩頭之前已經站了起來，負起雙手留給林菀一個孤冷的背影。

林菀眼圈兒居然有些紅了，輕聲道：「是不是菀兒做錯了什麼？」

姬飛花平靜道：「葆葆對你的事情知情嗎？」

林菀搖了搖頭：「她對昨晚的事情有些抗拒。」

姬飛花淡然道：「明月宮的事情解決之後，我會安排她離開皇宮，有些事沒必要讓她知道的太清楚。」

林菀低聲道：「主人為何對胡小天如此厚愛？」

姬飛花呵呵笑了起來：「厚愛？咱家只是想利用他罷了。」

林菀道：「胡小天為人狡詐陰險，主人一定要小心被他反咬一口。」

「主人只怕還不知道，他已經有了萬蟲蝕骨丸的解藥。」

姬飛花猛然轉過身來，鳳目之中寒光大熾：「你說什麼？」

林菀道：「他用復甦笛引起我體內的藥力，折磨得我苦不堪言，我看他和洪北漠一定有了聯絡。」

姬飛花滿面狐疑道：「你能確定？」

「千真萬確，我懷疑他也用同樣的手段對待葆葆，甚至已經控制了葆葆，我那妹子最近似乎變了許多，有很多的事情都在瞞著我。」

姬飛花瞇起雙目，他向前走了一步，忽然伸出手去抓住林菀的皓腕，一股冰冷的內息沿著林菀的經脈流入她的體內，林菀嬌軀一顫，剛一感到刺痛，姬飛花卻已經放開了她的手腕，冷冷道：「你沒有騙我？」

林菀的俏臉之上浮現出一絲難以描摹的憂傷：「我何時又騙過你。」

姬飛花道：「洪北漠身在大雍，不可能和胡小天聯絡上，胡小天絕不會是他的人。」

林菀道：「可是復甦笛就在他的手中，我親眼所見豈會有錯，而且他有萬蟲蝕骨丸的解藥。」

姬飛花道：「你是說，這宮中還有洪北漠的同黨？」

林菀點了點頭道：「一定是！」

姬飛花緩緩點了點頭。

林菀道：「為何不將胡小天抓回嚴刑逼供，相信一定能從他嘴中套出實情。」

姬飛花道：「此事你無需過問，應該怎麼做，咱家自有定論。」

「可是……」

姬飛花道：「洪北漠早已成為喪家之犬，他的殘餘勢力根本不成氣候，咱家首先要對付的乃是權德安那老匹夫，菀兒！你只需靜守凌玉殿，總之我答應你，一定會為你解除萬蟲蝕骨丸的痛苦。」

林菀咬了咬櫻唇：「你當我在乎那些痛苦嗎？」

姬飛花再次轉過身去：「你走吧，有事的時候，咱家自會找你。」

望著姬飛花的背影，林菀的目光痛苦而糾結，凝望許久她方才道：「難道你和我之間就再也沒有別的話好說？」說話的時候兩行晶瑩的淚水沿著面頰滑落下來。

姬飛花道：「還有一件事，以後沒有我允許，不可再經這條密道過來找我！」

葆葆趴在凌玉殿的格窗前，望著外面的雪景呆呆出神，對眼前的情景她根本沒有看進去，腦子裡只是想著昨晚和胡小天在床上耳鬢廝磨的情景，俏臉不由得紅了起來，咬了咬嘴唇，試圖將胡小天那可惡的笑臉從腦海中驅走，卻怎麼都做不到。

身後傳來輕盈的腳步聲，葆葆轉過身去，看到林菀發紅的眼圈，而林菀同樣看到葆葆泛起紅暈的雙頰。姐妹兩人都因自己此時的神態而露出些許的慌張，幾乎在同時垂下頭去。

葆葆迅速鎮定了下來：「姐姐，你是不是哭過？」

林菀搖了搖頭，反問道：「你臉怎麼了？為何如此之紅？」

葆葆道：「可能是在窗前欣賞雪景吹了冷風的緣故。」她回身將格窗關上，室內的光線頓時黯淡了下來。

林菀走過去，牽住她的手，輕聲道：「辛苦你了。」

葆葆搖了搖頭，小聲道：「姐姐，文雅已經讓胡小天將我逐出明月宮，她應該是懷疑上我了。」

林菀道：「離開那個是非之地也好。」她顯得心不在焉，慢慢來到古琴旁坐下，右手伸了出去，手指撫在古琴之上撥動了一根琴弦，古樸悠揚的琴音久久迴盪。

葆葆道：「我聽說他來了凌玉殿？」

林菀點了點頭，抬起雙眸，充滿不解地望著葆葆道：「你因何不告訴我，復甦笛就在他的手中？」

葆葆芳心一震，咬了咬櫻唇，神情黯然道：「他對姐姐出手了？」

林菀冷哼了一聲，忽然用力一推，那古琴摔落在地上，琴弦繃的一聲扯斷，她拂袖而起：「你還有很多事情瞞著我對不對？」

葆葆用力搖了搖頭：「沒有，姐姐，我之所以沒有告訴你復甦笛的事情，是因為我害怕你為我擔心，而且我也沒有想到，文雅會派他前來凌玉殿給姐姐送禮，更沒有想到他膽敢對姐姐出手。」

林菀道：「胡小天的為人如何，你應該比我更清楚。」

葆葆垂下頭去，沒有說話，可表情無疑已經默認，她小聲道：「姐姐，葆葆有一事不明，為什麼要借他的手將馬良芃除去？此前你是不是已經知道了馬良芃是姬公公的人？」

林菀道：「當然知道，如果不知道這件事，我也不會讓你設下這個圈套。」

葆葆顫聲道：「為何你要瞞著我？」

林菀道：「假如我將一切告訴你，你還會不會按照我的吩咐去做？」

葆葆道：「你是想利用這件事觸怒姬飛花，從而利用姬飛花的手除掉胡小天！」

林菀呵呵笑道：「那又如何？」

葆葆怒道：「你有沒有想過我的安危？馬良芃之死我也有責任，倘若姬飛花追究責任，我和胡小天一樣都難逃一死。」

林菀緩步走向葆葆，盯住她的雙眸：「你不是曾經說過，踏入皇宮就沒有想過要活著出去？你不怕死，你怕的是胡小天死，想不到你竟然對一個太監產生了這樣的感情？」

葆葆怒道：「你胡說！」

林菀呵呵笑道：「我胡說？別忘了是我看著你長大，你想什麼？做什麼？以為可以瞞過我嗎？」

葆葆道：「我只是不明白，你為什麼要做這種事？你為什麼要對付胡小天？乾爹派我們入宮的任務是什麼？他甚至連胡小天的名字都不知道，怎麼可能會對他下手？」

林菀道：「你懷疑我？」

葆葆用力搖了搖頭道：「這些天來，你讓我做什麼我就做什麼，可是為什麼復甦笛會在胡小天的手中，他為什麼會有萬蟲蝕骨丸的解藥？難道除了我們之外，乾爹還安排了其他人在宮中？胡小天和乾爹又有什麼關係？」

林菀道：「你問我？我也想知道！」

葆葆道：「你根本不想知道，你只想殺掉胡小天，明知他手中有復甦笛，明知道他可能和我們一樣都是乾爹所遣，你仍然對他下手……」

林菀怒道：「你想說什麼？你是不是想說我背叛乾爹？」

葆葆道：「圈套，一切都是圈套，你讓我去明月宮根本就是一個圈套，根本不是為了對付文雅，你只是想借著這個機會除去胡小天。」

林菀道：「就算我想殺掉他也沒什麼不妥，他知道你太多的秘密，早已威脅到你的安全，我不殺他，只怕你很快就會出事。」

葆葆抿了抿嘴唇：「我是死是活跟你毫無關係，你也未必會放在心上，總之，你最好打消了主意，休想利用我再去對付胡小天。」

「這句話才是重點，你喜歡他，你居然喜歡一個不能人事的太監！」

葆葆臉色蒼白，她拚命搖頭，試圖通過這樣的動作來否認林菀的指責，可過了一會兒她漸漸冷靜下來，輕聲道：「我一定會找乾爹問個清楚。」

雪化得很快，僅僅一個上午，白雪覆蓋的土地已經有不少地方就裸露出了原來的顏色，明月宮的院子裡，青一塊、黃一塊、紫一塊、紅一塊，就像是佈滿傷痕的軀體，血跡已經被融化的血水洗滌乾淨，太監王仁將通往大門的道路清掃出來，原本這是屬於他和馬良芃兩人的活兒，如今因為馬良芃的被殺全都落在了他一個人的身上。

化雪天很冷，王仁的內心蕩漾著一股寒意。昨晚他清晰聽到了馬良芃的那聲救命，也看到了胡小天扭斷馬良芃脖子的情景，一條生命就這樣在他的眼前消失，前來明月宮之前，他就已經明白，他們幾個人全都心懷異志，每人都有後台，可以說各負使命，只是王仁並沒有想到他們的使命會有犧牲生命的危險。

腳步聲由遠而近，抬起頭，正看到邁著四方步從遠處踏著殘雪而來的胡小天，王仁不覺停下了動作，本以為胡小天沒那麼快回來，卻想不到這才半天功夫他就已經回還，看胡小天一臉陽光燦爛的樣子，應該沒有受到責罰。

直到胡小天來到他的面前，王仁才醒悟過來，慌忙躬身行禮道：「胡公公回來了。」

胡小天微笑頷首，雙手負在身後環視雪後的園子道：「一個人打掃有些忙不過來吧。」

王仁道：「還好，還好。」

胡小天道：「等明兒我再調一個手頭勤快的小太監過來幫忙，也省得你一個人受累。」

「不累，不累！」王仁顯得誠惶誠恐。

胡小天看到這廝連正眼都不敢看自己，料想他肯定是被昨晚自己殺掉馬良芃的事情給嚇怕了，看來偶爾殺人立威也算不上壞事。

來到明月宮，迎面遇到宮女秋燕，打聽文雅身在何處，方才知道文雅在後堂誦經，意在超度小太監馬良芃的亡魂，胡小天暗忖這時候似乎不便打擾，自己若是此時出現，只怕馬良芃的冤魂是絕不肯走了。於是一個人回到了自己的房間，看到床上凌亂的被褥仍然沒有整理過，想起昨晚和葆葆在床上糾纏的情景，唇角不禁浮現出一絲會心的笑意。

現在回頭想想，昨晚葆葆的出現實在是有些可疑，以她的智慧應該不會沒有想到可能會被人尾隨，看來昨晚她的所為應該有預謀，十有八九是她故意留下線索，吸引馬良芃尾隨而來，然後利用自己上演一齣殺人滅口的戲碼。

胡小天並沒有因此而感到惱火，事情並沒有朝著對自己不利的方向發展，如果不是葆葆設計了這場戲，自己也不會這麼早就發現馬良芃是姬飛花派來的眼線。殺掉馬良芃，只怕姬飛花心中也非常不爽，可惜他又不便發作，畢竟自己對他的重要性遠甚於馬良芃。

胡小天心中暗自琢磨著，身後房門被輕輕敲響，門並沒有關，敲門只是提醒他有人來了。

胡小天轉過身去，看到葆葆帶著歉意的俏臉，他笑道：「你終於懂得敲門了。」

葆葆咬了咬嘴唇，歉然道：「給你添麻煩了。」

胡小天道：「事情已經解決了，他們不會再找你的麻煩。」

葆葆道：「我過來收拾東西，馬上就離開明月宮，臨行之前還是覺得應該跟胡公公道個別。」

胡小天道：「去向定了沒有？」

葆葆道：「還沒定……」

胡小天道：「不如我去跟文才人說說，看看她是否會收回成命？」

葆葆搖了搖頭：「不必了，已經給胡公公添了太多麻煩了。」說話的時候心中竟然有一縷不捨之意，連她自己都沒有意料到，竟然會對胡小天這個亦敵亦友的傢伙產生了微妙的感情。

胡小天望著她的俏臉，忽然感覺到此時的葆葆顯得孤苦無助，形單影隻，心中不由得生出呵護之情，雖然葆葆多次設計自己，可是這妮子始終都是身不由己，想想她身中萬蟲蝕骨丸的事情，只怕她根本沒有能力和自身的命運抗衡。胡小天道：「其實有些事你應該好好想一想，不必受人擺佈。」

「知道！」葆葆的眼圈突然紅了，鼻子一酸險些落下淚來。又不是生離死別，怎麼會生出這樣的感觸？她看到胡小天向自己走了過來，心中突然變得有些惶恐，正猶豫著是不是應該離開，胡小天卻將雙臂從她的肩頭伸了過去，將她身後的房門關上，然後低下頭去，輕輕吻上她的前額。

葆葆的淚水終於抑制不住，宛如決堤的河水一般流了下來，胡小天伸出手去，為她擦去臉上淚水，低聲道：「別哭，不管去哪裡，只要受到了委屈就來找我。」一句話恰恰戳中葆葆內心中最柔軟的部分，她也不知為了什麼，胡小天在她的眼中突然變得可愛了起來，前所未有的可愛，嬌軀撲入胡小天的懷中，默默淚流。

胡小天輕輕撫摸著她的肩背，他相信此時葆葆完全是真情流露，絕沒有任何的表演成分在內。

葆葆終於止住哭泣，從他的懷中抬起頭來，挺直了脊樑，鼻翼抽動了一下，破涕為笑，輕聲道：「明知你不是一個好人，可剛剛那句話還是讓我感動。」

胡小天道：「證明你良心未泯，還有藥可救。」

葆葆搖了搖頭：「沒良心的那個始終都是你。」她擦乾淚水，又來到胡小天桌上的銅鏡前對著銅鏡看了看，確信沒有破綻之後，這才離開。

胡小天跟著她來到了外面，正準備跟她道別之時，卻見文雅在梧桐的陪伴下從明月宮內出來。梧桐看到胡小天平安返回，心中暗歎這廝命大，以她的想法，恨不能胡小天給馬良芃償命才好。

胡小天和葆葆向文雅施禮，胡小天道：「文才人，我已經讓葆葆收拾，等收拾好了就送她離去。」

文雅向葆葆看了一眼，輕聲道：「算了，本宮改主意了，昨晚的事情也怨不得葆葆，你留下吧。」

葆葆聽說讓她留下，有些不能置信地望向胡小天，胡小天將大拇指悄悄向下彎了彎示意葆葆趕緊謝恩，葆葆這才反應過來，撲通一聲跪倒在文雅腳下：「謝文才人開恩……」說到這裡眼淚刷刷地流了下來。

胡小天看到她眼淚如同水龍頭似的開關自如，說來就來，心中不覺對她剛才在房內的表現有些懷疑了，這妮子絕對是個演技派啊。絕不能輕易被她的表像所迷惑，可回想起剛才葆葆的表現應該是真誠的。對付女孩子，當然還是攻心為上，想要她死心塌地地對自己好，就要讓她真正愛上自己。

葆葆離去之後，胡小天本想也回房去補個覺，畢竟昨晚折騰了一夜，就算鐵打的也會犯睏，可文雅卻叫住他道：「小鬍子，你陪我去紫蘭宮走一趟。」

胡小天一聽要去紫蘭宮，心中不覺有些愣了，紫蘭宮豈不是安平公主龍曦月所在的地方，文雅和她有什麼關係？過去也沒聽說她們有交情啊。在胡小天的潛意識裡還是認為文雅就是樂瑤，樂瑤和龍曦月之間根本就沒有任何交集。

文雅叫胡小天一同前往也不是因為她知道胡小天和龍曦月之間關係非同尋常，而是她初來乍到，對宮內的道路並不熟悉。

三人一路向紫蘭宮走去，途中文雅對胡小天今天在內官監的經歷隻字不提，她不問，胡小天當然也不會主動跟她說。即便是梧桐看到胡小天完好無恙地回來了，心中也已經明白，馬良芃肯定是白死了。

胡小天對梧桐也沒什麼好感，此女作為文雅的保鏢入宮，處處和自己作對，尤其是昨晚的表現，大有要將自己置於死地的節奏，同在明月宮中，共同侍奉文雅，以後兩人之間的接觸在所難免，可以預料彼此間必然還會發生摩擦。姬飛花讓自己尋找機會將她除去，即便是姬飛花沒有提出這個要求，一旦梧桐威脅到自身的安全，胡小天也會毫不猶豫地將她剷除。兩人目光無意中相遇，彼此都流露出一絲陰冷的殺機，心中的敵視毫不掩飾。

就連走在前方的文雅也察覺到他們之間的仇視，緩緩轉過頭去，梧桐還是一副冷冰冰的面孔，胡小天卻在瞬間冰雪消融，笑得陽光燦爛，說到變臉，十個梧桐也比不上他。

文雅道：「梧桐！小鬍子既然平安回來就證明他清白無辜，你不要再繼續針對他。」

梧桐應了一聲，心中對清白無辜這四個字卻是極不認同，胡小天能夠平安回來並不代表他清白，此子陰險毒辣，留在明月宮始終是個禍害。

胡小天帶著她們來到紫蘭宮之後，方才知道文雅和安平公主龍曦月根本就是第一次見面，文雅此來是特地給安平送一幅花鳥畫，畫的是蝶戀花，畫工是相當不錯，胡小天開始的時候不以為意，可看到這幅畫落款的時候就有些明白了，這幅畫的作者居然是文博遠，也就是文太師的兒子，文雅義兄。

胡小天腦筋一轉就意識到這幅畫有拉郎配的意思，文雅打著送禮物的旗號而來，送給龍曦月的東西卻是文博遠親筆手繪的蝶戀花，意義不言自明，文博遠是通過這幅畫表達對安平公主的愛意。胡小天不由得有些後悔了，早知道文雅是來做這種事情的，自己壓根就不該帶她過來，可他也明白，無論自己來不來，文雅早晚都會將這幅畫送到龍曦月的手裡。

龍曦月首先對文雅的禮物表示感謝，只是看了這幅畫一眼，也沒有表現出太多的重視，然後就放在了一邊。

文雅本想借著這幅畫引開話題，可現在看來這幅畫似乎並沒有達到想要的效果，於是笑了笑道：「公主看這幅畫畫得如何？」

龍曦月淡然笑道：「很好！」

文雅道：「這幅畫其實是我大哥親手所繪，我看著非常喜歡，於是便找大哥要了過來，聽聞公主喜歡書畫，所以特地將這幅畫轉贈給公主殿下。」

龍曦月道：「如此說來，這幅畫我反倒不能收了。」她將那幅畫從紫鵑手中拿起又遞還給了文雅：「君子不奪人所好，文才人喜歡的東西，我可不能要。」

文雅本以為這位公主溫柔可人，並不像是太有心計之人，卻想不到龍曦月居然抓住自己話中的漏洞，將原本收下的畫又退給了自己，這樣一來反倒是自己弄巧成拙了。

胡小天一旁看著，暗自好笑，唇角不禁流露出一絲哂意。

文雅撇到這廝古怪的表情不禁皺了皺眉頭道：「小鬍子，你笑什麼？」

龍曦月的一雙明眸也朝著胡小天望來，輕聲道：「胡公公因何發笑？」

胡小天道：「文才人明鑒，公主明鑒，小的生就一張笑瞇瞇的面孔，其實我根本就沒笑。」

龍曦月道：「我聽說胡公公入宮之前琴棋書畫無所不通，你剛才發笑是不是因為這幅畫的緣故？」

胡小天也沒想到龍曦月居然將矛頭指向這幅畫，趕緊躬身行禮道：「小的什麼身分，豈敢對這幅畫品頭論足。」

文雅冷冷看了他一眼道：「你如果不是因為這幅畫發笑，難道是因為我們？本宮和公主有什麼值得你笑的地方？」

胡小天心想你們兩人之間的氣氛好像有些不對頭哎，就算你們兩人不對盤，也不能將矛頭全都轉向我，干老子鳥事。他恭恭敬敬道：「小的還是出去等，省得在這裡礙了文才人的眼，公主的眼。」

龍曦月道：「誰說你礙眼了？我只是問你，你覺得這幅畫畫得怎麼樣？」這位向來乖巧懂事的公主今兒也好像轉了性子，故意為難起胡小天來了。

文雅道：「小鬍子，既然公主問你，你就實實在在的回答，有什麼說什麼就是。」

胡小天無奈只能從文雅手裡又接過那幅花鳥畫，徐徐展開，平心而論這幅畫畫得還真是不錯，至少胡小天的花鳥畫沒這個水準，工筆花鳥，每一筆都費盡心思，看來文博遠對安平公主肯定有意思。胡小天裝模作樣地看了看道：「還算不錯，不過……」

文雅道：「不過什麼？」

胡小天笑了笑道：「小的還是不說了。」

龍曦月道：「但說無妨。」

文雅道：「只是評論一幅畫為何要推三阻四，你說！」

胡小天道：「畫畫得很好，字也寫得漂亮，只是這幅畫有點流於豔俗了。」

文雅聞言頓時氣不打一處來，你胡小天是跟我來的，我是你的主子，你這麼說話根本是拆我台啊，文雅道：「看來你真是不懂，我兄長的花鳥畫師從當代大師劉青山先生，乃是他得意的高足，可以說他的花鳥畫已經得了劉先生的七分神髓，又豈是你一個小小的宦官能夠領悟的？」

第六章

難於上青天

事實上胡小天壓根也沒準備服從文雅的指揮，
明月宮管事的差事還是姬飛花硬塞給他的。
不是胡小天看輕文雅，別看文雅長得屬於禍國殃民的級數，
可惜這裡是皇宮，又趕上一個不愛紅妝愛武裝的古怪皇帝，
再加上姬飛花從中作梗，她想要獲得皇上的歡心，
想利用美色迷惑皇上，那是難於上青天。

胡小天本來也沒想跟文雅作對，可文雅這番話說得實在是太不給他面子，老子是宦官怎麼著？我又不想說，你偏讓我說，你當老子怕你啊？我在皇宮中是個不受待見的小太監，別看你被封為才人，想殺你的人不知有多少，姬飛花視你為眼中釘肉中刺，以後你的日子比老子還要難熬，居然還敢這麼說我？如果不是因為你長得跟小寡婦樂瑤一模一樣，老子才懶得待見你。

胡小天道：「文才人說得是，小的雖然不懂什麼書畫，可是我好歹能看懂畫的是什麼，這是一隻蜜蜂，這是一朵牡丹花。」

文雅白了他一眼，簡直是廢話，只要是有眼睛的都能看出這一點。

龍曦月不禁莞爾，她還以為胡小天能說出什麼讓人驚豔的評語，沒想到他居然說這些，不過龍曦月還是覺得有趣，胡小天說話時候的樣子有趣極了。

文雅可不這麼想，她認為胡小天根本是無話可說不懂裝懂，冷冷道：「你還是出去，別耽誤我和公主說話。」終於忍不住趕這小子出去了。

胡小天道：「我還沒說完呢，這隻蜜蜂是一隻工蜂，就是雄性，趴在牡丹花的花蕊之上，你們仔細看，是雌蕊噯，這幅畫倘若留來自己欣賞倒沒什麼，若是送人卻大大的不妥，實在是有傷風化，尤其是送給冰清玉潔的安平公主尤其不妥……」

聽到這裡，文雅已經按捺不住心中的怒氣：「出去！」在場的人都是女子，包括安平公主在內，所有人的臉都羞得通紅，誰也不知道他居然會從這個角度分析。

按照他的說法，文雅送給安平公主這幅畫反而是別有居心了，文雅也是俏臉通紅，倒不是因為害羞，完完全全是被這小子歪攪胡纏給氣的。胡小天深深一揖，倒退著離開。

文雅道：「安平公主，他根本不懂丹青，別聽他胡說八道。」

胡小天道：「文才人此言差矣，小天雖然只是區區一個宦官，可小天在成為宦官之前還是學過一些東西的，好歹也算得上是書香門第。」

龍曦月笑道：「胡公公也是個有才情之人。」

文雅道：「才情？他有什麼才情？」手中的這幅花鳥畫今天是無論如何都送不出去了，文雅將所有一切都歸咎到胡小天的身上，認為如果不是他跟著搗亂，龍曦月就順利收下了這幅畫，自己也算完成了大哥委託的事情。

龍曦月道：「胡公公不如給我們顯示一下如何？」

胡小天倒不怕現場作畫，即便是他花鳥畫不行，可素描速寫啥的還是能掙回點顏面的，可在宮中還是儘量少顯擺為妙，看到文雅氣沖沖的樣子，心中也就沒了繼續跟她為敵的打算，笑了笑道：「我可沒這個本事，眼高手低，還是不要貽笑大方了。」

文雅趁機提出告辭，被胡小天這番搗亂弄得她興致全無。

胡小天跟著離去的時候，趁著他人不備，向龍曦月伸出一根手指晃了晃，示意今晚一更他會再度前來。

龍曦月俏臉一熱，慌忙將螓首轉向一旁。

文雅這一路之上再不說話，顯然被胡小天惹惱。梧桐明顯幸災樂禍，心想讓你胡小天多嘴，這次得罪了文才人，她也不會護著你了。胡小天卻是一副無所謂的態度，陪著文雅回到了明月宮。

文雅讓其他人都出去，單單將胡小天一個人留了下來，玉手重重茶几上拍了一下，怒道：「胡小天，你這奴才好生大膽，還不給我跪下！」

胡小天沒跪，店大欺客，奴大欺主，胡小天真心不覺得文雅在宮中的地位比起自己要高上多少，他向文雅拱了拱手道：「文才人冤枉我了，枉我胡小天處處為文才人的安危著想，可文才人卻如此曲解我的好意，也罷！勞煩文才人將我送往內官監，治我個目中無人之罪，將我亂棍打死算了。」

文雅怒道：「我何嘗說過要打死你?你這奴才，真是氣死我也。」

胡小天聽不得她一口一個奴才的叫自己，心中越發認定眼前文雅絕非樂瑤，就算樂瑤有很多事情瞞著自己，念在自己救她於危難之中的情分，她也不至於如此絕情。胡小天道：「請問文才人送這幅花鳥圖給安平公主是何用意？」

文雅道：「沒有什麼用意，只是一份普通的禮物罷了。」

胡小天道：「文才人知不知道安平公主已經和大雍七皇子薛傳銘訂下婚約？明年三月十六便是她的成婚之日。」

文雅道：「此事本宮的確聽說了，可只是一幅畫而已。」

胡小天道：「表面上是一幅畫，可是這幅畫若是落在別有用心的人手裡會怎麼想？文才人就算是無心，難道不怕這幅畫會帶給文家麻煩嗎？」

文雅咬了咬嘴唇，臉上的表情軟化了下去，她輕聲道：「本宮並沒有想那麼多。」

胡小天道：「若是小天沒猜錯，文才人乃是受了令兄的委託吧。」

文雅道：「若是天下人都像你這般陰險狡詐，那麼任何普通的事情都會被賦予另外的含義。」

胡小天道：「文才人此言差矣，皇上登基，令尊居功至偉，此時天下皆知，安平公主想必心裡也清清楚楚，你以為，她會接受你送的禮物嗎？」胡小天的意思很明白，別看龍燁霖是安平的哥哥，可龍宣恩是她親爹，文太師幫著她同父異母的哥哥把她親爹趕下了台，現如今又要利用她跟大雍和親來換取國境的和平，在龍曦月心中說不定早就將文承煥視為仇人，你文雅是文太師的養女，別說你送花鳥畫，就算你送什麼奇珍異寶，龍曦月也不會放在眼裡。

文雅聽胡小天說完，不由得歎了一口氣，這件事原是她考慮欠妥了。

胡小天看到她表情趨緩，馬上又拱了拱手道：「小天該說的全都說完了，要殺要剮全都聽候文才人發落。」

文雅搖了搖頭道：「胡小天，你是算準了本宮不能將你怎樣，所以才會說出這樣的話。」

「不敢，肺腑之言，文才人須知忠言逆耳這四個字。」

文雅道：「本宮管不了你，你以後愛怎樣就怎樣，你且去吧。」言語之中流露出頗多失落。

事實上胡小天壓根也沒準備服從文雅的指揮，明月宮管事的差事還是姬飛花硬塞給他的，按照姬飛花當初的說法，自己也就走個過場。不是胡小天看輕文雅，別看文雅長得屬於禍國殃民的級數，可惜這裡是皇宮，又趕上一個不愛紅妝愛武裝的古怪皇帝，再加上姬飛花從中作梗，她想要獲得皇上的歡心，想利用美色迷惑皇上那是難於上青天。

再者說，文雅的運氣似乎也不怎麼好，明明榮寶興好不容易給她創造了一個進御的機會，這妞兒偏偏來了月事。現在榮寶興也已經死了，等著下次皇上翻她的牌子還不知道猴年馬月，或許這輩子都沒機會了，等著在這宮中孤獨終老吧。

胡小天在明月宮殺人的事情還是傳得沸沸揚揚，剛剛回到司苑局，一幫小太監就圍上來噓寒問暖，看到胡小天無恙，已經知道這次的風波應該已經平安度過。

史學東驅散了那幫小太監，陪著胡小天回到他的房間內，昨天還一片狼藉的室內如今已經收拾得乾乾淨淨，雖然胡小天不在這裡，仍然在房內點上了火爐子，房間內溫暖如春。

史學東把房門關上，神神秘秘道：「兄弟，說說到底怎麼回事，害得哥哥我為你擔心了一整天。」

胡小天笑道：「原本就沒什麼大事，只是明月宮的一個小太監對葆葆生出歹意，剛巧被我遇上，於是我跟他打了起來，一不留神，那貨摔倒不慎跌斷脖子。」

史學東道：「要說葆葆那姑娘長得也的確勾人，容易讓人生出歹念。」

胡小天笑道：「你胡說什麼？咱們當太監的哪還有那個心思。」

史學東低聲嘟囔道：「你們沒有我有。」這貨畢竟比普通太監還多點東西的。

胡小天接過史學東遞來的一杯茶，喝了一口，從昨晚到現在他都沒有好好睡過，實在是有些疲倦了，忍不住打了個哈欠。

史學東看到這一幕，也不方便繼續打擾他，笑道：「看來兄弟累了，為兄就不打擾了，你趕緊休息，好好睡一覺。」他起身出門，出門之後幫忙將房門掩上。

胡小天起身將房門插上，想起今晚還要夜探紫蘭宮，趁著這會兒功夫剛好補個覺，於是拉起被褥睡了起來。

這一覺睡得極其酣暢，等他醒來方才發現已經是深夜了。

胡小天點燃燭火，感覺腹中有些餓了，起身拉開房門，一股冷風捲著雪花撲面而來，想不到雪停了一天之後再度下了起來，這雪勢頭比起昨天更大了，司苑局的院子裡一片漆黑，小太監們都已經入睡了。外面響起敲更的聲音，已經到了一更。胡小天忽然想起自己今日在紫蘭宮向龍曦月所做的那個手勢，自己是在示意她今晚一更要夜探紫蘭宮，卻不知龍曦月是否領會了他的意思。約定的時間已經過了，就算現在去也已經晚了。可男子漢大丈夫既然決定的事情就不能改變，胡小天關好房門，悄然向酒窖走去。

天寒地凍，平日裡就已經無人駐守了，更何況是在這風雪漫天的夜裡。胡小天開了酒窖走入其中，抖落了一身的雪花，酒窖將呼嘯的寒風完全隔絕在外。胡小天取了燈籠，快步走下密道。他輕車熟路地來到紫蘭宮的水井內，沿著井壁爬了上去。

等他爬出井口，發現外面的雪下得越發大了，這樣的天氣自然為他掩飾行蹤創造了絕佳條件，可是行動也困難了不少，舉目向紫蘭宮的方向望去，卻見宮室一片漆黑，龍曦月的書齋也沒有亮燈，看來這位美麗公主應該睡了，或許是因為自己失約她等不及，又或者她根本就沒有懂得自己手勢的意思，胡小天正準備回去的時候，又覺得大老遠跑來有些不甘心，於是這廝躡手躡腳來到了書齋外，傾耳在窗前聽了聽，並沒有聽到任何的動靜，裡面應該沒有人在。

就在胡小天決定離開的時候，忽然看到紫蘭宮的方向亮起了燈光，沒過多久，就看到房門打開了，一位身穿深藍色斗篷的少女打著燈籠從裡面走了出來。

胡小天從對方的身形已經判斷出是龍曦月無疑，他心中又驚又喜，看來這位安平公主已經被自己撩動起了情愫，即便是深夜也不忘和自己相會，正準備上前相認，冷不防嘴巴被人從後面給捂住。胡小天此驚非同小可，對方將他壓在牆壁之上，向他豎起一根食指：「噓！」卻是藏書閣的老太監李雲聰。

胡小天嚇得一身冷汗，這老太監想必是跟蹤了自己一路，自己竟然如此大意，居然對他的舉動毫無覺察，想想不由得後怕，李雲聰若是想殺自己，恐怕自己十條命都已經丟掉了，這老傢伙的武功只怕比權德安和姬飛花更加厲害。

兩人一起看著龍曦月的舉動，胡小天暗叫不妙，這下麻煩了，自己和龍曦月的事情十有八九被李雲聰給撞破了。龍曦月舉起燈籠在院落之中看了看，並沒有看到胡小天的影子，她顯得頗為失落，幽然歎了一口氣，轉身又回宮去了。

有李雲聰在身邊，借胡小天一個膽子，他也不敢去跟龍曦月相認。龍曦月走後，李雲聰指了指水井，率先飛掠而起，胡小天緊跟他的腳步，卻見李雲聰如同在雪地上貼地飛行，沒有留下一絲一毫的足跡，這份輕功實在是驚世駭俗，反觀自己就沒有人家的功力，雖然刻意隱藏腳步的痕跡，但是仍然在雪地上留下淺淺的足跡，這倒不妨事，雪下得很大，用不了多久時間就會將足跡完全掩蓋。

李雲聰示意胡小天先進入井口，等到胡小天進去之後，他右手一揮，一股無形掌力拍擊出去，如同平地刮起一陣罡風，將胡小天那淺淺的腳印拍擊散盡。由此可見他為人之謹慎。

兩人一前一後回到了地洞之中，胡小天擦了擦額頭的冷汗，向李雲聰施禮道：「李公公！」

李雲聰道：「夜探紫蘭宮，你膽子可真是不小，難道想對公主不利？」

胡小天叫苦不迭道：「李公公，您可冤枉我了，您不是說有一條密道通往縹緲山，所以我才趁著風雪之夜，找尋那條密道的所在。」

李雲聰將信將疑，冷笑道：「你還真是有心。」

胡小天道：「公公又是怎麼到了這裡？」在他的印象中，藏書閣和密道相通的地方只有一個手腕粗的孔洞，難道這李雲聰能夠從洞裡溜過來不成？這老傢伙難道是蛇精變的？居然能從那麼小的洞口鑽進來？

李雲聰道：「紫蘭宮又不是什麼神秘的地方，你能來得，咱家就能來得。」他一邊說一邊往回走，胡小天跟在李雲聰的身後，心中不由得暗暗叫苦，密道？現在快成了星光大道了，無論什麼人都能過來走一圈，權德安知道，姬飛花知道，現在李雲聰也知道。而且李雲聰應該比起自己知道的內情似乎還要多一些，只是不知道他今晚是湊巧來到紫蘭宮，還是一路跟蹤自己來到這裡。

來到道路的分叉處，李雲聰轉向藏書閣的方向，胡小天也沒有返回司苑局酒窖的意思，而是跟著李雲聰繼續前行。李雲聰不說話，也沒有發聲阻止，任由胡小天跟著他來到藏書閣的地洞下。

老太監抬起頭來，向上方看了一眼，然後騰空躍起，雙足在地洞的邊緣之上來回輕點，此時的李雲聰哪還有半分老態龍鍾的模樣，身軀在地洞中不斷升騰而起，轉瞬之間已經來到地洞頂部，他的手向上輕輕一托，洞的岩石被他整個托了起來，露出一個可容一人通行的洞口，胡小天仰臉看著，咋舌不下，上次他和葆葆也曾經仔細探查過，可他們找了半天也只是找到了一個通氣孔，卻想不到看似已經到了盡頭的頂部就有出口。

李雲聰向下看了一眼仍在發呆的胡小天，冷哼一聲道：「傻站著幹什麼？還不趕緊上來？」

胡小天這才回過神來，他可沒有李雲聰那樣的本事，不過比起上次來時已經多了樣金蛛八步的本事，沿著牆壁手足並用迅速攀援而上，也很快就爬了上去。

從地洞中爬出去看到的就是一條狹窄通道，這通道位於牆壁和一座文聖坐像之間，文聖像高約兩丈，重愈三千斤，剛好覆蓋在那地洞的上方，底部的顏色和地面岩層相同，別說胡小天當時沒有發現，即便是發現了這個秘密，以他目前的功力也不可能將塑像移開進入其中。李雲聰身處地洞之中，竟然能夠將這麼重的文聖像平托而起，此人的武功實則到了驚世駭俗的地步。

繞過文聖像來到房內，卻見周圍全都是層層疊疊的書架，應該是藏書閣的一部分，胡小天環視周圍的時候，李雲聰點燃室內的蠟燭，燭火搖曳照亮了他滿是皺紋的面孔，光影變幻中的李雲聰越發顯得深不可測。

胡小天道：「李公公，這裡是藏書閣嗎？」

李雲聰笑道：「這裡自然是藏書閣，咱們現在在藏書閣的六層，皇宮之中，除了咱家和太上皇之外，就只有你才來過這個地方。」

胡小天點了點頭道：「這麼說，小天豈不是走了大運？」

李雲聰道：「福禍相依，是好是壞誰也說不清楚。」

胡小天笑道：「李公公說得極是，就如小天被委以明月宮管事之重任，本以為是件好事，可真正接手之後方才發現是個苦不堪言的差事。」

李雲聰意味深長道：「苦不苦只有自己心裡明白，咱家卻聽說文才人入主明月宮之後沒幾天，便接連出了兩條人命，宮裡很多人都在說，這位文才人是位不祥之人。」

胡小天道：「流言罷了，所謂的兩條人命，其實有一條李公公是親眼見證的。」姬飛花殺死王德才的時候，李雲聰剛好就在現場，而那時候文雅還未入宮。

李雲聰點了點頭道：「你這麼一說，咱家就想起來了。」

「至於另外一條人命，其實是小天所為，和這位新來的文才人並無任何的關係。」做了就不怕認，更何況是眾人皆知的事情。

李雲聰道：「在皇宮內殺人還能全身而退，還真是不多見。」

胡小天道：「我殺的那個太監名叫馬良芃，乃是姬飛花派去明月宮的眼線。」

李雲聰白眉一動：「你不也是姬飛花派過去的？如此說來，豈不是大水淹了龍王廟，一家人不識一家人？」

胡小天道：「不瞞李公公，此前我對此一無所知。」

李雲聰道：「看來姬飛花對你也不是完全信任，那個小太監想必是去監視你的。」

胡小天道：「應當如此，我和葆葆說話的時候，他跑去窗外偷聽，幸虧被我發覺，於是我才對他下手。」

李雲聰喃喃道：「葆葆！咱家給你的東西是否派上了用場？」

胡小天眉開眼笑道：「李公公給我的那個笛子還真是好東西，只要輕輕那麼一吹，就能讓她求生不得求死不能，唯有乖乖聽話。」

李雲聰道：「這麼說，那宮女已經對你服服貼貼了？」

胡小天點了點頭道：「不能再聽話了，現在我讓她幹什麼，她就得乖乖幹什麼？不僅如此，小天還有一個意外收穫呢。」

李雲聽聽他說意外收穫也是頗感驚奇，等胡小天將凌玉殿林菀的事情講完，李雲聰才知道這小子居然用復甦笛做了那麼多的事情。

胡小天道：「照她們所說，她們中了一種萬蟲蝕骨丸的慢性毒藥，一旦發作，那是相當的痛苦，也只有您老的解藥能夠解除她們的痛苦。」胡小天恭維道：「李公公的手段真是高，實在是高！」

李雲聰冷冷道：「她們所中的萬蟲蝕骨丸跟咱家可沒有一丁點的關係。」

胡小天只是利用這句話去套他的話，現在胡小天甚至有些懷疑李雲聰就是洪北漠。

李雲聰道：「咱家讓你調查的事情怎樣了？」

胡小天恭敬道：「葆葆應該並沒有跟洪北漠直接接觸過，所有一切的指令都是通過林菀傳達，林菀這個女人陰險毒辣，派葆葆前往明月宮應該有私心，很可能並不是洪北漠的意思。」

李雲聰瞇起雙目道：「林菀不足為慮，你只需盯住她們的動向，以防她們自作主張，輕舉妄動而壞了大計。」

胡小天道：「公公的話我已經轉告給了她們，只要有那個復甦笛在手，不愁她們兩個不乖乖聽話。現在她們還以為我是洪北漠所派，在我面前誠惶誠恐，尊敬得很。」

李雲聰道：「千萬別被假像所迷惑，洪北漠既然把她們派入宮中，林菀又能在美女如雲的後宮之中脫穎而出，足以證明此女還是很有一些手段的，以後如無必要，你還是儘量少跟她接觸為妙。」

胡小天點了點頭，想起自己也練了幾天《無相神功》的內功心法，可似乎仍然沒有什麼進展，於是就此向李雲聰求教。李雲聰為他診脈之後也深為不解，他也搞不清為何胡小天仍然會止步不前。

再次回到司苑局的房間內已經就快四更天了，胡小天又冷又餓，隨便吃了幾塊點心，鑽入被窩裡面酣然入睡。這一覺直睡得天昏地暗，醒來的時候已經是第二天下午。

拉開房門走了出去，看到外面的雪越下，宛如鵝毛般飄飛在天地之間，地面上的雪也已經積下了一尺多厚，整個皇宮都在一片銀裝素裹之下。幾名小太監正在院子裡堆雪嬉戲，平日裡宮廷內的生活單調而枯燥，少有遇到這樣開心的時候。而且康都的地理位置偏南，已經有多年沒下過這麼大的雪。

小卓子穿著厚重的棉袍帶著護耳，整個人包裹得嚴嚴實實的，從藥庫的方向走了過來，看到胡小天出來，趕緊過來行禮道：「胡公公您醒了？」

胡小天打了個哈欠道：「咱家都沒想到會睡了這麼久。」

小卓子道：「東哥交代過，胡公公這兩天兩邊忙活，操勞得很，讓我們不要打擾您，一定要讓您多睡一會兒。」

胡小天點了點頭，用手遮在額前，擋住撲面而來的雪花：「史學東呢？」

小卓子道：「一早就出宮採辦去了。」

胡小天道：「今兒有沒有什麼人找我？」

小卓子搖了搖頭。

胡小天頓時感覺有些奇怪，過去幾乎每天從早到晚都有忙不完的事兒，不是東家來找，就是西家來探，今兒是怎麼了？難道因為下雪全都不出門了？還是因為自己殺了人，惡名遠播，沒有人願意接近自己？一個人如果整天忙活慣了，乍一清淨起來反倒不習慣。

小卓子道：「胡公公還沒吃飯吧，小的這就讓人去準備。」

胡小天點了點頭，此時腹中的確有些餓了。

小卓子趕緊讓人去準備，不一會兒已經將熱騰騰的飯菜端到了胡小天房間內，胡小天正準備飽餐一頓的時候，小鄧子慌慌張張趕了過來，來到胡小天身邊，附在他耳邊道：「秦姑娘到太醫院了。」

他前來通風報訊還是因為胡小天之前的交代，讓他牢牢記住，只要秦雨瞳前往太醫院坐診，就第一時間通知他。胡小天得知這個消息，迅速填飽了肚子，起身前往太醫院。

地面上的雪已經積起了一尺多厚，因為雪仍然在不停的下，清掃還沒有開始，昨天雪融之後氣溫驟降，地面上結了一層薄冰，大雪從昨夜一直下到現在，路面濕滑，前往太醫院的路上，胡小天還好，小鄧子卻接連摔了幾跤。

以胡小天今時今日的地位，皇宮之中除了少數禁區，他基本上都可以自由出入，太醫院原本就不是什麼防守嚴密的地方，侍衛防守的重點也是防止太醫進入皇宮內苑，至於前來看病的太監宮女，一般來說都不會進行嚴格盤查。

前來太醫院看病的人多數都是宮女太監，身分尊崇者如皇上嬪妃都會將太醫召入宮中。

秦雨瞳來自玄天館，她的師尊乃是玄天館主，除非是皇上親召，玄天館主是不會前來這裡，太醫院這邊的坐診基本上都交給了他的弟子。

當然宮女太監也不是隨隨便便就能過來看病，首先要約號，如同現代社會的預約門診，拿到了號牌才能排期看病，像胡小天這種在宮中有了一定地位的太監當然無需號牌，他大搖大擺進了太醫院。

今天太醫院格外忙碌，天氣驟降，受涼生病的宮女太監不在少數，還有一些人因為雪天路滑摔成了外傷，其中不乏手腳骨折者。

胡小天找到秦雨瞳的時候，她正在天字號診室內為一名宮女接骨。因為秦雨瞳正在工作，所以胡小天並沒有急於打擾她，而是靜靜看著她的動作。秦雨瞳為宮女接骨之後站起身來，一旁有人遞來了一方雪白的熱毛巾。

「謝謝！」秦雨瞳接過熱毛巾，方才察覺有異，抬眼望去，卻見身穿太監服的胡小天正站在自己的面前。以秦雨瞳的鎮定，平靜無波的明澈美眸中也不禁泛起波瀾。燮州一別，半年已過，這半年之中發生了太多的事情，可眼前的胡小天卻依然笑得陽光燦爛，彷彿他還是昨日的那個他，並未變過，也從未變過。

「秦姑娘還記得咱家嗎？」

聽到胡小天以咱家自稱，秦雨瞳的芳心中沒來由感到一陣歉疚，她忽然意識到沒變的只是她自己，而胡小天已經完全改變了，她不明白自己這種負疚感的由來，難道自己要對胡小天如今的狀況負責？我和他只是萍水相逢罷了，秦雨瞳在心中默默提醒自己，雙眸恢復了昔日的古井無波，淡然道：「自然記得，看到胡公子無恙，雨瞳心中也是欣慰得很呢。」

胡小天呵呵笑了起來，秦雨瞳的這番話本沒有任何的笑點，胡小天的笑聲讓秦雨瞳的芳心為之一縮，她甚至想到了胡小天恨上了自己，因為燮州城的不辭而別，也因為自己明明得知了西川兵變而沒有透露給他半點的風聲。

胡小天道：「秦姑娘認識的那個胡公子早已死了，站在你面前的是大康司苑局的管事太監胡公公！」這貨說得那是中氣十足，非但沒覺得自卑反而覺得滿臉榮光，哥這麼短的時間內從一個小太監混成了司苑局的總管也不容易，這種升職速度即便是在現代職場中也很少見吧。

秦雨瞳卻從胡小天的話裡感覺到一種莫名的悲傷，其實是她多想了，一時間她不知該說什麼去安慰胡小天，也不知道是不是應該向胡小天表達一下當初知情不報的歉意。

還好此時又有人過來看病，暫時化解了秦雨瞳心中的尷尬。來的是個手腕脫臼的小太監，秦雨瞳正準備叫人，胡小天已經主動走了過去，幫忙摁住那小太監的身體，可能是因為胡小天的到來影響到了秦雨瞳的心境，第一次復位居然沒有成功。關鍵時刻還是胡小天出手，輕鬆將小太監的手腕復位。

小太監活動手臂之後，千恩萬謝地走了，秦雨瞳道：「看來你的醫術還未曾忘記。」

「很多事情都不會忘記。」

秦雨瞳因胡小天的這句話而垂下黑長的睫毛，幾經努力終於低聲道：「對不起，我本該早一些提醒你的。」

胡小天笑了起來：「沒什麼好對不起的，咱家今天之所以過來見秦姑娘，只是想當面說聲謝謝。倘若不是秦姑娘送給我的那份禮物，只怕小天此時已經身陷囹圄了，也許連性命都保不住。」

秦雨瞳不知胡小天的這番話究竟是否出自真心，倘若當初自己沒有給他留下那張面具，胡小天想必已經落在李家之手，即便是失去自由，可還不至於失去性命，畢竟他是李天衡的未來女婿，和李無憂有婚約在。正是因為自己給他的那張面具，才讓他得以逃離燮州，此後事情的發展卻遠非她能夠預料。她沒想到胡小天在逃脫之後，居然會有孤身潛入京城，捨身救父的勇氣。秦雨瞳道：「你不用謝我，其實當初我有很多事情瞞著你，現在想起來心中實在是有些歉疚呢。」

胡小天笑道：「過去的事情就過去了，這世界上誰都會有秘密。」

此時外面忽然傳來太監的通報聲：「安平公主到！」

胡小天心中一驚，首先想到的就是，莫非昨天晚上我爽約不至，觸怒了這位好脾氣的公主，於是她追殺到這裡來了？

安平公主已經來到了房內，看到胡小天在這裡，她也是一驚，胡小天怎麼會在太醫院裡？

胡小天趕緊上前行禮道：「小的參見公主千歲千千歲！」

安平公主看都沒看他，徑直從他的身邊走了過去，握住秦雨瞳的雙手道：「雨瞳姐姐來了！」

胡小天這才知道是自己自作多情了，原來安平公主根本就不是衝著自己來的，搞了半天她和秦雨瞳是閨蜜。胡小天心中暗歎，這世上的事情還真是想不到啊，安平內心單純為人善良，可秦雨瞳的心機卻是非常複雜，撇去她騙自己的事情不提，根據胡小天目前瞭解到的情況，在龍燁霖上位的事情上，玄天館的任先生也出力不少，作為任先生的高足，秦雨瞳很難說沒有參與其中，不然她也不會莫名其妙跑去西川。胡小天有些為安平公主擔心了，和這麼複雜的妞兒當閨蜜，分分鐘有被出賣的可能。

安平公主看到胡小天仍然站在房內，顯得有些不悅，輕聲道：「你留在這裡是想聽我們姐妹說話嗎？」

胡小天慌忙告辭，不等他出門，安平公主又道：「你在外面等著我，回頭我還有事情要問你。」

外面大雪紛飛，雖然站在太醫院的迴廊下，不至於有雪花落下，可胡小天凍得仍然直跺腳。

安平公主和秦雨瞳聊了半個時辰方才出來，看到胡小天正在迴廊上猴子一樣跳來跳去，禁不住想笑。可想起昨晚這廝放了自己鴿子，害得自己熬到半夜都不見他過來，心腸頓時硬了起來，緩步來到胡小天面前：「胡公公好像精神得很啊。」

胡小天看到她過來也停下了跳躍：「天寒地凍，站著不動只怕要被凍成冰棍兒了。」

安平公主故意道：「你不是去了明月宮聽差嗎？來太醫院做什麼？」

胡小天歎了口氣道：「別提了，昨天說錯了話，惹得文才人動怒，罰我在雪地裡站了一夜，還讓小太監輪番盯著我，我就是想偷跑也不敢，這不，硬生生把我給凍病了……阿嚏……」冷風一吹，胡小天真打了個噴嚏，顯然更增加了謊話的可信度。

安平公主看他打起了噴嚏，不由得有些擔心：「你怎樣？要不要緊？」

胡小天看到四下無人，低聲道：「公主不怪我，我就不要緊，公主要是怪我，只怕我死了的心都有了。」

龍曦月聽他居然說出這麼大膽的話來，羞得俏臉通紅，啐道：「你好大膽子。」

胡小天道：「全都是因為公主的緣故。」

「這和我又有什麼關係？」

「當然有，都說色膽包天，若非是見到了公主這樣天下無雙的絕色女子，小天又怎麼有為了你豁出性命的包天之膽？」這句話說得巧妙，既挑逗了龍曦月又婉轉表達了自己為她不惜犧牲性命的決心和勇氣。

安平公主聽到他的這番話先是有些害羞，然後就感到說不出的感動，一雙美眸竟然有些紅了，咬了咬櫻唇道：「昨天的事情原是我連累了你。」她哪知道胡小天根本就是信口胡謅。

胡小天道：「小事一樁，無足掛齒，只是小天有些不明白，為何文才人會送那樣一幅畫給你。」

安平公主道：「她應該只是受了別人的委託吧。」太醫院畢竟人來人往，安平公主並不方便久留，小聲道：「你好生休息，多飲些熱茶，自己要懂得照顧自己。」

胡小天點了點頭，心中頗為甜蜜：「公主也要多多顧惜自己的身體。」

兩人依依惜別，胡小天轉過身去，看到秦雨瞳不知何時從房間裡出來，正在門前望著自己，於是笑了笑又走了回去。

秦雨瞳道：「你和安平公主很熟悉？」

胡小天道：「公主為人善良，對待我們每個人都好得很。」

秦雨瞳深有同感地點了點頭。

胡小天道：「可惜這個世上多數好人未必能夠得到好報。」

秦雨瞳聞言一怔，以為胡小天話裡有話，難道在影射自己？

胡小天道：「你應該聽說公主和大雍七皇子薛道銘定下婚約的事情。」

秦雨瞳緩緩點了點頭：「此時舉國皆知，早就不是什麼秘密。」

胡小天道：「安平公主如此善良溫柔的女子，到最後卻要成為政治利益的犧牲品，堂堂大康公主活得還不如一個普通民家女子自由。」

秦雨瞳道：「又有幾個人可以做到隨心所欲的生活呢？這世上不如意的事情實在太多，多數時候我們都無力改變。」

胡小天道：「她是你的朋友嗎？」

秦雨瞳一雙美眸睜大，終於還是點了點頭。

胡小天卻搖了搖頭道：「我看不是，假如她是你的朋友，你怎麼忍心看著自己的朋友陷入絕境而無動於衷。」

「大雍並非絕境，雨瞳也非無動於衷。」秦雨瞳淡然道：「陛下決定的事情，並非我等能夠改變，公主是個深明大義之人，何謂小我何為大義她分得清楚。」

胡小天反問道：「秦姑娘的這句話咱家反倒不懂了，何為小我？何為大義？」

秦雨瞳道：「胡公子也是門第出身，應該懂得家國大義和個人得失哪個更加重要。」

胡小天道：「秦姑娘的意思我明白了，你是說安平公主的婚事如不如意只是個人得失，和所謂的家國大義相比根本就不值一提，她的犧牲只要對國家有利，你就認為是值得的？」

秦雨瞳咬了咬櫻唇，沒說是，也沒說不是。

胡小天道：「憑什麼家國大義就要犧牲一個弱女子，難道你們真的以為一場婚姻可以換來一段長久的和平？」胡小天緩緩搖了搖頭道：「在真正的野心家眼中，只看到權力這兩個字，也只有權力才能打動他，大康若強，或可換得安平公主數年安寧，可是大康若是一直亂下去，只怕公主的命運會無比悲慘。」他停頓了一下凝望秦雨瞳的雙眸：「真正的朋友是在對方危難之時施以援手的，而不是口口聲聲談著什麼家國利益，對朋友的遭遇坐視不理，恕咱家直言，你所謂的家國利益只不過是想讓自己良心有安慰的藉口罷了。」

秦雨瞳道：「你若這樣想，雨瞳也沒有辦法。」

胡小天向她拱了拱手，轉身告辭。

秦雨瞳望著胡小天毅然決然離去的背影，芳心中悵然若失，胡小天剛才說過的那番話仍然振聾發聵在她的耳邊久久迴盪。

胡小天離開了太醫院，出門之後迎面遇到了一群人，他本想迴避，卻聽為首一人叫道：「那不是胡小天嗎？」

胡小天聽到對方竟然叫出了自己的名字，只能停下腳步，來人正是大康三皇子龍廷鎮。胡小天趕緊上前見禮，面對這位大康最得寵的皇二代胡小天心中還是多少有些忐忑的，不久前，龍廷鎮在煙水閣設宴，而胡小天恰恰陪同姬飛花前往，在當晚的宴席之上幫住姬飛花狠狠損了禮部尚書吳敬善、御史中丞蘇清昆之流，無論胡小天情不情願，當時都站在和龍廷鎮相對的立場之上，今天真算得上是冤家路窄，居然在太醫院門口跟他遇上。

胡小天在雪地中跪了下去給龍廷鎮見禮。

龍廷鎮微微一笑，不見他動怒，也不見他叫胡小天起來，胡小天就只能跪在他的面前，卻聽龍廷鎮道：「小鬍子，那天在煙水閣你的表現真是讓本王驚豔，想不到你詩詞歌賦無所不通啊。」

胡小天道：「讓皇子殿下見笑了，小的那點微末道行哪能入得了殿下的法眼，那天都是信口胡謅的。」

「信口胡謅？都能這麼厲害，可見你當得起學富五車的稱號。」

胡小天道：「皇子殿下，小的沒什麼學問，那些對聯也都是我過去聽過的，不然就憑我的那點本事，敲破腦袋也想不出來啊。」

龍廷鎮道：「你不用在本王面前謙虛，這樣，你就當著本王的面，當著大家的面作一首詩給我聽聽。」

胡小天跪在雪地裡，心中暗罵龍廷鎮，老子好歹也救過你姑姑，當時你也是親眼所見，不求你感恩戴德，怎麼也不能恩將仇報吧？可現在根本是要擺足架勢，想要懲戒自己。

龍廷鎮冷笑望著胡小天，那天在煙水閣他本想給姬飛花一個下馬威，卻想不到胡小天的出現完全打亂了他的步驟，搞得他手下的那幫大儒學究灰頭土臉，龍廷鎮自然也是顏面無光。今天遇到胡小天單獨一個，自然興起教訓這廝的念頭，心中暗忖，姬飛花不在，我看誰還有本事護你。

胡小天跪在那裡，腦袋耷拉著，心中的主意不停變換，要說作詩真不是什麼難事，別說一首，就是十首他也能夠背出來，可龍廷鎮今天的目的很明確，就是要給自己一個教訓，倘若自己表現太好，等於直接打這位三皇子的臉，自己什麼身分？這裡又是哪裡？除非他不想要命了。於是拿定主意，裝傻就好，於是腦袋耷拉得更低，只差沒貼在地上了，顫聲道：「皇子殿下明鑒，小的哪會作詩？」

龍廷鎮道：「姬飛花讓你作你就作，換成本王讓你作詩你卻推三阻四，難道在你的眼中，本王還比不上姬飛花嗎？」

胡小天背脊一股冷氣竄了上去，龍廷鎮今兒是憋足勁要找自己的晦氣了，難怪說出來混早晚都是要還的，只怪自己那天在煙水閣出了風頭，得罪了這位三皇子。冤有頭債有主，真正跟你龍廷鎮作對的是姬飛花，有種你找他理論去？為什麼找上我？看來這世上多數人都是欺軟怕硬，龍廷鎮也不例外。

胡小天顫聲道：「皇子殿下，小的句句都是實話，若是對對子，小的還敢糊弄幾句，作詩，我真沒那個本事，皇子殿下饒了我這次吧。」

龍廷鎮正想呵斥他，卻突然變得春風拂面，望著遠處道：「皇兄，怎麼您也來了。」

第七章

茶中有毒

忽然聽到文雅驚聲道：「皇上……您怎麼了？」
卻見龍燁霖捂住肚子，頃刻間臉色蒼白，
額頭上佈滿了黃豆大小的汗水。
低聲道：「朕……朕的肚子好……好痛……」
他目光落在茶盞之上，道：「這茶中……有毒……」

來人卻是大康大皇子龍廷盛，也就是簡皇后和龍宣恩的大兒子，龍廷盛一邊咳嗽一邊走了過來，他今年二十五，身材高大，體格魁梧健壯，國字臉方方正正，唇上留著兩撇八字鬍鬚，膚色黧黑，一雙虎目向龍廷鎮掃了一眼道：「三弟，聽說父皇身體有恙，所以我剛剛去探望。」

龍廷鎮其實已經去過了，他笑道：「難得大哥一片孝心，做兄弟的自歎弗如了。」

龍廷盛道：「這兩天天氣驟然變冷，連我都受了風寒……」說到這裡他捂住嘴又咳嗽了兩聲，目光落在仍然跪在雪地上的胡小天身上：「這是……」

龍廷鎮道：「司苑局的太監胡小天，詩詞歌賦無所不通，我讓他即興賦詩一首。」

胡小天心中暗罵，賦你媽個頭，嘴中叫苦道：「皇子殿下，小的才疏學淺，實在是作不出。」

龍廷盛看到他的樣子不禁笑了起來：「作不出就起來吧，雪這麼大，跪在地上小心被凍著。」

胡小天眼巴巴看著龍廷鎮，三皇子龍廷鎮這才道：「既然我皇兄讓你起來，你就起來。」

胡小天這才從地上爬了起來，跪了這麼老半天，膝蓋都痠了，心中對龍廷鎮越發反感。

龍廷盛道：「這詩詞歌賦不是每個人都寫得出來的，過去我就因為作詩的事情沒少挨罵。」

龍廷鎮顯然沒有跟這位大皇兄多談的意思，敷衍了兩句，找了個藉口轉身離去。

胡小天垂著雙手站在原地，等龍廷鎮走了，方才暗自鬆了口氣。

龍廷盛看了他一眼道：「剛剛他沒有為難你吧？」

胡小天這才意識到他們身邊已經沒有其他人在，跟著龍廷盛過來的那個小太監不知什麼時候進入太醫院去了。慌忙行禮道：「沒有，只是讓我作詩，多謝大皇子解圍了。」

龍廷盛呵呵笑道：「作不出就作不出，也不是什麼丟人的事兒，你是胡小天？」

胡小天道：「正是小的。」

龍廷盛道：「我聽過不少人提起你的名字，入宮這麼短的時間，就能夠掌管司苑局，想不到你這麼年輕，真是很有本事啊！」

胡小天道：「多虧了皇上的器重，小鬍子受寵若驚誠惶誠恐。」

龍廷盛呵呵笑道：「器重你的是姬公公吧。」

胡小天悄悄向龍廷盛偷看了一眼，卻見他雙目灼灼始終盯著自己，心中不禁暗歎倒楣，難不成三皇子為難過自己，大皇子又要找自己的麻煩？冤有頭債有主，你們有種去找姬飛花的麻煩，干老子鳥事。

龍廷盛道：「你不用害怕，本王不會為難你，我聽說你的一些事情，本王對你還是有些欣賞呢。」

想收買我？胡小天馬上將龍廷盛的這番話理解為一種示好，以龍廷盛的身分地位，堂堂一個大皇子當然沒必要去討好一個小太監，歸根結底，原因只可能有一個，龍廷盛意在籠絡自己。想起大康的太子之位仍然懸而未決，胡小天馬上就心中坦然了，龍廷鎮仇視自己因為此，而龍廷盛向自己示好也是因為這件事。胡小天恭敬道：「大皇子太抬舉小的了，小鬍子感激涕零。」

龍廷盛咳嗽了兩聲。

胡小天關切道：「大皇子身體不適？」

龍廷盛道：「只是受了些風寒，沒什麼。」

此時跟著龍廷盛的那名太監走了過來，來到龍廷盛面前道：「皇子殿下，太醫院的藥房之中並沒有這幾味藥。」

龍廷盛聞言不由得皺了皺眉頭道：「偌大的一個太醫院，竟然連這些藥材都找不到，真不知這幫管藥庫的太監是管什麼吃的？」

胡小天心中一動，忽然想起司苑局那裡的藥房，恭敬道：「殿下，司苑局倒是也有一個藥房，規模雖然比不上太醫院，可裡面也有不少的藥材，或許其中能夠找到殿下需要的藥材。」

龍廷盛點了點頭，示意太監將那份藥方交給了胡小天。

胡小天得了藥方，辭別了龍廷盛，踩著厚厚的積雪回到了司苑局。他並沒有前往明月宮，一來明月宮太冷，二來他也不想回去受文雅的冷眼，你看我不爽，老子還不樂意伺候你呢。

來到司苑局的時候，下了一天一夜的大雪奇蹟般停了下來。史學東迎上來，眉開眼笑道：「葆葆姑娘來了！」因為天氣太冷，這貨一邊說一邊搓手，顯得越發淫賤。胡小天道：「人在哪兒？」

史學東附在他的耳邊低聲道：「我讓她先去了你的房間。」

胡小天點了點頭，將那份藥方交給了他：「你去幫我查查有沒有這些藥材。」

史學東點頭哈腰地去了。

胡小天來到自己的門前推門走了進去，看到葆葆正坐在桌前，雙手托腮靜靜等著自己。

胡小天笑道：「咱家前腳剛走，你這就主動送上門來了，既如此，咱家也就不客氣了。」

葆葆惡狠狠瞪了他一眼：「你敢動我一下，我就讓所有人都知道你是個假……」話還沒說完，胡小天就已經將她的嘴巴給捂上：「隔牆有耳，你還嫌鬧出的亂子不夠大？」

葆葆掙扎了兩下，掙脫開他的手，可沒想到胡小天雙手向下一滑，從後面把她給抱住了。葆葆咬了咬櫻唇道：「你好不要臉。」

胡小天道：「咱家對你好歹都有救命之恩，不求你捨身相報，給咱家暖暖身子總不過分？」

「很過分！」葆葆嘴上說著，可卻沒有掙脫。胡小天得寸進尺，將臉湊了上來，被冷風吹得如同冰塊的面孔貼在葆葆溫暖柔潤的俏臉上，感覺真是舒服極了。

葆葆紅著俏臉道：「你占盡了人家的便宜，以後讓我還怎麼嫁人？」

胡小天笑道：「嫁給我嘍，咱家是個負責任的人。」

「我才不信你的甜言蜜語，自從我認識你之後，就沒有順利過，你這個惡人簡直就是我命中的魔星。」

「既然如此，你還是認命吧。有句話說得好，生活就像強姦，如果不能反抗，不如閉目享受。」

葆葆聽到這裡羞得雙頰緋紅，用力掙脫開他的懷抱道：「你這惡人，這種無恥的話你都說得出口。」

胡小天道：「這話可不是我說的。」

「一定是你，除了你還有誰能夠說出那麼下作的話。」葆葆認定了胡小天不是好人。

胡小天伸出手去，牽住葆葆溫潤如玉的纖手，將她慢慢拉回自己的身邊，葆葆含著嬌羞垂下頭去，胡小天重新摟住她的纖腰道：「我是說真的。」

「都不知道你在說什麼？」葆葆含羞道。

胡小天道：「你不許再打別的男人主意，以後你註定是要嫁給我當老婆的。」

葆葆螓首垂得更低：「太監怎麼可能娶老婆？」這會兒連脖子根都紅了。

「我這個太監你又不是不清楚，該有的東西我一樣都沒少。」

葆葆雙手將耳朵堵住，嬌嗔道：「不聽，不聽，你實在是太噁心了。」

胡小天一把勾住她的纖腰，在她櫻唇上輕吻了一口，葆葆嬌軀明顯一顫，用力將眉頭皺起，將螓首輕輕伏在胡小天的肩頭，柔聲道：「雖然明知道你是個騙子，對我沒有一句實話，可我還是寧願相信你一次。」

胡小天抱住葆葆，手落在她的玉臀之上，饅頭要一口一口的吃，哥文火慢燉了這麼久，應該已經到時候了，啪！葆葆宛如靈蛇般從他懷中逃脫出來，然後在這廝的豬油手上狠狠拍了一巴掌，臭小子，真是得寸進尺，葆葆接連退了三步，確信拉開了安全距離，方才長舒了一口氣道：「文才人讓你回去，有事差遣。」

胡小天把腦袋搖了搖：「不回去了，天寒地凍的，沒爐子，沒火盆，甚至連個暖床的丫頭也沒有，回去還得看她的冷臉，我打算待會兒就去辭職，以後她愛找誰伺候就找誰伺候。」

葆葆道：「今兒皇上剛剛賞賜了她六匹錦緞，此外還有上等的官燕兩盒，還說最近要去明月宮探望她呢。」

胡小天道：「皇上這麼多嬪妃，該不是人手一份？」

葆葆道：「聽說只給了文才人，連皇后都沒有。」

胡小天皺了皺眉頭道：「她找我回去，有沒有說為什麼？」

葆葆道：「具體的我也不清楚，對了，那個侍衛統領陳成強今天又帶人過來了，檢查了一下馬良芃平時居住的房間，還看了看你的房間。」

胡小天怒道：「他算什麼東西？居然敢搜查我的房間，還挑選老子不在的時候。」

「御前四品帶刀武士，而且這次的事情據說是大內侍衛統領慕容展親下的命令並獲得了皇上的首肯。」葆葆停了下又道：「文才人也同意了。」

胡小天道：「有沒有覺得文才人好像在故意跟我作對？」

「在她眼裡你只不過是個奴才，召之即來揮之即去，你還真把自己當成一盤菜啊？」

胡小天道：「先讓你走，然後又改變主意讓你留下，看來她對咱們之間的關係產生了懷疑。」

葆葆道：「那怎麼辦？」

「走一步看一步，這個文雅透著古怪，文太師既然將她送入宮中，就絕不會讓她這麼孤零零地待上一輩子，肯定還會想方設法，讓她接近皇上，從而獲得皇上的寵愛。」

葆葆道：「只怕姬飛花未必會讓她如意。」

胡小天道：「道高一尺魔高一丈，他們兩個究竟誰更高明，那就要等等看了。」說這話的時候，胡小天忽然想起了權德安，最近權德安好像突然安靜了許多，甚至沒有主動和自己接觸過。難道是他正在悄然積蓄力量準備對姬飛花全力一擊？還是他因為自己和姬飛花走得太近而心生警覺？

嘴上雖然有些抗拒，可胡小天仍然不能對文雅的傳召置若罔聞，和葆葆一起離開了司苑局，臨行之前，史學東送過來兩個手爐，胡小天收了一個，另外一個送給了葆葆。兩人並肩走向明月宮，雪剛剛停歇，皇宮內苑的道路上已經聚滿了清掃的太監。胡小天如今在宮內的知名度也是與日俱增，在他經行的時候，不少太監紛紛停下手裡的活兒向他行禮。

兩人來到明月宮，看到明月宮外的道路已經清掃乾淨，王仁雙手操在袖子裡站在門前翹首企盼著什麼，看到胡小天他們回來，趕緊迎了上去，向胡小天行禮道：「胡公公，您總算回來了，皇后娘娘到了，正問起您呢。」

胡小天心中咯噔一下子，簡皇后對文雅還真是關心呢，若非出於同仇敵愾，一個女人怎麼可能放下心中的嫉妒？胡小天也不敢耽擱，快步進入了明月宮，門前遇到了簡皇后的貼身太監趙進喜。趙進喜一臉傲慢道：「小鬍子來了，皇后娘娘和文才人都在等著你呢。」

胡小天冷笑了一聲，對趙進喜這廝他也沒什麼好感，想當初這小太監連同王德才一起坑過自己，如今王德才已經死了，可這貨依然活著。趙進喜是皇后的貼身太監，在皇宮內的地位也算超然，在過去，他一直都沒有將胡小天這種小太監放在眼裡，可現在，胡小天已經成了司苑局的少監，又兼任明月宮的管事太監，在地位上實則已經超過了他，這聲小鬍子其實是他內心中不滿的一種表露。

胡小天並沒有急著走進去，雙目寒光凜冽盯住趙進喜的眼睛，直到看得對方低下頭去，方才冷冷道：「咱家有沒有聽錯？你剛剛叫我什麼？」

趙進喜竟然不敢回應，額頭上已經滿是冷汗。

胡小天道：「咱們見面不多，咱家的性情你或許不夠瞭解，我為人睚眥必報，呵呵，所以像我這樣的人，最好還是不要得罪的好。」

想起王德才的最終遭遇，趙進喜越發惶恐了，他暗暗後悔，何必逞口舌之快，犯不著得罪這廝，心中頓時服了軟，低聲道：「胡公公，皇后娘娘她們都在等你呢……」

胡小天這才滿意地點了點頭，伸手拍了拍趙進喜的肩膀道：「小喜子，其實咱們都是一類人，彼此之間理當相互照應，你說對不對？」

「胡公公說得極是，胡公公說得極是……」

胡小天根本看不上這種沒風骨的貨色，比起王德才都不如。

來到宮室內，看到簡皇后和文雅兩人在雕花酸枝木茶几兩旁坐著飲茶，簡皇后身穿黃色百鳥朝鳳的長袍，頭戴鑲金疊翠的鳳冠，整個人如同包裹上了一層土豪金，華麗而燦爛，映得胡小天幾乎睜不開眼，真是炫目，反觀文雅，就只穿著藍色長裙，秀髮挽了一個蓮花髻，除了簡單的一根銀簪外，再無多餘的裝飾，兩者對比非但沒有覺得文雅被比了下去，反而襯托出她那種清水出芙蓉的純淨氣質，文雅的雙眸極其動人，眼波流轉，與生俱來的嫵媚氣質，人如其名，優雅端莊。簡皇后的這身打扮雖然貴氣十足，可是總掩蓋不住內在的俗氣。

簡皇后眼角瞥了胡小天一眼，慢條斯理道：「胡小天，本宮讓你好生照顧文才人，你好像在陽奉陰違啊！」

胡小天笑道：「不是小天陽奉陰違，而是最近的事情實在是太多，小天疲於奔命，有些事情無法做到兩邊兼顧。」

簡皇后冷哼了一聲道：「那回頭本宮就跟他們說說，讓你將司苑局的事情交給其他人去做，安安心心在明月宮伺候文才人。」

胡小天心中暗罵，老子就這麼一畝三分地，你居然都想動，想剝奪我司苑局的權力，沒門。

此時文雅開口道：「小鬍子還算盡職盡責，反正明月宮也沒什麼事情，所以妹妹我才讓他去司苑局多轉轉，畢竟那邊也是職責重大。」

簡皇后牽住文雅的手道：「妹子，你就是脾氣太好，可對待這些奴才該敲打的還是要敲打，不然他們就會恃寵生嬌，就會蹬鼻子上臉。」

文雅道：「姐姐放心，我會記得的。」

胡小天心中暗忖，兩人的關係還真是越走越近，沒幾天都已經以姐妹相稱了，怎地一個虛偽得了，所以共同的敵人可以讓兩人迅速走到一起，她們共同的敵人應該就是姬飛花。

簡皇后道：「我也該走了，妹子，剛剛跟你說起的那件事一定要記得。」

「姐姐放心，我不會忘。」文雅起身相送，胡小天也跟在身後送行。一直將簡皇后送到了明月宮外，剛巧遇到侍衛統領陳成強前來。陳成強和身後兩名侍衛慌忙上前見禮。

簡皇后掃了幾名侍衛一眼：「你們來此作甚？」

陳成強道：「因為明月宮的命案，有些事特地找胡公公問一問。」

胡小天心中不爽，這廝似乎賴上了自己，連姬飛花都表示不再追究馬良芃的死因，陳成強卻揪著自己不放，難不成還真存著要將老子治罪的念頭？

簡皇后轉身看了明月宮一眼，輕聲歎了口氣，她想起了死在明月宮的王德才，忽然有種不祥的感覺，短時間內已送掉了兩條人命，莫非這明月宮真是不祥之地。

簡皇后離去之後，陳成強又來到文雅面前行禮：「文才人，卑職還有一些事情需要胡公公配合調查。」

文雅道：「胡小天就在這裡了，你有什麼事情直接問他。」說完之後，她轉身去了。

胡小天也轉身就走，陳成強道：「胡公公留步。」

胡小天壓根沒有搭理他的意思，繼續緩步向前。跟隨陳成強前來的兩名侍衛大步趕了上去，擋在胡小天的前方。胡小天瞇起眼睛看了看他們，冷笑道：「好狗不擋路，這麼簡單的道理，難道兩位不懂嗎？」

兩名侍衛勃然變色，目光齊齊怒視胡小天。

陳成強在胡小天的身後笑道：「胡公公不要誤會，我等只是想找胡公公問一些事情，並沒有其他的意思。」

胡小天道：「有什麼話儘管說，一次說完，咱家還有許多的事情要辦。」

「耽擱不了太久的時間。」陳成強向明月宮大門看了一眼：「不如咱們去胡公公房內說話。」

胡小天毫不客氣地拒絕道：「就在這兒說，明月宮乃是文才人的居處，陳侍衛出來進去的諸多不便。」

陳成強笑道：「那就在這裡說。」他摒退兩名侍衛，方才道：「馬良芃被殺的當晚，胡公公是自己在房內呢，還是房間內另有其他人？」

胡小天道：「陳統領什麼意思？自然是咱家一個人在。」

陳成強道：「根據胡公公所說，當晚你是聽到那宮女呼救，才衝出去救人。」

「不錯！」

「可是我們卻在胡公公的房間內發現了兩個人的頭髮。」

胡小天呵呵笑道：「頭髮？」

陳成強道：「是在胡公公的床上，髮絲雖然細微，可是從質地和味道上還是能夠找到區別，根據這些蛛絲馬跡，找到頭髮的主人並不困難。」

胡小天冷笑道：「真是看不出陳統領還是一個查案高手，以你這樣的本事不去刑部當捕快，卻來到皇宮看門實在是屈才了。」

陳成強並沒有在意胡小天的冷嘲熱諷，又道：「明月宮的院子裡有一些碎裂的瓦片，根據我在現場勘探，這瓦片剛巧來自於胡公公的房頂，看來胡公公的輕身功夫不錯，翻牆越戶如履平地。」

胡小天道：「聽起來就像是一個飛賊，咱家還真沒有那個本事。陳統領是不是被潛入飛賊的事情搞糊塗了，連咱家也成了你懷疑的對象？」

陳成強道：「捕風捉影的事情我從來都不會去做，胡公公能不能告訴我，誰在您的床上留下了頭髮？」

胡小天微笑道：「連咱家自己都不知道，陳統領不如好好幫我查查，看看究竟是誰在我床上留下的頭髮，咱家也很好奇。」

陳成強道：「皇宮裡面，宦官和宮女糾纏不清的事兒過去也時有發生，一旦被人察覺，必然嚴懲不貸，若是我將此事向上頭稟報，胡公公以為自己能夠說得清嗎？」

胡小天道：「陳統領好像是在威脅我嘍！」

陳成強笑道：「不敢，胡公公乃是宮中的紅人，在下只是好心提醒，威脅可談不上。」他盯住胡小天的雙目道：「你說會不會有某位大膽的宮女趁著夜深人靜潛入你的房間，而這一幕恰恰被哪位倒楣的太監看到，於是有人為了保守住這個秘密，決定痛下殺手呢？」

胡小天道：「有些話千萬不能亂說，會死人的。」

陳成強道：「有些話陳某可以說，也可以不說，最後還要看胡公公怎麼做。」

胡小天聽出這廝話裡要脅的意思，心中不由得有些好笑，陳成強真以為這件事就能夠威脅自己？卻不知這貨的目的又是什麼？索性試探他一下，於是胡小天道：「陳統領想我怎麼做？」

陳成強笑道：「胡公公應該是個明白人，在下只想跟胡公公做個朋友，並沒有其他的意思。」

沒有才怪！胡小天心中暗自冷笑，陳成強這種跳樑小丑也敢威脅自己，看來他是活膩歪了，不過他威脅自己的目的又是什麼？究竟是代表哪一方而來？

任何人都沒有想到皇上會突然駕臨明月宮，當日黃昏時分，大康天子龍燁霖在沒有通知任何人的前提下來到明月宮。文雅聽到這個消息的時候，龍燁霖已經走入了明月宮內。文雅慌忙帶著幾名太監宮女迎了出來，在龍燁霖面前跪下道：「臣妾不知陛下前來，失禮之處還望恕罪。」

胡小天和葆葆跪在文雅身後，兩人眼光交會了一下馬上就分開，胡小天一雙眼睛滴溜溜亂轉，自然是萬般好奇，想看看這位大康天子到底長得什麼模樣。

龍燁霖和顏悅色道：「平身！」他親手攙起了文雅，胡小天他們也跟著站起，胡小天趁機打量了一下這位新晉的大康君主，龍燁霖四十一歲，這年齡算不上大，可能是幾經沉浮命運多舛的緣故，這位皇帝顯得有些憔悴，兩鬢居然有了不少白髮，眼角也有了皺紋，膚色白皙，微微有些偏胖，中等身材，這位皇上的長相只能用平凡來形容，並沒有傳說中的帝王之氣。

文雅起身的時候，龍燁霖的目光注視著她的俏臉，明顯呆了一下，顯然是被文雅的美色所震撼，文雅帶著嬌羞垂下螓首，嬌聲道：「陛下……」這聲陛下叫得嬌柔婉轉，擁有著直滲心田的力量，連處在文雅身後的胡小天都不禁心神為之一蕩，更不用說首當其衝的龍燁霖。

龍燁霖道：「愛妃！」唇角總算有了一些笑意。胡小天看得心頭惱火，暗罵文雅淫賤，不知不覺中又將文雅代入成了樂瑤，看到她在龍燁霖面前極盡嫵媚之姿，心中暗罵，可眼下也只有吃乾醋的份兒。

文雅的聲音如同出谷黃鶯般悅耳，嬌聲道：「外面寒冷，還請皇上裡面坐。」

龍燁霖明顯變得精神抖擻，正所謂人逢喜事精神爽，看到如此羞花閉月的美人兒，即便是太監也要動心，更何況皇上乎。

「好！好！好！」龍燁霖一連說了三個好字方才走入明月宮，文雅緊隨其後，悄悄向胡小天使了個眼色，示意他去倒茶，胡小天心中暗罵，好你媽個頭！都半截入土的老頭子了，怎麼忍心對如此鮮嫩可口的美女下手？轉念一想文雅的月事尚未過去，就算龍燁霖有那賊心也沒有那個賊機會，可也不好說，這龍燁霖口味很重，對姬飛花都能生出畸戀，足見他是個變態，倘若他真要是動了歹念，我這頭頂豈不是要綠意盎然？

胡小天倒茶的時候，梧桐也跟了過來，一旁警惕看著他的舉動，胡小天知道她的心思，冷笑道：「是不是擔心我在裡面動手腳？信不過我，你親自來做。」他心情不爽，將手上的活扔給了梧桐。

龍燁霖上下打量著文雅，越看越是覺得賞心悅目，輕聲道：「朕早就聽說你美麗無雙，秀外慧中，今日一見果然如此。」

文雅含羞道：「陛下過獎了，臣妾今日得見皇上，心中惶恐得很呢。」

龍燁霖哈哈大笑：「朕有那麼可怕？」

「不是，皇上乃一國之君，名震天下，小雅對陛下崇敬之情又如高山仰止，其實……其實陛下一直都是小雅心中的偶像呢……」說到這裡她將俏臉一低，羞澀的表情讓人愛憐到了極點。

龍燁霖被文雅嬌羞忸怩的神態迷得暈頭轉向，情不自禁伸手抓住她的柔荑。

這一幕被胡小天看了個清清楚楚，心中暗罵，禽獸！放開老子的女人，再看文雅的樣子，更是氣不打一處來，當老子不存在嗎？居然當著老子的面就勾引男人。

其實人家兩口子有些親熱舉動也實屬正常，胡小天這個醋吃得莫名其妙。

梧桐此時端著茶送了上來。

文雅從茶盤中端起一杯茶，雙手奉送到龍燁霖的手上：「陛下請用茶！」

龍燁霖笑瞇瞇點了點頭，目光始終停留在文雅的俏臉之上。胡小天一看就知道麻煩了，誰說這位大康天子不愛紅妝愛武裝，看起來這位天子應該是兩項全能，能攻能受，難怪姬飛花因為文雅的到來如臨大敵。麻煩啊！麻煩大了！

龍燁霖喝了口茶，復又將目光投向文雅的臉上，輕聲道：「今日朝堂之上，朕見到太師，我們聊起你，太師對你很是關心呢。」

文雅道：「爹爹對我的好處，我永不敢忘。」在皇上面前說話要非常謹慎，不能流露出對家人的思念。

龍燁霖又道：「皇后也在朕面前不停誇你，此前朕還從未聽她這樣誇過別人。」

文雅道：「皇后待我如同親姐姐一樣，對小雅關懷備至，所以小雅來到皇宮雖然不久，卻已經完全當這裡是自己的家了。」

龍燁霖又伸出手去抓住她的柔荑：「小雅，你果然懂事。」

胡小天在一旁早已起了一身的雞皮疙瘩，暗暗詛咒龍燁霖這個老流氓必遭天譴。

龍燁霖此時揮了揮手道：「爾等先退下，朕要和愛妃說兩句真心話。」

「是！」一群宮女太監心明眼亮，皇上是要讓他們迴避了，看來這位文才人太美，大白天的皇上就把持不住了。胡小天腦袋嗡得就大了，計畫不如變化，這皇帝有點不講究啊，人家還來著月事呢。偷偷看了文雅一眼，卻見文雅美眸之中流露出錯綜複雜的目光，雖然不知道她目光的含義何在，總之絕非開心愉悅。

胡小天一言不發的跟著眾人走，感覺心如刀割，暗自提醒自己，干我鳥事，她又不是樂瑤，她也不是我老婆。身後聽到龍燁霖肉麻地叫道：「小雅！」

文雅嬌滴滴回應道：「皇上……」

胡小天趕緊加快腳步，聽不下去了，再聽非得把一口老血噴出來。

可就在這時忽然聽到文雅驚聲道：「皇上……您怎麼了？」

眾人齊齊回過頭去，卻見龍燁霖捂住肚子，頃刻間臉色蒼白，額頭上佈滿了黃豆大小的汗水。低聲道：「朕……朕的肚子好……好痛……」

文雅嚇得一張俏臉變得毫無血色，她也想不到皇上居然突然會變成這個樣子。龍燁霖從進入明月宮到現在，只喝過幾口茶，他目光落在茶盞之上，顫聲道：「這茶中……有毒……」

胡小天第一個反應了過來，大聲道：「保護皇上！」他連幸災樂禍都顧不上，皇上要是在明月宮發生意外，恐怕他們明月宮的所有人都要掉腦袋。

跟隨皇上過來的那幫太監侍衛一擁而上護住了龍燁霖，文雅被分隔到了一旁，一時間不知如何是好。

胡小天手指梧桐大吼道：「賤人，你在茶水中放了什麼？」不是不報，時候未到，胡小天抓住機會自然要報復梧桐。當然還有另一個原因就是撇清自己，也是梧桐倒楣，非得搶著去幹倒茶的活兒，把原本屬於胡小天的楣運硬生生給搶了過來。

梧桐一臉惶恐，她搖了搖頭，撲通一聲就跪倒在地：「冤枉，文才人，我什麼都沒放，我發誓……」話沒說完，胡小天已經衝了上去，甩手就給了她兩記耳光，胡小天出手毫不留情，打得梧桐兩頰高高腫起，一幫侍衛已經將梧桐圍了起來，顯然將她當成了最大疑凶。梧桐雖然身懷武功，可是被胡小天打了個猝不及防，即便是她本身能夠躲過胡小天的巴掌，此時也不敢輕舉妄動，一雙眼充滿怨毒地望著胡小天。

文雅驚慌失措道：「快去請太醫！」

一幫人聽到皇上說茶中有毒全都亂了方寸，只有胡小天還保持著相當的冷靜，剛開始他聽龍燁霖說茶中有毒的時候，心中也是一驚，可很快就冷靜了下來，肚子痛未必就是中毒，看到龍燁霖捂著肚子痛得大聲慘叫，根本就是外科急腹症。

胡小天向前走了一步，被侍衛攔住，怒斥道：「跪下！」這幫侍衛才不管三七二十一，現在完全是懷疑一切。

胡小天並沒有被他嚇住，大聲道：「陛下，小的學過一些醫術，不如我為陛下看看。」

兩名侍衛怒視胡小天，正準備上前將他拿下，卻聽龍燁霖顫聲道：「你……你快幫我看看……朕就要疼……死了……」病急亂投醫，皇上也不例外。可這次卻是瞎貓碰上了死耗子，胡小天可不是庸醫。

有了皇上的金口玉言，那幫侍衛太監當然不敢繼續阻攔，放胡小天過去，胡小天來到皇上身邊，見龍燁霖臉色蠟黃，額頭上佈滿大汗，恭敬道：「陛下哪兒疼？」

龍燁霖指了指右腰：「痛死我了……」

胡小天向皇上行了一禮道：「請恕小的冒犯。」他將左手平貼在龍燁霖的腰部，然後右手握拳向左手的手背叩擊，只是叩了一下，龍燁霖就叫道：「痛……好痛……」

胡小天心中暗忖，莫非是突發腎結石？真要是如此倒不是什麼下毒了。

龍燁霖道：「朕……朕有些內急……」

馬上有太監慌慌張張去拿夜壺，胡小天讓他們不必了，直接找了個銅盆過來。龍雞可不是隨隨便便都能看的，侍衛將屏風拉了過來，閒雜人都退了出去。胡小天攙扶著龍燁霖，別人看他貼得如此之近，也不方便趕他，畢竟是非常時刻，皇上都沒說不讓他看，再說這貨又是個太監。

皇上的貼身小太監幫忙解開龍燁霖的褲子，龍燁霖哆哆嗦嗦把本錢現了出來。

胡小天自問眼神不錯，可一眼居然沒看清楚，這龍雞也太袖珍了一些，說是花生米都抬舉了他，卻不知還能用否？龍燁霖憋了半天總算尿出了幾滴，紅彤彤的血尿，那太監嚇得面無人色。龍燁霖一看銅盆之中，也嚇得魂飛魄散，慘呼道：「太醫……快……快去請太醫……朕……朕難道要命絕於此嗎？」

龍燁霖認為自己要難逃一死，加上腰部的疼痛折磨得他坐臥不寧，他將所有一切全都歸咎到這杯茶上，怒吼道：「來人……將……將……那個……賤人和這幫宮人……拖……拖……」剛剛還是愛妃呢，突然變成了賤人。話雖然還沒說完，可所有人都聽明白了，皇上是要殺人了。

胡小天道：「陛下息怒，以小的判斷，您並非是中毒，只是得了腎石病。」從龍燁霖的症狀，胡小天已經判斷出他得了腎結石，要說文雅也夠倒楣的，上次進御的時候來了月事，這次皇上親臨明月宮，卻又輪到皇上的腎結石突然發作。

胡小天倒不是想為文雅開脫，更不是要英雄救美，這糊塗皇帝認準了茶中有毒，肯定要把明月宮上上下下全都殺盡，自己也無法倖免於難。

龍燁霖顫抖的手抓住胡小天，痛得不停呻吟，胡小天的話讓他突然清醒了過來，此前他也曾經發作過一次，不過上次自行尿出了一顆小小的石頭，那時的症狀和今天也差不多，想起這件事龍燁霖頓時心安了不少，只要不是中毒就應該沒有性命之憂。

這種時代是不可能找到碎石機的，沒有超聲波、逆行尿路造影的輔助檢查手段，胡小天也不可能判斷出結石的具體大小，雖然準確診斷了龍燁霖的病症，可是治療方案卻是一件讓人頭疼的事情。

就在這時候太醫院有人到了，又是秦雨瞳。秦雨瞳仍然輕紗蒙面，看到胡小天也在這裡明顯有些錯愕，不過她很快就平靜了下來，來到胡小天身邊道：「情況怎樣？」她對胡小天的醫術是擁有相當信心的，所以首先做的並不是問診病人，而是找上了胡小天。

胡小天道：「腎石症，左腎，應該已經掉到了輸尿管上段。」

秦雨瞳點了點頭，又道：「你有什麼方法？」

胡小天心想我的方法就是開刀，換成別人還好說，可眼前這位是大康天子，我給他開刀？除非是自己不想活了。胡小天儘量簡單地解釋道：「輸尿管全程，有三個狹窄，結石應該是卡在第二個狹窄處，我所知道的治療方法，通常有三種，一是開刀取石，二就是通過某種能量將體內的結石震碎後隨尿排出。還有一種就是幫助陛下止痛，讓他多喝水，希望能自行排出。」

秦雨瞳來到龍燁霖面前行禮。

龍燁霖道：「秦……秦姑娘……快……快為朕……朕看看……朕痛得受不了了……」

秦雨瞳抽出金針插在龍燁霖的手腕及耳後穴道之上，秦雨瞳針法神奇，落針之後龍燁霖的疼痛明顯減少了許多，止住不斷的慘叫坐在那裡，只是身體仍然有些不舒服。

秦雨瞳又來到胡小天身邊，開刀她不懂，至於胡小天說的用能量震碎體內的結石，她的武功修為也遠未到那種程度，所以只能向胡小天再度求教。

胡小天讓人給皇上多弄些水喝，又讓他從台階往下反反覆覆的蹦。以這樣的方法蹦跳，來震動身體，促使結石儘快排出。

龍燁霖將信將疑，他雖然不相信胡小天這個小太監，但是對秦雨瞳的醫術還是深信不疑的，於是脫了龍袍，在明月宮找了處台階，一階一階地往下蹦，就像是一個上躥下跳的兔子，哪裡還有半點一國之君的威儀。

胡小天原本以為這樣的方法短期內未必可以起到效果，沒想到龍燁霖的運氣居然不錯，跳了不到半個時辰，就尿出了一塊結石，結石綠豆粒般大小，尿完之後龍燁霖那是渾身輕鬆，通體舒泰。貼身太監從尿盆中直接就將那顆結石撈了出來，驚喜道：「皇上吉祥，皇上吉祥，石頭出來了，石頭出來了！」

龍燁霖皺了皺眉頭，前半句話沒什麼，可後半句石頭出來了聽著有些不爽。

胡小天此時上前恭敬道：「恭喜皇上，賀喜皇上！皇上排出龍晶，實乃大吉之兆，皇上乃真龍天子，胸懷日月，體蘊江河，龍騰大康，光照天下！」

龍燁霖聽他這麼說，心頭真是舒服，同樣的話，兩個不同的人說出來這感覺真是天壤之別。

秦雨瞳一旁聽著，秀眉微微顰起，顯然對胡小天的這番阿諛奉承有些反感，反感歸反感，心中還是能夠理解，畢竟胡小天今時今日只不過是個在宮中討生活的小太監，若是不對皇上奴顏婢膝，他又怎麼能夠存活下去。芳心中感到可悲，又感到有些同情。昔日意氣風發年少輕狂的胡小天居然淪落到阿諛奉承的地步，以秦雨瞳的高傲性情自然不會像胡小天這樣做，但是她能夠理解。人在現實中必須要做出改變，眼前的胡小天無疑已經變了。

龍燁霖龍顏大悅，撫須道：「朕今日的病症多虧了你，對了，你叫什麼名字？」

胡小天撲通一聲跪倒在龍燁霖面前：「啟稟皇上，奴才叫胡小天！」

龍燁霖聽到這名字，感覺到有些熟悉，可是一時間又想不起來在那裡聽過，眉頭一皺，一副苦思冥想的模樣，他每天要處理的事情實在太多，記不起胡小天也是正常。

胡小天偷偷觀察龍燁霖的表情，猜到人家對自己沒什麼印象，不過也沒什麼可失落的，一個小太監在皇上面前能有什麼存在感？

龍燁霖道：「朕好像聽說過你。」

胡小天道：「陛下皇恩浩蕩，小的誠惶誠恐。」

「你先起來吧。」龍燁霖道。

「罪臣之子，不敢在皇上面前站著。」

秦雨瞳冷眼望著胡小天，此人真是不簡單，他果然要借著這次的機會接近皇上。

龍燁霖的好奇心已經被胡小天勾起：「你是……」

胡小天道：「小的是罪臣胡不為的兒子。」

龍燁霖此時忽然想起有幾名罪臣之子代父贖罪入宮為奴的事情，聽到胡不為的名字，這才把胡小天對上了號，點了點頭道：「你就是他的兒子，抬起頭來讓朕好好看看。」

胡小天把臉抬了起來，龍燁霖這會兒腰不疼了，自然也有精力去打量胡小天，目光端詳著胡小天，緩緩點了點頭道：「倒也是滿臉正氣，一表人才。」胡小天心中突然有些發毛，想起這狗皇帝不愛紅妝愛武裝的事兒，再聯想剛剛堪比花生米大小的龍雞，千萬不要看上了自己，原來長得英俊也是有風險的。

還好龍燁霖很快就把目光收了回去：「好，好，你現在就在明月宮聽差？」

「啟稟皇上，小的還兼任司苑局的管事。」

龍燁霖道：「想不到你居然會醫病，做事也很有眼色，到底是胡卿家的兒子。」龍燁霖心中暗自盤算，這小子看起來還是很機靈的，雖然玄天館的秦雨瞳來為自己治病，可診斷治療的方法多數都是他想出來的，解除了自己的病痛，怎麼都算得上大功一件，身為天子必須要有所賞賜，只是到底應該賞賜他什麼好呢？就在龍燁霖躊躇之時，外面忽然傳來通報聲，卻是姬飛花聞訊趕到了。

聽到姬飛花的名字，一絲不安的表情從龍燁霖的臉上稍閃即逝，雖然迅速，卻被胡小天敏銳地覺察到。一國之君何以會露出這樣的表情？難道他對姬飛花還心存忌憚？

姬飛花讓兩名跟他前來的太監都在門外候著，獨自一人進入了明月宮，人還沒有踏入宮室，聲音已經先行傳來：「陛下，飛花晚來一步，沒能為陛下分憂解難，還望陛下恕罪。」

姬飛花身穿紅色長袍，頭戴黑色冠帽，肌膚勝雪，眉目如畫，當真是嬌豔如花，和美麗絕倫的文雅相比竟然不落下風，文雅是一種清麗中的嫵媚如同水仙花一般，而姬飛花卻濃烈似火，豔麗奪目，周身散發出一股妖嬈的氣度，這種妖嬈在尋常人的身上很難找到，應該是太監獨具的氣質。

來到龍燁霖面前，姬飛花拜服下去，腰身只是曲了一下，龍燁霖就發話讓他平身，姬飛花趁機站起身來，目光在仍然跪著的胡小天身上瞄了一眼，剛剛來到明月宮，並不知道具體的情況怎樣。

龍燁霖道：「小天，你也起來吧。」

聽到龍燁霖這樣稱呼胡小天，姬飛花馬上明白今天胡小天應該是立功了。胡小天這才站起身來，沒說話向姬飛花低了低頭，算是給姬飛花見禮，當著皇上的面如此，已經是給足了姬飛花面子。

龍燁霖將剛才的事情簡單說了一遍，微笑望著胡小天道：「朕正在想應該如何獎賞小天呢，飛花來得正好，你幫朕出出主意。」

姬飛花道：「小鬍子一向聰明伶俐，為人又踏實，自從入宮之後忠君愛國，我也是後來才知道他此次主動淨身入宮伺候皇上，還是為了為父贖罪，這番孝心實在是讓人感動。」

龍燁霖點了點頭，似乎對胡小天也頗為嘉許。

姬飛花道：「如此忠孝之士自然給予重賞，我看就賞他一面蟠龍金牌，讓他可以隨時出入皇宮吧。」

胡小天過去就有出入皇宮的權力，但是談不到隨時出入，而且有些地方是不能去的，有了這面金牌，在皇宮內除了縹緲山等有限幾個禁地之外，其他地方就暢通無阻，而且想什麼時候出去就什麼時候出去。

龍燁霖點點頭道：「好，賞！」

胡小天趕緊跪下高呼萬歲，謝主隆恩。

姬飛花又道：「陛下，飛花的話還沒說完呢。」

龍燁霖微笑道：「你只管說就是。」

姬飛花道：「小鬍子入宮之後還沒有見過他的父母，我看父子相見，親人相聚也是人之常情，還望陛下開恩。」

龍燁霖沉吟了一下道：「父子之情乃是人間倫常，想見便見，有了這塊朕賜給你的蟠龍金牌，沒有人再會說三道四。」

胡小天連連叩頭，姬飛花這次可給了他一個大人情，姬飛花此人的厲害之處在於他知道別人想要什麼，若是賞賜給他金銀綢緞，胡小天肯定不會動心，但是在親情上做文章就不同了，之前他雖然帶胡小天去見過胡不為夫婦，但畢竟是私下裡，現在有了皇上的話，胡小天就能光明正大地去見爹娘，這份人情可謂是不小。

龍燁霖讓胡小天平身，看了看空空的茶盞，此時方才想起了文雅，輕聲道：「傳文才人過來。」

文雅此時哭得梨花帶雨，美眸微紅，我見尤憐。胡小天看在眼裡，暗歎她的演技也不一般，其實在剛才那種情況下，文雅除了裝可憐裝無辜，也沒有太好的應對之策，如果皇上真是中毒，不管是不是她在背後主使，都脫不開干係。來到龍燁霖面前抽抽噎噎道：「陛下，小雅不知道會發生這種事，目睹陛下如此痛苦，小雅卻無能為力，實在是罪該萬死，還請陛下降罪。」置死地而後生，先求懲罰。

姬飛花冷笑望著文雅，到底是文太師的養女，官宦門第，很不尋常。

龍燁霖道：「小雅，此事乃是朕自己突發疾病，怨不得你。」說這話的時候他看了看一旁的秦雨瞳，彷彿是在徵求秦雨瞳的意見，龍燁霖為人多疑，雖然他意識到自己的問題可能大一些，但是仍然不能確定。

秦雨瞳跟著點了點頭，顯然是贊同龍燁霖的這番話。

可一旁胡小天卻道：「小的斗膽插句話，此事還是有些蹊蹺的。」

所有人的目光都向他看了過來，姬飛花的目光充滿期待，文雅的目光充滿惶恐和不解，胡小天竟然要坑害自己！

龍燁霖道：「你說。」

胡小天道：「這顆龍晶在皇上的體內本來是不會發作的，肯定是陛下喝了這杯茶方才觸發了隱疾，這才導致疾病突然發作。所以說茶未必有毒，可是並不能證明這杯茶沒有問題。」

文雅面色蒼白，胡小天啊胡小天，你好毒，竟然落井下石。文雅顫聲道：「陛下明鑒，小雅對這件事一無所知。」這句話等於把她自己給摘了出來，現在這種形勢下，她已經是泥菩薩過江自身難保，更不用說保護梧桐了。

姬飛花心中欣慰不已，自己果然沒有看錯，胡小天沒有辜負自己對他的一番栽培。

龍燁霖面色一沉：「怎講？」

胡小天道：「病從口入，有些病是必須要忌口的，這茶到底有沒有問題，還需要仔細勘驗，在結果未明之前很難排除一些人的嫌疑。」他轉向秦雨瞳道：「秦太醫在這方面是行家，應該可以驗證這壺茶裡面究竟有無玄機。」

文雅道：「胡小天，你是在說我在茶中下毒嗎？」

胡小天道：「小的沒這麼說，也沒說茶中一定有毒，更不敢懷疑文才人。只是這件事來得蹊蹺，剛剛文才人讓小的去倒茶，梧桐卻搶著要做，緊接著皇上就突然發病，此時不能不讓人懷疑，皇上，姬公公，小的是一片赤誠之心為皇上鞠躬盡瘁死而後已，絕無惡意誹謗他人的意思。」

姬飛花緩緩點了點頭道：「陛下，胡小天說得很有道理，依奴才看，這件事的確要好好查一查，那泡茶的宮女須得仔細審問。」

文雅淚流滿面，梨花帶雨地跪了下去：「陛下……小雅讓陛下受驚，請陛下治罪。」

龍燁霖歎了口氣，站起身道：「朕又沒怪你，對你朕還信不過嗎？朕實在是累了，先回宮去了。」說完轉向姬飛花道：「你將這件事徹查清楚，回頭向我稟報。」

「是！」姬飛花大聲道。

第八章

明月宮命案

慕容展來到秋燕的屍體旁，撩開長袍，取出一雙鹿皮手套，
半蹲了下去，仔細檢查秋燕的屍體，
在秋燕的頸後有所發現，然後又從革囊中取出一隻小鑷子，
小心從頸後夾出了一根細如髮絲的牛毛針。

一群人恭送走了龍燁霖，整個明月宮的氣氛並沒有因為皇上的離去而有絲毫緩解，反而變得越發壓抑起來，姬飛花目光冷冷掃了文雅一眼：「來人！將那宮女帶上來！」

梧桐很快就被兩名侍衛押了上來，一上來便高呼冤枉：「文才人，我冤枉啊！」

姬飛花冷哼一聲：「冤枉？一個明月宮的小宮女，居心叵測，謀害聖上，難道你不怕被凌遲處死嗎？還不趕緊老老實實地交代，到底是何人指使你這樣做？」

梧桐悲聲道：「我未曾下毒，也無人指使！」

姬飛花怒道：「大膽！事到臨頭，還敢抵賴。」

胡小天正想插話，卻被文雅兩道宛如刀鋒的仇恨目光逼了回去，吞了口唾沫，把目光垂向地面，畢竟心虧，這貨還算是有些良心，今天他根本是要公報私仇，故意陰梧桐來著，心中當然明白皇上的發病和梧桐沒有任何關係，反倒是梧桐幫了他一個大忙，如果不是梧桐搶著去泡茶，搞不好所有人都會將疑點放在自己的身上。

文雅道：「姬公公，梧桐是我的侍女，您說她有人指使，那個人是不是在說我？」

姬飛花呵呵笑了一聲，一雙鳳目眼波流轉，纖纖素手宛如蘭花捏起耳旁藍色冠帶，從耳根處緩緩滑下：「咱家相信文才人是不會這樣做的，文太師忠心耿耿，鞠躬盡瘁，乃大康國之棟樑，他的女兒又怎麼會做出背叛聖上的事情？」

文雅在姬飛花面前並沒有流露出任何的畏懼，冷冷道：「皇上剛剛喝過的那壺茶仍在，只需查驗一下就能證明本宮的清白。」

姬飛花向茶壺望去，卻見秦雨瞳慢慢將茶壺收起，輕聲道：「這壺茶應該沒什麼問題，詳情還需我帶回去讓師尊好好查驗，相信不久之後就會有一個結果。」

姬飛花居然對秦雨瞳表現得非常客氣，點了點頭道：「勞煩秦姑娘了。」

胡小天不覺有些奇怪，秦雨瞳只不過是玄天館的一位女弟子，以姬飛花的身分根本無需對她客氣，看來秦雨瞳不僅僅是這個身分那麼簡單。雖然胡小天和她認識已經有一段時間，可是除了秦雨瞳是玄天館任先生的弟子之外，對她的瞭解可謂是知之甚少。

秦雨瞳取了證據告辭離去，姬飛花居然未加阻攔，胡小天更覺詫異，倘若這茶壺落在他的手裡，豈不是就掌握了文雅生殺予奪的權力，若是他一口咬定此茶有毒，文雅必然百口莫辯，就算她可以僥倖脫開干係，梧桐也斷然無法倖免。

秦雨瞳走後，姬飛花也決定離開，他讓手下人將梧桐帶走。

文雅斷然拒絕道：「姬公公，梧桐是本宮的侍女，在此事沒有明朗之前，無法證明她有罪，任何人都無權將她帶走。」

姬飛花冷笑道：「此女有謀害皇上的嫌疑，文才人將她留在身邊難道不怕反受其害？」

文雅道：「有沒有嫌疑，只能等結果出來再說，若是證明她有責任，本宮第一個不會放過她。」

姬飛花緩緩點了點頭道：「文才人的這句話咱家記住了。」他轉身就走，身後傳來文雅冷淡的聲音：「小鬍子，你代本宮去送送姬公公。」

「是！」

胡小天跟著姬飛花來到明月宮外，姬飛花的幾名隨從識趣地走到遠處等著。姬飛花微笑望著胡小天道：「不壞！」

胡小天向前一步低聲道：「提督大人為何不將茶壺帶走？」

姬飛花笑道：「就算是證明茶壺有毒，也不能證明文才人跟這件事有關，做大事，必須多些耐心，你以後就會明白。」他向明月宮的方向看了一眼，低聲道：「你快回去吧。」

胡小天道：「今天的事情恐怕文才人不會善罷甘休。」

姬飛花笑道：「你擔心她會出手對付你？她明知道你是咱家的人，絕對不敢妄動。」他這番話說得信心滿滿，透著不可一世的囂張。

胡小天道：「只怕文才人要趕我走了。」

姬飛花道：「你先忍耐上幾日，咱家保證這樣的日子不會太久。」

胡小天心中一怔，姬飛花難道已經決定對文雅出手？倘若真是如此，文雅在宮中的處境危險了。胡小天的心情還是有些矛盾的，一方面想要早些擺脫明月宮，另一方面，他又有些擔心文雅，倒不是他對文雅產生了什麼特別的感情，主要原因是文雅和樂瑤極其相似的緣故，直到現在他都無法將文雅和樂瑤徹底區分開來。

回到明月宮，文雅的表現倒有些出乎他的意料之外，本來胡小天還以為迎接自己的會是一場暴風驟雨，可文雅並沒有因為今天的事情向他發起詰難，只是輕聲歎了口氣道：「以後這明月宮你就不要來了，本宮會向皇后娘娘稟明此事。」

胡小天揣著明白裝糊塗道：「文才人為何要小的離開？」

文雅道：「既然是明白人，就沒必要說得那麼清楚，明月宮廟小，容不下你胡公公這尊大菩薩。」

胡小天道：「小天並沒有加害文才人的意思，今天的事情也絕非小的能夠左右。」

文雅道：「姬公公可以左右。」一句話點明了胡小天和姬飛花之間的關係。

胡小天聽她將話說到了這種地步，解釋也沒什麼必要，向文雅深深一揖道：「若然是小的礙了文才人的眼睛，那小的走開就是，小的一顆紅心兩種準備，只要文才人一聲差遣……」

「不會勞煩你了。」文雅這句話說得斬釘截鐵。

胡小天點了點頭，今天自己的所作所為人家全都看在眼裡，若是說自己和姬飛花沒有串謀，別人也不會相信。就在胡小天準備離開之時，忽然聽到後方傳來一聲驚呼：「秋燕出事了……」

他們聞言一怔，當下也顧不上繼續說話，一起循聲趕了過去，卻見宮女秋燕躺在地上，口吐白沫，手足不斷抽搐。沒等眾人靠近她的身邊，秋燕雙腿一蹬，已然一命嗚呼了。

胡小天湊過去摸了摸她的頸部動脈，探了探她的呼吸，最後又扒開她的眼皮，瞳孔已經擴散，呼吸心跳全無，秋燕已經死了，雖說並非是明月宮所出的第一次命案，可秋燕之死毫無徵兆。

胡小天抬起頭來，最先發現秋燕出事的是王仁，事實上當時也只有他在場，王仁嚇得面無人色，擺了擺手道：「小的看到她的時候就已經是這個樣子，跟我毫無關係。」任何人在這種狀況下首先想到的就是要摘清自己。

秋燕出事之時，葆葆在外面，胡小天和文雅說話，梧桐也在不遠的地方，他們三人可以相互見證，唯有王仁是說不清的，王仁說完撲通一聲就跪下了：「文才人，奴才和秋燕向來感情很好，情同兄妹，我怎麼可能害他？」

文雅咬了咬嘴唇，正所謂福無雙至禍不單行，這明月宮內的麻煩事還真是層出不窮。她鎮定了一下心神道：「小鬍子，你去請侍衛過來。」

胡小天心想剛才不是趕我走嗎？這會兒又變了，他當然不會在這種時候撂挑子，一來不夠厚道，二來以他的好奇心也不捨得離開。

胡小天剛剛走出了明月宮，就看到一群人朝著這邊走了過來，為首一人正是大內侍衛首領慕容展。

慕容展四十五歲，首先便引人注目的就是他的滿頭白髮，眉毛也是白色，一雙瞳孔閃爍著妖異的光芒，膚色也是蒼白如紙。胡小天一眼就看出這位名震大內的侍衛統領是一位白化病人。胡小天雖然來到宮內的時間已經不短，但是對慕容展其人只聞其名，從未和其人打過照面，據稱慕容展親自負責縹緲山的護衛之責，很少在外界露面。

胡小天過去從別人的口中聽聞過慕容展多次，所以第一眼看到他就能夠將此人認出。慕容展既然親自過來了，胡小天當然不必再去通報侍衛，走上前去，恭敬作揖道：「司苑局胡小天參見慕容大人！」

慕容展停下腳步，灰色眸子盯住胡小天，臉上沒有一絲表情，此人從來都是個不苟言笑之人。微微頷首道：「你就是胡小天。」

「是！」胡小天直起腰來，慕容展雖然在大內侍衛之中呼風喚雨，但並不負責管理他，所以胡小天禮到就行，沒必要等著他讓自己起身。

慕容展道：「看你行色匆匆，這是要去那裡？」

胡小天道：「小的正是要去找慕容大人報訊！」

「發生了什麼事情？」慕容展一雙白眉緊緊皺了起來。他為人極其警覺，單從胡小天的話中就已經嗅到了某種不同尋常的地方。

胡小天壓低聲音道：「明月宮又發生了命案！」

慕容展雙目一瞪，兩道犀利的寒光陡然射出，看得胡小天也是心神一緊，在此人身邊有種無法形容的壓迫感，胡小天憑直覺意識到，慕容展的實力非同一般。

慕容展也不多說，低聲道：「為我引路。」

胡小天帶著慕容展這群人走入明月宮。

文雅也沒有料到他這麼快就已經回轉，而且竟然帶來了大內侍衛總統領慕容展。

慕容展向文雅見禮之後來到秋燕的屍體旁，撩開長袍，他從腰間革囊中取出一雙鹿皮手套，半蹲了下去，仔細檢查秋燕的屍體，沒過太久的時間，就已經在秋燕的頸後有所發現，然後又從革囊中取出一隻小鑷子，小心從頸後夾出了一根細如髮絲的牛毛針。

文雅似乎不忍再看轉過身去。

一名侍衛打開盛放證物的木盒，慕容展將銀針放了進去，然後站起身來，除下鹿皮手套：「把屍體帶走。」他目光灼灼盯住胡小天道：「什麼人最早發現的這具屍體？」

胡小天望向王仁，王仁嚇得不由自主後退了一步。連連擺手道：「我……我跟這件事沒有關係……」

「把他帶回去細細審問！」

「是！」隨行侍衛大聲答道。

王仁跪倒在地：「文才人，文才人……」

文雅咬了咬櫻唇終究沒有說話。

慕容展此來的目的卻不是為了秋燕被殺之事，他向文雅行禮道：「文才人，卑職奉陛下之命特地前來將梧桐帶走調查。」

文雅神情黯淡，剛才姬飛花就要將梧桐帶走，她竭力護住，卻沒有想到，終究還是無法留下梧桐。文雅點了點頭道：「好吧，還請慕容統領不要為難他們。」

慕容展冷酷的臉上浮現出一絲淡淡笑意：「文才人放心，卑職向來按章辦事，絕不會徇私枉法！」這番話等於明白的告訴文雅，他不會因為文雅的身分而有任何的顧忌。

面對眼前的局面，文雅根本無能為力，只能眼睜睜看著慕容展將兩人帶走，如今的明月宮，兩人死於非命，兩人被慕容展帶走。文雅身邊還只剩下胡小天和葆葆，而他們兩個恰恰是文雅先後想要趕走的兩個。

想起自己剛剛要趕走胡小天的那番話，文雅不由得歎了口氣，慢慢在椅子上坐下，臉上的表情顯得黯然神傷。

胡小天向葆葆使了個眼色，葆葆悄然退了出去，胡小天向文雅行禮道：「文才人不用心煩，有道是清者自清，皇上的事情跟您無關。」

文雅道：「既然所有人都走了，你為何還要待在這裡？你不怕被本宮連累嗎？」

胡小天道：「小的並非怕事之人。」

文雅意味深長道：「既然敢惹事又怎麼會怕事？」

胡小天道：「有些事情連文才人都無法掌控，更何況小人？」

「大膽！」文雅勃然大怒，柳眉倒豎，鳳目圓睜瞪著胡小天。胡小天卻不見絲毫的害怕，恭敬道：「小的臨走之前，要奉勸文才人一句話，有些事還是儘早做準備的好，古往今來從不缺乏屈打成招的先例。」

文雅道：「本宮的事情無需你來過問。」

胡小天向他深深一揖，轉身就走。

文雅望著胡小天的背影，咬了咬櫻唇，在胡小天即將邁出房門之前終於開口將他叫住：「你且留步！」

胡小天背對文雅，唇角露出一絲得意的笑容，文雅如今的處境極其不妙，看來她在自己面前也不得不選擇服軟了，即便她是文承煥的養女，可是在這宮中並沒有親近之人，僅有的一名心腹梧桐如今也已經被慕容展帶走，可以說她在這皇宮之中已經沒有能夠讓她相信之人。

胡小天慢慢轉過身去：「文才人還有什麼事情吩咐？」

文雅道：「你剛剛是在暗示我有人要對梧桐嚴刑逼供嗎？」

胡小天道：「文才人，小的只是隨口一說，出於對您的關心，小的保證我對文才人絕無加害之心，但是別人就很難說。其實以文才人的身分和背景也無需小人擔心，文太師乃國之棟樑，皇上面前的紅人，皇后又和您情同姐妹。」

胡小天的這番話雖然說得婉轉，可是仍然提醒了文雅。明月宮噩運連連，讓文雅的內心已經失去了鎮定，正是胡小天的提醒讓她忽然冷靜了下來，她並非代表一個人的利益，處於同一陣營的那些人應該不會對她目前的處境視若無睹的。

文雅緩緩點了點頭道：「你去清理一下宮內的道路，回頭再陪本宮去皇后那裡一趟。」

胡小天的臉上不由得浮現出一絲苦笑，女人心，海底針，剛剛還要趕走自己，一眨眼功夫就已經改變了主意，其實這也難怪，明月宮原本有三名宮女三名太監，現如今死了兩個，被慕容展帶走兩個，倘若她再把自己趕走，就只剩下葆葆一個了。讓自己清理一下宮內的道路，豈不是意味著一種責罰？

胡小天也沒有反抗，老老實實將明月宮的道路清理了一下，約莫過了半個時辰，前去馨寧宮通報的葆葆回來了，皇后乃是後宮之首，也不是隨隨便便說見就見的，所以文雅才會讓葆葆提前去馨寧宮詢問一下皇后有沒有時間，得到皇后的應允才能過去見面。葆葆帶來的消息卻並不理想，簡皇后今天受了風寒，身體不適。

文雅一聽就已經知道是藉口，簡皇后顯然不想在這個敏感時刻和自己見面，黯然點了點頭，向葆葆道：「你下去吧。」

此時胡小天端著晚膳過來，過去這種事情都是王仁和馬良芁做，如今死的死，抓的抓，只能由他親自代勞了，來到文雅身邊，恭恭敬敬道：「請文才人用膳。」

文雅歎了口氣道：「我不想吃，你拿下去吧。」

胡小天和葆葆對望了一眼，他使了個眼色，葆葆率先退了下去。胡小天將托盤放在一旁的小桌上，來到文雅面前，作了一揖道：「文才人，人是鐵，飯是鋼，一頓不吃餓得慌，若是身子壞了，以後就什麼事情都做不成了。」

文雅不無幽怨地向他望了一眼道：「本宮若是垮了，只怕不知有多少人會開心。」

胡小天沒說話，心中暗歎，好心當個驢肝肺，老子可沒有害你的心思，望著文雅日漸清減的俏臉，心中不由得生出一股憐意，他清楚地知道這股憐意是對樂瑤而非文雅。胡小天默默端起盤中的燕窩粥遞給文雅道：「文才人多少還是吃一點東西，真要是餓壞了身子，皇上怪罪下來，小的擔待不起。」

文雅咬了咬櫻唇，目光再次在胡小天的臉上掠過，輕聲道：「你說你不會加害於我，是不是因為本宮和樂瑤長得相像的緣故？」

胡小天將手中的燕窩粥又向前遞了遞：「文才人吃了我就告訴你。」

文雅冷漠的臉上居然露出一抹笑意，這笑容如同春風拂面，足以融化冰雪，她點了點頭，輕聲道：「其實你來這裡做什麼，本宮全都明白。」接過胡小天手中的那碗燕窩粥：「你下去吧，本宮會好好吃飯。」

胡小天來到外面，葆葆湊了上來：「怎麼說？」

胡小天道：「還能怎麼說？填飽肚子再說。」他和葆葆一起來到廚房內，折騰了一天胡小天早已餓了，伸手去抓饅頭，被葆葆在手背上打了一下：「去洗手！」

胡小天笑了笑來到水盆前將手洗乾淨，那邊葆葆已經將飯菜準備好了，還特地為他燙了一壺小酒。

兩人圍在小火爐旁，葆葆給胡小天倒了一杯酒，胡小天端起酒杯喝了一口，剩下的一半直接湊到葆葆唇邊，不知是爐火還是害羞的緣故，葆葆的俏臉顯得格外嬌豔，一雙美眸充滿嫵媚地看了胡小天一眼，將那半杯殘酒接了過去，乖乖喝了個一乾二淨。抬起雙眸看到胡小天仍然一臉壞笑地望著自己，不禁啐道：「討厭，就會逼人家做自己不情願的事情。」

胡小天道：「咱倆之間原本就該如此親密無間。」

「誰要跟你親密無間。」葆葆將那杯酒倒滿，自己先喝了半杯，然後學著胡小天將酒杯湊到他唇前，胡小天一飲而盡。葆葆落下酒杯，夾了塊雞肉塞入他的嘴巴裡。有一半還露在嘴唇外，胡小天湊上來：「啵啵！」

葆葆格格笑了起來，難為情地搖了搖頭，無論如何都不願意湊上去跟他共用那塊雞肉。

兩人這邊郎情妾意其樂融融，胡小天不由得想起宮內的文雅，此時定然是形單影隻。

葆葆小聲道：「梧桐的事情會不會連累到文才人？」

胡小天道：「不好說。」他夾了一片牛肉送到葆葆唇前，葆葆這次沒有拒絕，輕啟櫻唇將牛肉咬住，卻沒想到這廝猛然把嘴唇湊了上來來，一口叼住一半。

四目相對，葆葆羞不自勝，眼眸中卻蕩漾著無盡的甜蜜，胡小天趁機在她櫻唇之上輕嘬了一下，然後回歸原位，感歎道：「這種小日子真是快活似神仙。」

葆葆道：「你再欺負我，我就離你遠遠的。」

胡小天笑道：「捨得嗎？」

葆葆咬了咬櫻唇，沒有回答他，可心中卻已經有了答案，自然是不捨得，和他接觸的時間越久，心中便對他越是放不下。姐姐果然沒有說錯，自己對這個小太監產生了非一般的感情，想起凌玉殿的林菀，葆葆的心情瞬間又變得低落起來。

胡小天留意到她突然消失的笑容，關切道：「怎麼了？」

葆葆道：「只是忽然想起了一些事情。」

胡小天推測到她是在為所中的萬蟲蝕骨丸而憂慮，低聲道：「你放心，有我在，一定可以幫你解決那個問題。」

葆葆道：「這兩天明月宮的事情層出不窮，還不知道咱們能在這裡待多久。」

胡小天對此倒沒有太多的憂慮，淡然道：「走一步算一步，總之不會牽涉到咱們的身上。」

葆葆道：「秋燕到底是誰殺的？」

胡小天放下酒杯，站起身來到門前，拉開房門向外面看了看，除了明月宮內還亮著燈，其他地方都是一片漆黑，周圍並沒有人在，這才將廚房門重新關上，回到葆葆身邊道：「不清楚。」

葆葆道：「王仁看似最有可能，但應該不是他，他和秋燕感情好得很。」

胡小天道：「所有一切都是因文才人而起。」在他看來，梧桐、秋燕、王仁等人全都是無辜受累。

葆葆抿了抿嘴唇道：「我好害怕，現在只剩下咱們兩個，不知噩運會不會降臨到咱們的身上……」

胡小天伸出手去握住她的柔荑道：「不會！我絕不會讓你出事！」葆葆的眼圈紅了，芳心中湧起一股前所未有的感觸，她的鼻翼翕動了一下，小聲道：「其實……其實我也騙過你……」

胡小天笑道：「過去的事情都已經過去了，對我而言根本就不重要，只要你以後乖乖對我好，用下半輩子的時光好好補償我就已經足夠。」

葆葆扁了扁嘴，胡小天還以為她因為感動就要落淚，沒想到葆葆說道：「聽起來好像還是我吃了大虧。」

「吃虧就是佔便宜，你是表面吃虧，實際上占盡了我的便宜。」

葆葆正想反駁，忽然聽到外面傳來一個聲音道：「胡公公在嗎？」聲音是從明月宮外傳來的，雖然不大，但是非常清晰地傳入他們的耳朵裡。胡小天聽出這聲音正是張福全所發，於是停下和葆葆的對話，走出門去，來到明月宮外，看到尚膳監牛羊房的張福全就站在大門外，這次身邊並無隨從，而是他一個人過來的。

胡小天向張福全拱了拱手道：「張公公有何指教？」

張福全一手提著燈籠，臉上帶著淡淡笑意：「胡公公，有些公事，所以想請你去我那裡談談。」

張福全乃是權德安安插在宮內的心腹，胡小天當然明白他此次前來十有八九是奉了權德安的命令，一定是這兩天發生在明月宮的事情驚動了權德安，所以才出動張福全請自己過去問個究竟。

胡小天道：「張公公請稍等，我去跟文才人說一聲。」

「要得！」張福全笑瞇瞇候在那裡。

胡小天回去跟文雅說了一聲，又向葆葆交代過今晚給他留門，這才跟著張福全向尚膳監走去。

一路之上，張福全都是一言不發，他既然不肯開口，胡小天也懶得問他。這次依然是張福全所住的地方，來到張福全的房間內，方才發現權德安並沒有在這裡。胡小天不覺有些錯愕，有些詫異道：「張公公，怎麼權公公不在？」

張福全微笑道：「皇上身體有恙，權公公今晚前往皇上那裡探望，本來說要過來，可能有事情耽擱了吧。」胡小天望著張福全笑瞇瞇的面孔，心中暗自生出疑竇，不過他並不害怕張福全對自己不利，畢竟現在自己對權德安還有用處，還沒到鳥盡弓藏的時候。

張福全道：「胡公公請坐，今天請胡公公過來只是隨便聊聊。」

此時兩名小太監端著酒菜送了進來，尚膳監牛羊房自然不缺少美味佳餚。

張福全邀請胡小天入座，胡小天搶著拿起酒壺將兩人面前的酒杯滿上。

小太監退下去之後，張福全端起酒杯道：「胡公公，咱們認識了這麼久，可單獨坐下來喝酒好像還是第一次。」

胡小天端起酒杯站起身來，恭敬道：「張公公在我心中乃是師長一般的人物，小天永遠都不會忘記，當初就是張公公一手將我帶入宮中。」得人恩果千年記，胡小天之所以能夠保住命根子還是多虧了張德全所賜，無論起因如何，這份人情胡小天算是記下來了。

張德全道：「胡公公客氣了，你年輕有為，今日又立下大功，聽說皇上欽賜給你蟠龍金牌，以後還望你多多照顧我這個老哥哥才是。」在胡小天面前他居然不敢托大。胡小天知道他也只是表面文章，張福全尊敬的絕不是自己，而是他背後的權德安。果然天底下沒有不透風的牆，自己才救了皇上不久，這麼快消息就傳遍了整個皇宮。

胡小天對張德全的這番話也就是聽聽，張德全是權德安的心腹手下確信無疑，他沒必要討好自己，更不會瞞著權德安和自己套關係。自己雖然表面上得到權德安和姬飛花兩位實權人物的看重，可實際上只是兩人眼中的一顆棋子罷了，以張德全的世故老道不可能看不穿這一點。兩人一同喝了這杯酒，胡小天又搶著為張德全倒上，張德全在剛開始的客套之後，也就不跟胡小天爭搶，心安理得地等著他給自己倒酒。

胡小天道：「張公公找我是不是還有其他的事情？」

張德全笑瞇瞇道：「沒什麼其他事情，就是恭喜來著。」

胡小天放下酒壺，笑容顯得有些無奈：「何喜之有啊！不瞞張公公說，明月宮實乃是非之地，短短幾日已經傷了三條人命，今日皇上又在宮內突然發病，大內侍衛總統領慕容展剛剛帶走了一名宮女一名太監，現如今明月宮只有我和另外一位宮女了。」

張德全微笑道：「清者自清，胡老弟又何須擔心？」剛剛還稱他為胡公公，兩杯酒下肚就叫起了胡老弟，酒桌之上果然容易拉近彼此間的距離。

胡小天道：「這明月宮真是不祥之地。」

張德全道：「皇上平安無事就好，依我之見，明月宮發生的這一連串的事情並非天災……」話沒說完，微笑望著胡小天，接下來的半句話胡小天已經明白了，既然不是天災那就是人禍。

胡小天故意歎了口氣道：「張公公，實不相瞞，我在明月宮真是如坐針氈，度日如年，若不是為了權公公的囑託，我早就甩手回司苑局去了。」

張德全呵呵笑道：「既來之則安之，胡老弟又何必心急？」他心中對胡小天的這番話自是不信，甩手回去？你以為自己是什麼人？想去哪裡？伺候什麼人，你自己能說了算？再者說了，安排你去明月宮的是姬飛花也不是權德安。

胡小天道：「話雖是這麼說，可是我總覺得文才人身邊實在是太複雜了些。」

「過去複雜現在不是很簡單了。」張德全意味深長道，明月宮如今只剩下三人，自然不會像過去那般錯綜複雜。

胡小天道：「我實在是有些不明白，為何有人會將自己的子女送入深宮，有些人終生都沒有獲得皇上寵幸的機會。」

張德全道：「文太師怎麼想豈是咱們這些做奴才的能夠揣摩的，不過最近宮內有不少流言傳出，都說文才人是個不祥之人。」

胡小天端起酒杯抿了一口道：「是不是不祥我不知道，可文才人的運氣的確是有些不好。皇上翻了她的牌子，讓她進御當晚，她不巧來了月事，今日皇上專程來明月宮探望她，卻不曾想又突然發病。」

張德全對此也深表贊同，這位文太師的養女的的確確是命數不好，他低聲道：「我聽說是老弟出手救了皇上？」

胡小天道：「我可不敢居功，只是過去聽說過一個偏方，也就是抱著試試看的想法告訴了皇上，想不到居然奏效，都是皇上洪福齊天。」

張德全舉杯道：「祝皇上龍體安康，洪福齊天，願大康風調雨順，國泰民安。」

胡小天隨聲附和，過去還真是沒看出來張德全居然有喊口號的潛質。

對飲之後，張德全笑瞇瞇道：「兄弟可不可以將那塊蟠龍金牌給我開開眼？」

胡小天點了點頭，從腰間解下皇帝賜給他的那塊蟠龍金牌，名字雖然威武霸氣，可金牌並沒有多大，也就是火柴盒般大小，張德全翻來覆去地看了好一會兒，嘖嘖讚歎道：「在我的印象中，皇上親手賞賜的蟠龍金牌還不超過五塊。」

胡小天心想皇上登基才多久，這玩意兒等於是特權通行證，不但可以自由出入皇宮，而且可以進入後宮內院，如果皇上隨便派發，那才是對他自己的安全不負責任了。胡小天在張德全面前表現得還算謙虛，笑道：「上天庇佑，我走運而已。」

張德全道：「老弟年紀輕輕就得到皇上如此寵幸，日後必然飛黃騰達，等老弟得勢之日，千萬不要把我這個老哥哥給忘了。」攀附之意溢於言表。

胡小天聽他的話裡似乎流露出要和自己結拜的意思，趕緊道：「不能忘，不能忘，小天做人從來都是滴水之恩湧泉相報，張公公請放心，呃，這時候好像不早了。」胡小天可沒心情跟他結拜，想找個機會離開。

張德全道：「小老弟急什麼？反正今晚也沒什麼事，咱們兄弟就多聊幾句。」

胡小天道：「我是擔心明月宮，文才人身邊沒有人伺候。」

「沒什麼可擔心的，明月宮發生了這麼多事情，宮內的侍衛嚴加防守，再者說了，宮裡不是還有一個宮女嗎？現在都這麼晚了，文才人想必早已入睡，就算你回去也幫不上什麼忙，你說是不是？」

張德全盛情挽留，胡小天也抹不開這張臉面，於是點了點頭，心中暗忖，不知權德安今晚還會不會過來。

胡小天在張德全那裡一直待到午夜時分，眼看一罈酒已經見底，張德全仍然不見絲毫的醉意，又要開一罈再喝。胡小天倒不是怕跟他拚酒，就算喝多了也不丟人，更何況他自己的酒量本來也不錯，可張德全今晚跟他聊的大都是一些無關緊要的事情，似乎在故意拖延時間，胡小天隱約覺得今晚的事情似乎有些不對，決定儘快結束這場酒局返回明月宮。

張德全看到胡小天去意已決，這次也不留他，還專程打著燈籠將胡小天送出了尚膳監，又將燈籠交到胡小天的手上，叮囑胡小天回去的路上多加小心。

胡小天打著燈籠往明月宮的方向走去，夜晚氣溫驟降，白日裡融化的積雪又凝結成冰，地面濕滑。前往明月宮的道路之上可以看到不少的侍衛，自從前些日子有飛賊潛入皇宮的事情之後，防守就嚴密了許多，胡小天也不怕中途有人盤問，一則是他現在已經有了一定的身分地位，二則是皇上剛剛賜給了他一塊蟠龍金牌，即使是遇上了也不會有什麼麻煩。

來到明月宮外，想從側門進入，之前離開的時候跟葆葆說好了留門，可來到門前輕輕一推，方才發現門居然從裡面插上了。湊在門縫中向內望去，看到明月宮內漆黑一團，葆葆應該是等不及自己回來睡著了。

胡小天向周圍看了看，以他的輕功翻牆而入並不困難，可想了想，還是繞到了正門，卻發現大門虛掩著，中間留著一條縫隙，心中不覺暗喜，看來葆葆終究還是沒有忘了這件事，沒有插上大門。

胡小天推門走了進去，反手將大門關上，本想直接返回自己的房間，來到門前之時，下意識地向宮室的方向望去，卻見屋頂之上，一道黑色的身影凌風而立，此人黑衣蒙面，兩道犀利如刀的目光正遙望著自己，胡小天倒吸了一口冷氣，他大吼道：「來人！抓賊！」

那黑衣人一聲不吭，足尖在屋脊上輕輕一點，身軀陡然飄飛而起，宛如一片黑雲浮起在暗夜之中，轉瞬之間已然不見。

胡小天暗叫不妙，他並沒有追趕上去，單從黑衣人的身法來看，自己就遠不是人家的對手，他首先想到的是文雅和葆葆的安危，第一時間衝入宮室之中。

明月宮大門也是虛掩著，胡小天舉著燈籠衝入其中，大聲道：「文才人！葆葆！」剛剛走了幾步，腳下被一團軟綿綿的東西一絆，險些摔倒在地，胡小天穩住步伐，舉燈向下望去，卻見腳下一具無頭屍體倒在血泊之中，胡小天嚇得心驚膽顫，他首先想到的就是文雅和葆葆，這兩人和他全都息息相關，若是其中一人出了差池，對他的影響勢必極大。

胡小天強忍心中的震駭向下望去，卻見那無頭屍體穿著侍衛的服飾，應該是個男人，這才心神稍安，他顫聲道：「葆葆……文才人……」

帷幔後傳來微弱的呻吟聲：「小鬍子……是你嗎……」

胡小天聽出那是文雅的聲音，當下三步並作兩步，大踏步衝了進去，文雅躺在地上，一隻手無力向他的方向伸出，胡小天慌忙來到她身邊，先將桌上倒伏的燭台扶起，點燃之後，方才將文雅從地上抱起，卻見文雅臉色蒼白，嬌軀顫抖不已，呼吸之中全都是寒氣，頭髮睫毛竟然結起了白霜，牙關不停打顫，甚至連話都說不出來了。

胡小天握住她的柔荑，只覺得她的一雙手冰冷異常，他向四周望去：「葆葆？葆葆在哪裡？」

文雅說不出話來，眼睛朝宮室的東北角看了看。胡小天抱起她，將她放在長椅之上，在宮室內搜索，沒過多久就在東北角落的屏風後找到了葆葆，葆葆也是倒在血泊之中，右腿之上插著一柄匕首。

胡小天從血泊之中抱起葆葆，摸了摸她的頸部血管，發現她脈搏仍在，一時間震驚不已，大呼道：「趕快來人……救命……」

門外響起嘈雜的腳步聲，顯然有不少人聞訊趕來。

胡小天抱著葆葆的嬌軀低聲喚道：「葆葆！葆葆！你醒醒，你醒醒……」無論他怎樣呼喚，葆葆都處於昏迷的狀態中，對周圍的一切毫無察覺。

十多名大內侍衛手舉火炬衝入明月宮內，一時間燈火通明。看到眼前情景，那幫侍衛也都被嚇得六神無主。明月宮喋血滿地，誰也不知道究竟發生了什麼。

有人大呼道：「快……快去請太醫……！」

胡小天顧不上周圍有人圍觀，利用自己的醫學知識為葆葆進行心肺復甦。努力了大約一袋煙的光景，葆葆終於在一連串咳嗽聲中醒來。此時有人道：「文才人不行了，文才人不行了。」

胡小天這才想起文雅的狀況也很不妙，起身來看文雅，只見文雅身上裹著兩層厚厚的棉被，仍然不停瑟瑟發抖，臉色蒼白，嘴唇烏紫，肌膚之上已經蒙上了一層淡淡的霜花。胡小天雖然見過形形色色的病症，但是像文雅這種狀況他還是第一次見到，文雅的身分不同於葆葆這個小宮女，當著這麼多侍衛的面，他總不能公開為她檢查傷勢。

得到通報之後，太醫院的人及時趕到，此次前來的不僅僅是秦雨瞳一個，還有她的兩位同門，應該是聽聞事態嚴重，擔心自己一人應付不來。

和秦雨瞳同時抵達的還有侍衛統領慕容展，眼前的場面讓即便是見慣風浪的慕容展也不禁為之動容。他使了個眼色，手下侍衛迅速圍攏在胡小天身邊，明顯已經將胡小天列為最大嫌疑對象。

慕容展灰白色的瞳孔凝視胡小天的雙目，陰惻惻道：「胡公公借步說話。」這位大內侍衛總統領還是給胡小天幾分薄面。

胡小天抱著葆葆，目光投向秦雨瞳，秦雨瞳並沒有說話，緩步來到他的面前，默默將葆葆接了過去，摸了摸葆葆的脈門，秀眉微顰，沉吟片刻道：「你放心，應該不會有性命之憂。」

胡小天聽她這樣說方才稍稍放下心來，秦雨瞳乃是玄天館館主的得意門生，醫術超群，她既然說沒事就應該沒事。

慕容展已經率先向宮外走去，胡小天緊跟著慕容展的腳步來到外面。此時已經過了午夜，黑天鵝絨般的夜幕之上繁星滿天，清冷的星光照亮大康的皇城宮闕，可是胡小天的心底卻變得前所未有的黑暗，他知道慕容展想問什麼。

慕容展閉上雙目，白色的睫毛在夜風中輕輕顫動，猶如一對蝴蝶蒼白的翅膀，一雙蒼白毫無血色的手負在身後，無論任何時候，他的身姿都保持著一種誇張的挺拔，下頷微微昂起，似乎在冥想又似乎在傾聽著周圍的動靜，灰白的耳廓很薄，有種半透明的質感，看起來沒有任何肉體的溫度。慕容展並沒有急於發問，胡小天也沒打算主動開口，於是兩人暫時處於沉默的狀態之下。

身後傳來一陣腳步聲，腳步的節奏和力度控制得非常精確，慕容展的手下擁有不少高手，但是最得慕容展信任的卻只有一個，此人是慕容展麾下四品帶刀侍衛齊大內。

如果沒有重要發現，齊大內是不會在這種時候前來打擾慕容展的，來到慕容展身邊，抱了抱拳。

「說！」慕容展的聲音如同他的表情一樣冰冷無情。

齊大內道：「屍體的頭顱沒有找到，但是身分已經查明了。」他停頓了一下，看了看胡小天方才道：「陳成強！」

胡小天內心劇震，他怎麼都沒有想到死者會是陳成強，這個武功超群的三品帶刀侍衛竟然死在了明月宮內，此事實在蹊蹺離奇。

慕容展霍然睜開雙目，灰色的雙眸中兩道急電穿透夜色，一直投射到胡小天的臉上。

胡小天一臉茫然，他對今晚的事情一無所知。

慕容展擺了擺手，齊大內退了下去，慕容展道：「胡公公可不可以給我一個解釋？」

胡小天道：「今晚我去了尚膳監牛羊房，張德全公公約我過去喝酒，恭賀我得了皇上賜給的蟠龍金牌。等我回來，就看到成了這個樣子。」

慕容展冷冷看著他。

「慕容統領不必懷疑我，我只是比你們早到了一步，當時我看到了一個黑衣人站在明月宮的屋脊之上，他跟我對視了一會兒就飛身離開。」

慕容展道：「誰能為你證明？」

胡小天想了想，搖了搖頭然後又點了點頭道：「如果文才人沒事，葆葆沒事，她們可以為我證明。」

慕容展道：「你沒有其他事情可以告訴我了？」

「沒有，你相信也罷，不信也罷，除了那個黑衣人，我瞭解的並不比你多。」

「我信你！」

胡小天有些錯愕地望著慕容展，實在不明白他為什麼會相信自己？

慕容展深深吸了一口氣道：「文才人被冰魄修羅掌所傷，當世之中擁有這份功力的只有洪北漠。」

胡小天驚聲道：「你是說我看到的那個黑衣人是洪北漠？天機局的首席智者？」

慕容展瞇起雙目，殺機凜然：「我不管他是誰？誰殺了我的人，就算追到天涯海角，我一樣會讓他償命。」凜冽的殺氣悄然彌散開來，站在慕容展旁邊的胡小天感到一股森然的寒意，情不自禁打了個冷顫。

胡小天並不認識洪北漠，他也想不透為什麼洪北漠會趕來向文雅下手？更想不透洪北漠因何對葆葆下了毒手，據他所知，葆葆還是洪北漠的養女。

回到明月宮，葆葆的傷口已經處理完畢，正躺在床上，秦雨瞳的一位同門正在照顧她，而文雅並不在這裡，問過之後方才知道秦雨瞳帶著文雅去了內室療傷。

胡小天在葆葆身邊坐了下來，葆葆剛剛醒過來一會兒，不過很快又睡了過去。

胡小天摸了摸她的額頭，感覺她的額頭有些發燙，應該是發燒了，礙於周圍有其他人在場，不方便為葆葆檢查傷勢，低聲道：「她的情況怎樣了？」

身後傳來秦雨瞳的聲音道：「中毒了，刺中她的匕首上面餵有蛇毒，其中的成份我暫時還無法解開，不過已經用清心玉津丸護住她的心脈，暫時不會有問題。」

胡小天皺了皺眉頭，匕首上居然有毒？以洪北漠的身分和武功，就算他要下手除去葆葆，也沒必要採用下毒的手段，未免有些小題大做，除非他想要故意留下破綻，掩飾自己的行藏，可如果真要是如此，他又何必用自己的獨門武功冰魄修羅掌對付文雅。今晚的事情實在是撲朔迷離，胡小天真是有些看不懂了。不幸中的萬幸，文雅和葆葆暫時沒有性命之憂，還有一件事那就是沒有人懷疑到是自己下手。想到文雅，胡小天不由得又開始擔心起來，低聲向秦雨瞳道：「文才人的情況怎麼樣？」

秦雨瞳歎了一口氣道：「她的情況似乎更嚴重一些。」

胡小天驚聲道：「怎麼？」

秦雨瞳道：「她被冰魄修羅掌所傷，若是我師尊身在康都，應該難不住他，可是我師尊外出訪友，連我也不知道他現在的下落。」

「照你這麼說，文才人豈不是危險了？」

秦雨瞳道：「那也未必，這世上萬事萬物相生相剋，能夠克制冰魄修羅掌的乃是融陽無極功，據我所知，這宮中就有人修煉這種功法，只是不知道他願不願意出手救人。」

胡小天低聲求教道：「什麼人？」

「姬公公！」

如果不是姬飛花深夜傳召，胡小天是不敢在這種時候去見他，雖然他很想求姬飛花出手救治文雅，可他又知道姬飛花對於文雅恨不能除之而後快，想勸他出手相救恐怕是癡人說夢了。

姬飛花找他也是為了明月宮發生的事情，雖然慕容展嚴密封鎖消息，可是皇宮內的風吹草動仍然難以瞞過姬飛花的耳朵。

胡小天來到內官監姬飛花住處的時候已經是二更時分，跟著李岩來到姬飛花的房門前，輕輕敲門獲得允許之後，方才推門進入。

燭影搖紅，姬飛花身穿紅色長袍盤膝坐在小桌旁，手握一份奏章靜靜審閱，在小桌之上還堆積著不少的奏摺，胡小天只看了一眼，便趕緊低下頭去，心中暗忖，姬飛花的權力果然越來越大，皇上居然將批閱奏摺的權力都交給了他，究竟是出於對他的寵信，還是因為對他的畏懼？

第九章

凶險之地

姬飛花漫不經心的一句話讓胡小天聽得心驚肉跳，
他當然清楚陳成強不可能和文雅、葆葆之間有什麼私情，
可姬飛花這樣說，就證明他這麼想。
黑衣人出現殺死了陳成強，並重創了文雅和葆葆，
這黑衣人究竟是何方神聖？他和姬飛花到底有無關係？

姬飛花將手中的奏摺緩緩放了下來，鳳目在燭火下閃爍著妖異邪魅的光芒，盯住胡小天的面孔，低聲道：「你抬起頭來！」

胡小天抬起頭，內心雖忐忑，目光卻非常坦然。胡小天向姬飛花拱了拱手道：「提督大人，今晚發生這件事時，小的正在尚膳監飲酒。」首先撇清自身的關係。

姬飛花緩緩點了點頭。

胡小天將張福全邀請自己前往他住處喝酒的事從頭到尾說了一遍，這種事沒必要隱瞞，胡小天甚至認為，張福全和這件事也有關係，世上哪有那麼湊巧的事情，剛好他選擇在這個時候將自己帶走，可今晚的事情又有太多胡小天看不透的地方。

姬飛花聽他講完之後，低聲道：「張福全是權德安的人，權德安和文承煥卻是一條心，他沒有加害文雅的理由。」

胡小天知道姬飛花智慧超群，這麼簡單的道理他當然能夠想到，胡小天道：「現場發現了一具無頭屍體，已經證明是陳成強。」說完胡小天又補充道：「此人乃是慕容展手下四品帶刀侍衛。」

姬飛花道：「咱家認得此人。」他站起身來，走向胡小天，胡小天慌忙又將頭垂了下去。

姬飛花道：「他本不該這樣死去，犧牲得毫無價值！」

胡小天聞言心中一沉，難道陳成強竟是姬飛花的手下？倘若真是如此，姬飛花在明月宮可謂是遍佈眼線。

胡小天小心翼翼道：「提督大人好像為他的死感到惋惜呢。」

姬飛花目光瞥了他一下，淡然道：「你不用躲躲藏藏，有什麼話只管直截了當地問，陳成強是咱家的人，咱家讓他幫我做一件事，可事沒有辦完，他便死了。」

胡小天道：「小的之前從未聽提督大人說過。」

「那就是怪我咯？」

「不敢！」胡小天誠惶誠恐道。

姬飛花輕輕拍了拍胡小天的肩頭道：「咱家在明月宮安排了馬良芃、你、陳成強，如今你卻成了碩果僅存的一個，馬良芃被你所殺，陳成強死得不明不白。」

胡小天道：「提督大人明鑒，小的和陳成強的死毫無關係。」

姬飛花道：「咱家又沒懷疑你，今晚本該是一場螳螂捕蟬黃雀在後的好局，卻沒想到中途出了差錯。」

胡小天聽得雲裡霧裡，卻不知姬飛花究竟布了一場什麼局？為何張德全會引開自己，而陳成強恰恰在這個時候進入明月宮，他前往明月宮的目的是什麼？文雅和葆葆究竟又傷在什麼人的手裡？自己看到的黑衣人又是誰？以他出神入化的武功為何沒有選擇將自己滅口？這一個個的問題如同一座座巨大的山巒橫亙在胡小天的心頭，沉重無比，壓得他幾乎喘不過氣來。

姬飛花道：「咱家聽說文雅中了冰魄修羅掌？」

胡小天點了點頭道：「小天聽玄天閣的秦姑娘也是這麼說，她還說……」說到這裡，胡小天故意停頓了一下，悄悄觀察了一下姬飛花的臉色，看到他臉色如常方才繼續道：「她說能救文才人的只有提督大人，說只有您的融陽無極功才能克制冰魄修羅掌。」

姬飛花呵呵笑道：「她當真這麼說？」

「小天不敢欺瞞大人。」

姬飛花轉身回到桌邊坐下，瞇起雙目望著那跳動的燭火，連燭火都似乎感受到他目光中的凜冽殺機，突突突急劇跳動起來。他低聲道：「果然好計策，咱家若是不救文雅，皇上那邊似乎交代不過去，文承煥也會藉故跟我翻臉，可咱家若是救她，功力必然損耗不小，趁著這個機會，某些居心叵測之人就會趁虛而入。」

胡小天心中一動，按照姬飛花的這番說辭，看來對方留下文雅的性命果然是另有目的，真正針對的仍然是姬飛花。

姬飛花長眉揚起，鳳目之中閃爍著足以讓晨星失色的光芒，輕聲道：「你想不想咱家救她？」

胡小天不動聲色道：「提督大人說的是哪個？」

「文雅？」

胡小天道：「文才人的死活和小天並沒有任何的關係。」

姬飛花道：「你嘴上不說，可心裡也想咱家救她，人心之中皆有善念，你這樣想，皇上也會這麼想，幾乎每個人都會這麼想，若是咱家不救，那就是站在和所有人相對的立場上。」

胡小天道：「成大事者不拘小節，提督大人難道也在乎別人的想法？」

姬飛花聽他這樣說不禁笑了起來：「人活在世上，若說絲毫不在乎別人的眼光那是不可能的事情，咱家可以不在乎文雅，不在乎文承煥，不在乎權德安這幫人等，卻要在乎皇上，若是皇上開口，咱家自然不能拒絕。」

胡小天心中卻知道事情絕非那麼簡單，在姬飛花和皇上相處的時候，他從大康天子龍燁霖的雙目中看到的是忌憚和畏懼，有種直覺在告訴他，姬飛花根本不在乎什麼皇上的看法。

胡小天道：「提督大人準備出手救文才人了？」

姬飛花沒有直接回答他的問題，而是反問道：「你怎麼看？」

胡小天抿了抿嘴唇道：「不瞞提督大人，今晚的事情有太多小天看不懂的地方，張福全恰恰選在今晚將小天請去喝酒，雖然打著恭賀的幌子，可小天卻認為事情沒那麼簡單。」

姬飛花道：「張福全乃是權德安的心腹，他請你過去應該是有意支開你。」

胡小天道：「陳成強身為大內侍衛，應該懂得宮裡的規矩，為什麼會選擇在今晚進入明月宮？小天離開明月宮的這段時間究竟發生了什麼？」

「也許他察覺到有人潛入明月宮。」

胡小天搖了搖頭道：「若是如此，他為何要孤身前往？」

姬飛花拿起桌上的銀剪姿態極其優雅地修剪了一下燭花，輕聲道：「或許他和明月宮內的某人有了私情！」

姬飛花漫不經心的一句話卻讓胡小天聽得心驚肉跳，他當然清楚陳成強不可能和文雅、葆葆之間的任何一個有私情，可姬飛花這樣說就證明他這麼想。陳成強身為侍衛首領當然知道獨自進入明月宮的利害，進入明月宮十有八九也是姬飛花的佈局之一，只是事件發展並未像姬飛花想像中那樣如願。中途黑衣人的出現殺死了陳成強，並重創了文雅和葆葆，這黑衣人究竟是何方神聖？他和姬飛花到底有無關係？胡小天越想越是心驚，這明月宮實在是凶險之地，如果繼續留在那裡，只怕自己的性命都要保不住了。

胡小天道：「提督大人，今晚的事過後，小的只怕無法繼續留在明月宮了。」現在離開應是最好時機，拋開自己的嫌疑不說，單單是擅離職守就可判定他失責。

姬飛花卻搖了搖頭道：「你現在不能離開，咱家總覺得今晚非常的古怪。」

胡小天道：「有何古怪？還望提督大人指點迷津。」

姬飛花沒有說話，伸出手指了指牆角處的小木箱，示意胡小天將木箱拿過來。

胡小天走過去將木箱端了過來，徵得姬飛花同意之後將木箱打開，一股血腥之氣直沖鼻腦。胡小天定睛望去，卻見木箱之中放著一顆頭顱，那頭顱赫然正是大內侍衛陳成強，也就是死在明月宮的那個。當時胡小天看到無頭屍身，卻沒有想到他的腦袋竟然被帶到了這裡。胡小天臉上的表情震駭莫名，裝出一副魂飛魄散的樣子，結結巴巴道：「他……他……他……陳……陳……」

姬飛花微笑點了點頭。

胡小天又道：「您殺了他！」

姬飛花淡然笑道：「殺雞焉用宰牛刀，每個人都有自身的使命，他雖然要死，可這次卻死得毫無價值，沒有完成自己的使命。」

胡小天道：「只是他的首級為何會……」

姬飛花道：「他的死和咱家無關，我的人抵達之時就發現他已經死了，接著你就回來，在你回來之前的這段時間裡，有人殺死了陳成強，打傷了文雅和那個宮女，此間到底發生了什麼？咱家也很想知道。」

胡小天道：「提督大人想我做什麼？」

姬飛花道：「你去見權德安，就說陳成強是咱家的人，探探他的口風，無論他跟你說什麼，你都要原原本本地告訴我。」

「是！」胡小天一口應承下來，然後又道：「提督大人，那個慕容展好像很厲害呢。」

姬飛花道：「他是不是針對你？」

胡小天道：「那倒沒有，只是例行訊問，他應該明白，我沒有殺死陳成強的本事。」他之所以提起慕容展，真正的用意是想從姬飛花這裡知道，慕容展到底是不是和姬飛花同一陣營。

姬飛花道：「事情比咱家想的要複雜得多，或許暗地裡還有其他的勢力。」

胡小天心中暗忖，當然有，李雲聰就是隱藏在暗處的一隻大老虎，姬飛花多智近妖，權德安老謀深算，他們兩個鬥得死去活來，卻沒有想到螳螂捕蟬黃雀在後。可若是說李雲聰策劃了今晚的事情又不太合理？

葆葆甦醒過來的時候，看到胡小天就在她的身邊坐著，她掙扎著想要坐起身來，卻被胡小天摁住肩膀，低聲道：「躺著，你傷得不輕，必須靜養。」

葆葆抿了抿乾涸的嘴唇，胡小天趕緊去端了一碗溫水過來，向周圍看了看，確信門窗關得很好，這才先噙了口水，低下頭去，葆葆俏臉一熱，知道他要做什麼，閉上美眸順從地啟開櫻唇，讓胡小天緩緩將水哺入自己的檀口內。

胡小天倒不是有心占葆葆的便宜，純粹是出於對她的關心愛護方才這樣做，餵了半碗水，葆葆搖了搖頭，示意不再喝了，胡小天將水碗放在一邊，低聲道：「你身上的傷口已經處理過了，秦雨瞳醫術精湛，說以後不會留下什麼傷痕，真正嚴重的是匕首上餵有蛇毒，她必須查清其中的成分才能對症下藥，目前已經給你服下了清心玉津丸，毒素短時間內不會侵入心脈。」

葆葆眨了眨眼睛，俏臉之上仍然黑氣隱現：「我只記得陳成強昨晚突然過來，說什麼懷疑有人潛入，我跟他還沒說上幾句……就被他偷襲了……」

胡小天愕然道：「你是說陳成強刺傷了你？」

葆葆又眨了眨眼睛表示認同，她畢竟受傷之後身體虛弱，說了這番話已經耗去了不少氣力，喘息變得急切起來。

胡小天道：「其他的事情你都沒看到？」

葆葆道：「其實我也沒有看清是不是他出手襲擊我。」

胡小天貼近她的耳邊低聲道：「這些事情你對誰都不要說，只說自己什麼都沒看到就是。」知道得越多就越危險，胡小天當然明白這個道理。

葆葆嗯了一聲，忽然感覺到頭腦中一陣暈眩，趕緊又閉上了眼睛，胡小天知道她身體虛弱，小心為她蓋好了被子，然後才悄悄退了出去。黎明已經到來，遠方的天空一片青灰，越往下越是明亮，沒有紅日初升的跡象，皇城的紅磚碧瓦在這樣的色調下籠上了一層讓人極不舒服的冷灰色調。

……

秦雨瞳踩著殘雪從明月宮大殿緩步走來，胡小天站在原地不動，靜靜注視著她，直到秦雨瞳來到自己的面前，方才輕聲問候道：「早！」

秦雨瞳一夜未眠，明澈的雙眸卻沒有流露出絲毫的倦意，半邊面龐仍然藏在黑紗之中，望著胡小天的目光淡漠無情，即使他們已經認識了很久，可每次見面仍然像看著一個陌生人一樣：「早！」語氣中充滿了生疏和距離感。

胡小天似乎對自己的笑容也吝惜了起來，臉上不見絲毫笑意：「文才人怎樣了？」

秦雨瞳道：「暫時穩定。」她的目光投向胡小天身後的房門，葆葆身分低微，暫時被安置在這裡，除了胡小天之外，皇宮內沒有人在乎她的死活：「那宮女的情況怎樣了？」

胡小天道：「外傷應該沒什麼問題，也不算嚴重，正如你之前所說，真正麻煩的是匕首上餵毒。」

秦雨瞳道：「七蛇奪命散！」

胡小天聞言心中一驚，隨之心中又感到寬慰不少，因為秦雨瞳之前還沒有確認毒藥的成分，現在既然能夠一口說出毒藥的名字，足以證明她已經查清了這件事。

胡小天道：「是不是很麻煩？」

秦雨瞳道：「這種蛇毒乃是天下第一用毒高手須彌天所特製，」

胡小天聽到須彌天的名字不由得倒吸了一口冷氣，他忽然想起當初在青雲的時候，曾經委託秦雨瞳幫忙查出萬廷光所中何種毒藥而死，最終查明萬廷光死於絕息丸，而絕息丸恰恰是須彌天的獨門特製，當時最大的嫌疑人是樂瑤。現如今葆葆所中的七蛇奪命散也是來自於須彌天的獨門特製，胡小天不由得想起了和樂瑤外貌形容難以辨清的文雅，內心被層層疑雲所籠罩。

秦雨瞳察覺到胡小天表情的變化，輕聲道：「你聽說過？」

胡小天道：「聽你說過。」

秦雨瞳點了點頭道：「不錯，你記不記得在青雲之時，曾讓我幫你查的那件事？須彌天號稱天下第一用毒高手，他所下之毒藥全都是獨門秘製。此人性情冷僻張狂，做事獨來獨往，若非是他的門下，無論是毒藥還是下毒的手法絕不外傳。」

胡小天抿了抿嘴唇道：「你懷疑須彌天潛入到了皇宮之中？」

秦雨瞳輕聲歎了口氣道：「此事我也不能斷定，或許潛入皇宮中的並非他本人，只是他的弟子。」

胡小天最關心的還是葆葆：「秦姑娘，依你之見，葆葆所中之毒可解嗎？」

秦雨瞳點了點頭道：「還好我師尊曾經教給我一些解毒的方法，其中就有治療七蛇奪命散的方子。」

胡小天聽說葆葆有救，心中稍安。

秦雨瞳道：「只是還缺少幾味藥材，我剛剛讓師妹出宮去找來，可能還要耽擱上一些時間。」

胡小天道：「司苑局也有藥庫，不知其中可有秦姑娘想要的藥材？」

秦雨瞳道：「我也久聞司苑局藥庫之中藏有不少奇珍藥材，只是無緣一見。」

胡小天笑道：「今天秦姑娘就可一償夙願，我陪你過去。」

秦雨瞳點了點頭，目光卻投向明月宮的大門處。胡小天也順著她的目光望去，卻見有人緩步走入明月宮內，走在前面一人年約五旬氣宇軒昂，從對方的袍服冠帶來看竟然是當朝一品大員，在他的身邊陪同的是權德安，後方還跟著兩名小太監。

當朝一品大員屈指可數，能夠獲許進入後宮的更是少之又少，在這種時候前來明月宮的只有一個，此人必然就是當朝太師文承煥。

胡小天趕緊迎了上去，一揖到地：「小的參見文太師，參見權公公。」他顯然將文承煥和權德安擺在了一個層面上。

文承煥只是看了他一眼，招呼都未打一個，而是徑直走向秦雨瞳，滿面關切道：「秦姑娘，我女兒怎樣了？」胡小天果然沒猜錯，此人正是當朝太師文承煥。

秦雨瞳道：「文太師請隨我來！」

權德安並沒有跟著進去，胡小天又來到他的身邊，恭敬道：「權公公好！」

權德安深邃的目光在他臉上打量了一下：「很不好！」

胡小天道：「小天和權公公同病相憐，現在的處境很不妙。」

權德安冷冷道：「咱家當初怎麼交代你來著？讓你好生伺候文才人，務必要保護她的安全，可現在卻弄成了這副樣子，你對咱家的吩咐原來是陽奉陰違啊。」權德安的話語中流露出對胡小天的不滿之意。

胡小天道：「小天當初以為只要盡心盡力做事就能做好，可是現在卻發現很多事情並非人力所能為之。」心中暗罵權德安裝模作樣，如果不是張德全將自己調走，昨晚慘案發生的時候自己應該在場，不過這件事很難說是好是壞，倘若自己留在明月宮，說不定也遭到了毒手。

胡小天壓低聲音道：「死去的那個陳成強其實是姬飛花的人。」

權德安皺了皺眉頭：「你能確定？」

「千真萬確，姬飛花親口向我承認。」

權德安道：「此人狡詐非常，他之所以告訴你這件事，就是要通過你的嘴巴來說給咱家聽。」

胡小天心中暗罵，你們兩人全都不是什麼好東西，無非是把老子當成了你們的傳聲筒，表面上仍然規規矩矩道：「權公公，小天實在受夠了這種日子，自從來到這明月宮之後，這裡邊接連出了命案，眼看著身邊的宮女太監一個個遭到了毒手，現在連文才人也……」

權德安陰陽怪氣道：「你怕什麼？你的命硬得很，到現在還不是好端端的？」

胡小天苦笑道：「還不是仰仗了權公公的眷顧，昨晚若非是張公公邀我去牛羊房喝酒，只怕小天也早已遭到了毒手。」這貨抬起袖子裝出後怕的樣子擦了擦額頭，反正權德安也不會注意他腦門上究竟有沒有冷汗。

「你不用謝我，咱家未曾讓張德全將你調走，倘若咱家能預見此時，定然會阻止此事的發生，絕不會讓文才人受到任何傷害，張德全找你應該只是巧合罷了。」

胡小天對權德安的這番話將信將疑，畢竟張德全是權德安的心腹，在沒有權德安授意的前提下張德全從未主動找過自己，要說是巧合更是離譜了。

「權公公對這位文才人瞭解多少？」胡小天斟酌一番終於還是提出了疑問。

權德安道：「有什麼話只管明說。」

胡小天道：「我在青雲之時曾經遇到過一個女子，長相和文才人一模一樣。」

「一模一樣？」

胡小天點了點頭。

權德安笑了起來：「不可能，你不可能見過她。」

胡小天道：「文才人的處境也非常不妙，明月宮接連出了數條人命，皇上又偏偏在這裡出事。」

權德安道：「只是運氣不好罷了，皇上出事和她無關。」他深深凝視了胡小天一眼道：「梧桐究竟跟你有何深仇大恨，你要將她置於死地？」

胡小天道：「小天被人安插在明月宮，有些事是不得已而為之，如若不然又怎能獲得他的信任？權公公若是對小天失去了信任，大可讓小天離開，小天絕無半句怨言。」

權德安沒想到他居然反將了自己一軍，點了點頭，不怒反笑：「好，好一句不得已而為之，咱家只是希望你不要忘記了當初答應過我什麼，更不要忘記自己的處境和身分，咱家可以一手將你捧起，一樣可以將你打落塵埃。」話語中充滿了威脅的味道。

從權德安的這番話，胡小天已經體會到他對自己開始產生了懷疑和不滿，低聲道：「小天滿腔赤誠對天可表。」

權德安道：「人想要好端端地活在世上可不容易，就算不為自己著想，也要為家人好好想想。」他說完轉身向明月宮走去。

胡小天望著權德安的背影，心中不由得生出一股寒意，權德安此前從未像今天這般疾言厲色地威脅自己，看來他對自己和姬飛花之間的關係已經產生了很重的疑心，遊走在兩頭猛虎之間並不是那麼容易的事情，稍有不慎就會得罪其中的一方，更麻煩的是，這兩方都不是自己能夠得罪得起的。

不知何時，秦雨瞳回到了胡小天的身邊，輕聲道：「可以走了嗎？」

胡小天點了點頭，兩人向司苑局的方向走去。秦雨瞳似乎看出胡小天心事重重，小聲道：「宮中的日子和外界是不是分別很大？」

胡小天道：「在外面偶爾可以做做自己，在宮中只能做奴才，現在連我自己都不認得自己了。」

秦雨瞳道：「有沒有想過離開？」

胡小天停下腳步，望著秦雨瞳的剪水雙眸道：「像我這樣的人就算離開，又能去那裡？」一句話將秦雨瞳問住，她垂下眼眸，似乎有些害怕胡小天的眼神，雖然她悄然提醒自己，胡小天今天的遭遇跟自己並無直接的關係，卻仍然感覺有些內疚，一切源於當初對他的隱瞞。胡小天雖然為人玩世不恭，可是回想過去，他卻從無任何對不起自己的地方。

兩人繼續向前走去，秦雨瞳沉默片刻方才開口道：「你上次說的事情我仔細想過，不是我不願幫助公主，而是我有心無力。」她所說的乃是安平公主遠嫁大雍的事情。

胡小天道：「無論能否改變，作為朋友必須盡力，安平公主在這宮中已經沒什麼親人，她將你視為知己，當成最好的朋友，你若是有時間還是多去陪陪她，哪怕是跟她說說話，開導她一下才好。」

秦雨瞳咬了咬櫻唇，她忽然發現胡小天很懂得為別人操心，即便是他自身的處境非常不妙，卻仍然沒有忘記關心別人，他的身上還是有些優點的。

司苑局的藥庫藏品之豐富出乎秦雨瞳的意料之外，在其中她並沒有花費太大的功夫就找到了需要的藥材。她尋找藥材的時候，胡小天就站在一旁靜靜看著她，等秦雨瞳忙完，及時遞給她一杯清茶。

「謝謝！」秦雨瞳接過茶盞，飲茶的時候還是背過身去，掀起面紗的下部露出嘴唇，她並不想讓胡小天看到。

胡小天道：「聽聞玄天館任先生醫術冠天下，他應該可以治好你臉上的傷。」

秦雨瞳轉過身來，淡然道：「人生一世草生一秋，任你生得傾國傾城風華絕代，到最後也免不了成為塵土一堆，外表什麼樣子無非是給別人看，只要我內心坦蕩，又何必介意？」

胡小天道：「話雖如此，可女人的外表和男人的命根子是一樣重要的。」

秦雨瞳俏臉一熱，真是佩服這廝的聯想力，兩件風馬牛不相及的事情怎麼可以聯繫在一起？

胡小天道：「你或許覺得我說的話沒有道理，但是這兩樣東西都代表著一個人的尊嚴，若是失去，就會被人鄙視，被人嘲諷，遭人冷眼。」

秦雨瞳這才明白胡小天為何會這樣說，雖然仍然覺得荒唐，但是卻不能不承認他所說的話還是有幾分道理的，緩緩搖了搖頭道：「容貌上的醜陋，肢體上的殘缺都不應該影響到自己的本心，只要心如明月，又怎會受到外界的干擾，其實只要看透，一切都算不了什麼。」她的這番話表面上是在反駁胡小天的話，可實際上卻是在安慰胡小天。

胡小天道：「我沒有你那麼高的境界，別的事情我可以不在乎，可這件事我非常在乎。」

素來淡定的秦雨瞳此時也不免有些尷尬，畢竟她還是雲英未嫁之身，怎麼可以和一個異性公然探討這種問題，她輕聲道：「其實這世界上沒有過不去的坎兒。」

胡小天道：「的確如此，我聽說好像大雍出產一種黑虎鞭，那東西有讓太監重新變成男人的效用，不知這傳聞是真是假？」

秦雨瞳眼神中流露出一絲羞澀之情，心中暗斥胡小天厚顏無恥，他應該是故意在讓自己難堪，所以才提起這種話題，明知自己不好回答，卻還要步步緊逼。秦雨瞳道：「你自己都說是傳聞了。」

「空穴來風未必無因，倘若我找到了黑虎鞭，你說我是不是有重新變回正常男人的機會？」

以秦雨瞳古井不波的心態此時也不禁泛起了一圈圈的漣漪，胡小天根本是要趁機作亂，將她的心湖徹底攪亂的節奏，秦雨瞳道：「雨瞳醫術淺薄，有機會我會幫你請教家師。」她說得有氣無力，真要是去問師父，還真需要相當的勇氣呢。

胡小天笑道：「無論怎樣，我先行謝過了，我還有一個問題。」

秦雨瞳開始有些頭疼了，真不知道他哪來的那麼多問題，接下來的問題會不會更直白更過分？她實在是有些害怕了。

還好胡小天沒有在他自己的生理問題上繼續探討下去，湊近秦雨瞳道：「你的臉上是不是帶了面具？」

秦雨瞳搖了搖頭。

胡小天又道：「你口口聲聲不在乎別人的眼光，可為什麼不敢以自己的本來面目示人？為什麼要戴上面紗？這樣做是不是有些口是心非？看來你並不瞭解自己，在你內心深處還是在乎別人的看法，連你自己都做不到你所說的那樣超然，又怎麼可以勸說我呢？」

秦雨瞳美眸圓睜，她一言不發，應該是無言以對，沉默良久，冷冷拋出一句話道：「我想怎樣就怎樣，又干你什麼事情？」素來鎮定沉穩的秦雨瞳居然在胡小天的面前發起了脾氣，這在她來說是很少出現的事情。

胡小天道：「咱們只是說話，你又何必生氣？」

秦雨瞳冷冷道：「我還趕著救人，沒時間也沒興趣生氣。」轉身離開了藥庫。

胡小天跟出去的時候，發現她已經走遠了，看來自己剛才的那番話的確將她觸怒，秦雨瞳竟然不顧自己而去。不知為何，胡小天心中居然生出一種快意，這貨感覺自己有些心理變態了，居然將快樂建立在打壓秦雨瞳的基礎上，看到秦雨瞳失去鎮定，惱羞成怒，他反倒感覺開心，莫非自己的人品還真是有些問題？

史學東一直都在院子裡候著，湊到時機這才憂心忡忡地湊了過來，低聲道：「兄弟，你沒事吧？」

胡小天笑道：「你看我像有事的樣子嗎？」

史學東歎了口氣道：「明月宮那邊的事情我都聽說了，現在皇宮裡面都傳遍了，都說那位新來的文才人是個不祥之人，但凡靠近她的都會遭受到厄運。」

胡小天道：「咱們已經夠倒楣，哪還怕什麼厄運？」

史學東急切切道：「正是因為倒楣才不想更倒楣。」

胡小天道：「東哥放心，我知道怎樣照顧自己。」

史學東道：「姬公公這麼信任你，只要你跟他說一聲，自然可以從明月宮那邊抽身出來，明知是個泥潭，你又何必深陷其中？」

胡小天點了點頭，他知道史學東這麼說都是為了自己好，可是想要抽身出來又哪有那麼容易？將自己派去明月宮正是姬飛花的主意。史學東雖然是他的結拜兄長，可是胡小天並不能將太多的內情告訴他，有些秘密註定只能一個人藏在心底。

史學東道：「兄弟，我來宮裡這麼久，皇宮裡的是是非非多少也看明白了一些，咱們能夠保住性命，在皇宮中苟且偷生已經實屬上天眷顧，為兄不敢再有什麼雄心壯志，過的一日就是一日，多活一天就是一天。」

胡小天笑了起來，輕輕拍了拍他的肩膀，史學東顯然是在勸解自己不要再生出什麼野心，要安於現狀，可是這世上的事情並沒有那麼簡單，很多人認為平平淡淡的生活是件非常容易的事情，可是當他們真正想嘗試這樣去做的時候，才會發現甘於平淡卻未必能夠如願，過上平淡生活也許是這世上最難的一件事。

四名侍衛出現在司苑局的門外，自從前往明月宮之後，胡小天和這幫大內侍衛打交道的時候也變得越來越多，率隊前來的是齊大內，他奉了慕容展的命令，特地前來找胡小天過去調查一些事情。

在史學東一干人等憂慮的目光下，胡小天隨同齊大內離去。

慕容展在皇宮內也有一處辦公的所在，位於宣政殿的正西，已經屬於皇宮外庭，院門狹窄，只能容納一人通過，多數時間房門是關閉的，很少有人去關注這裡，胡小天過去也曾經多次從此通行，但是從未留意過這裡究竟是什麼所在，皇宮規模龐大，有名有姓的房間就有上萬間，即便是在裡面待上一輩子也未必有機會全部一一造訪。

正中的房間始終敞開著，慕容展就坐在其中辦公，兩名侍衛站立兩旁。這房間狹窄，甚至比不上胡小天在司苑局的住處。室內的陳設也是極其簡單，和慕容展這位大內侍衛總統領的身分有些不符。

胡小天走進去之後向慕容展拱了拱手道：「慕容統領好！小天這廂有禮了。」

慕容展抬起頭，灰色瞳孔閃爍了一下，犀利如刀的目光投射在胡小天的臉上，低聲道：「今次叫你前來是為了瞭解一些事。」

胡小天看了看周圍，齊大內那幫侍衛仍然留在室內，並沒有離開的跡象，慕容展應該是想當著這麼多人的面和自己談。胡小天隱約感覺到事情有些不對，仍然淡定自若道：「統領大人請說。」

慕容展伸手端起面前的茶盞，站在胡小天身後的齊大內倏然自腰間抽出腰刀，照著胡小天的後頸一刀劈落下去。胡小天自從走入這間房內就已經心生警惕，一直在留意著周圍人的動靜。在齊大內腰刀出鞘的時候已經覺察到，出於本能的反應，他向前跨出一步。

齊大內出刀奇快，手中腰刀猶如一道疾電，直奔胡小天的後頸而去，刀勢在中途停歇。胡小天在瞬息之間已經躥出了一丈的距離，其餘侍衛都沒有任何的動作，但是每個人都恰到好處地守住了一個角落，在這狹窄的空間內形成了一個無法逾越的包圍圈。

胡小天看到齊大內並沒有追上來攻擊自己，腰刀在虛空中劃了一道弧線，重新還刀入鞘，鏘的一聲，彷彿一切從未發生過一樣。

胡小天暗自慚愧，對方應該只是虛張聲勢，自己的定力終究還是差了一些，可自己若是不動，說不定這把刀當真會落下來把自己腦袋給砍了。自己畢竟只是宮內的一個小太監，慕容展身為大內侍衛總統領，殺了自己還不如同踩死一隻螞蟻，想到這裡，胡小天的背脊瞬間為冷汗濕透。

慕容展喝了口茶，輕輕擺了擺手，手下侍衛這才退了出去。目光靜靜望著茶盞，低聲道：「身手不錯！難怪那個小太監會死在你的手裡。」

胡小天道：「承蒙姬公公看重，傳給了我一些防身的功夫，那天剛好派上了用場。」他抬出姬飛花就是要讓慕容展知難而退，我是姬飛花的人，即便你慕容展在皇宮大內之中擁有相當的勢力，也不能隨隨便便動我。

慕容展道：「那具屍體我親自驗過，他死在玄冥陰風爪下，這套爪法應該不是姬公公傳給你的。」以慕容展的武功造詣，胡小天當然沒那麼容易將他蒙蔽過去。

胡小天道：「統領大人果然好眼力，玄冥陰風爪是權公公教給我的。」

慕容展呵呵笑道：「年紀輕輕卻是有些本事，難怪可以讓兩位公公對你如此賞識，卻不知你究竟為他們做了什麼事情？才能做到左右逢源？兩邊討好？」

胡小天道：「我向來老實做事，忠君愛國，不然皇上也不會賜給我這面蟠龍金牌。」

慕容展抬起一雙灰色眼眸望著胡小天，目光中流露出一絲嘲諷的意味：「你害怕啊，先是抬出兩位公公，現在又搬出皇上，是不是擔心我要對付你？」

胡小天的心情越發沉重起來，慕容展絕不容易對付，只是不知道他為什麼突然要針對自己，胡小天笑道：「小天地位雖然卑下，可做事光明磊落，對得起天地良心，又有什麼好怕？」

「不怕，你剛剛為何要逃？」

胡小天道：「我若不逃，此時只怕已經人頭落地了。」

「我若是真想殺你，你以為自己逃得掉嗎？」

胡小天被慕容展問住，此時他反倒鎮定了下來，慕容展說得不錯，倘若他真想殺自己，自己根本沒有任何機會逃出生天，可胡小天也沒有伸著脖子等著對方刀鋒落下的膽子，拿自己的性命去賭，這事兒有點大，他沒那麼傻。慕容展究竟是何來頭？他屬於何人陣營？對待此人必須謹慎。胡小天道：「統領大人有什麼事還請明說，小天還趕著返回明月宮呢。」

慕容展道：「什麼人將你安排到了明月宮我不用提醒你了，本來皇宮裡面的爭端跟我是沒什麼關係的，可是陳成強畢竟是我的人，而他死在了明月宮，連頭顱都不見了。」灰色瞳孔之中陡然迸射出逼人寒光。

胡小天心想干我鳥事？嘴上卻不能說得那麼明白，平靜道：「陳成強深更半夜獨自進入明月宮，這件事應該有些蹊蹺。」

慕容展道：「你說得不錯，他死前曾經服下奇淫合歡散，這種藥物性情極烈，正常人服用之後就會喪失理智，色慾沖天，倘若他不死，恐怕會幹出穢亂宮廷的事情來。」

胡小天聞言一驚，忽然想起姬飛花說過的話，難道這奇淫合歡散是姬飛花所下，他的目的就是要讓陳成強做出穢亂宮廷的事情，只是中途被人破壞。此時方才感覺到後怕，如果一切真的像自己猜想中的這樣，姬飛花為人之陰險實在是到了沒有下限的地步。胡小天道：「陳成強之事和我沒有任何關係。」

慕容展點了點頭道：「我相信你，你也沒有殺他的本事。」

胡小天道：「統領大人，小天所知道的事情全都坦然相告，不知你找我還有沒有其他事。」三十六計走為上，他可不想繼續待在這裡。

慕容展道：「我找你來並不是想問你什麼，而是要你幫我一個小忙。」

胡小天道：「什麼忙？」心中暗自奇怪，自己和慕容展可沒有什麼交情，他怎麼會冒昧提出這樣的要求。

慕容展道：「如果你見到慕容飛煙，勸她儘快離開神策府。」

胡小天內心一怔，他萬萬沒有想到慕容展居然會提起慕容飛煙的名字，初次聽說慕容展的時候，胡小天的確將他和慕容飛煙聯繫到一起，畢竟兩人都是複姓，可大康慕容姓氏很常見，也從未聽慕容飛煙提起過她有什麼親人，再者也沒有聽說過兩人之間有關係，所以胡小天認為兩人只是湊巧同姓罷了，現在慕容展主動提起這件事，胡小天馬上就推測出他們之間有著非同一般的關係，否則慕容展為何會提出這樣的要求。

胡小天道：「小天有些不明白。」

慕容展冷冷道：「她是如何進入神策府的，你心中應該明白，她性情倔強，除了你之外，她應該不會信任其他人……」

胡小天打斷慕容展的話道：「有個問題，你跟她是什麼關係？」

慕容展灰色的眼眸中掠過一絲淡淡的憂傷，右手忽然握緊，手中的茶盞崩的一聲碎裂，然後握緊拳頭慢慢落在桌上，低聲道：「我是她爹！」

胡小天此時的震驚難以形容，張大了嘴巴，一雙眼睛瞪得溜圓，慕容飛煙的老爹，豈不就是自己的未來岳父？這事兒從未聽人提起過，慕容飛煙沒說，權德安也沒有說過，難怪當初權德安沒殺她，搞了半天有這層原因在裡面。可慕容展一個白化病人怎麼生出了一個如此嬌豔美麗的女兒？還好沒有將白化病遺傳給她。記得慕容飛煙曾經說過父母雙亡，看來跟她這位老爹的關係也不怎麼樣。

胡小天反應極快，馬上向前施禮道：「見過慕容叔叔！」一轉眼就套起關係。

慕容展道：「等她從臨淵回來，你勸她馬上離開，越早越好，還有，你記住，絕不可以提起我找過你的事情。」

胡小天道：「慕容叔叔，飛煙對你好像怨氣很大噯，她在我面前一直說父母雙亡。」這廝出於好奇才這樣說，卻收到了傷口上撒鹽的奇效。

慕容展聞言有些痛苦地閉上雙目，嘴唇抿成了一條直線。一對白眉微微顫抖著，素來冷酷無情的慕容展身上很少出現這樣的情感波動，他低聲道：「我們父女間的事情你不必追問，也無需去打聽，你只要記得讓她儘快離開神策府。」

胡小天道：「此事我記得了，只是飛煙的性情非常倔強，你應該清楚，我勸她她也未必肯聽。」

慕容展冷哼一聲道：「你勸她不聽，只怕這世上她不會再聽其他人的話，還有一件事，你最好記住自己的身分，以後離我女兒越遠越好。」

胡小天明白，慕容展分明在嫌棄自己是個太監，但凡是個正常人也不想一個太監給自己當女婿。胡小天道：「請恕小天不明白了，又是要我勸她，又是要我離她越遠越好，您確定不是在跟我開玩笑？」

慕容展道：「你是個聰明人，應該怎麼做，你心裡應該清楚。」

胡小天看出慕容展為人冷酷，不苟言笑，明顯缺乏幽默感，卻不知他究竟做過什麼對不起慕容飛煙的事情，方才讓女兒對他如此痛恨。想知道這件事倒也不難，等慕容飛煙回來一問即知。真是想不到慕容飛煙居然還有這麼一位拉風的老爹。

第十章

冰魄修羅掌

夜幕降臨時分，姬飛花來到明月宮，特地為了救治文雅，
胡小天感覺有些意外，他本以為姬飛花恨不能將文雅置之死地，
現在文雅被冰魄修羅掌所傷，
姬飛花卻不惜損耗自身的功力以融陽無極功來救治她，
難道僅僅是為了避嫌，在外人面前澄清自身的嫌疑？

回到明月宮，看到姬飛花的手下何暮站在院子裡，跟他同來的還有幾名小太監正在忙著收拾整理，看到胡小天過來，何暮微笑道：「胡公公回來了。」

胡小天道：「是不是提督大人到了？」

何暮搖了搖頭道：「提督大人晚上才會過來，讓我先帶人過來將明月宮好好整理一下，等我到了方才發現，皇后那邊已經安排了人手。」

胡小天舉目望去，看到有兩名宮女從廚房裡面出來，兩人手中端著托盤，裡面放著羹湯。明月宮死的死傷的傷，人手嚴重不足，簡皇后派人過來也實屬正常，胡小天歎了口氣。

何暮笑道：「這份差事不好做吧？」

胡小天又歎了口氣道：「可不是嘛，剛剛又被慕容統領叫了過去問了半天話，搞得我跟嫌疑犯似的。」

何暮低聲道：「聽說文才人的狀況不太好。」

胡小天道：「我得進去看看。」何暮一把握住他的手臂道：「秦姑娘說了，沒有她的允許，什麼人都不能進去。」

胡小天聞言只能作罷，他轉身去了葆葆的房間。雖然明月宮新來了不少的宮女太監，可葆葆的身邊仍然沒有人伺候，看到胡小天進來，葆葆一雙美眸中頓時蒙上了一層晶瑩的淚光，人在傷病的時候內心也會變得格外脆弱，別看葆葆平時堅強好勝，可畢竟還是女孩兒家，內心深處還是需要關愛的。

胡小天將房門關上，感覺到室內光線暗淡，先去點燃燭火，然後來到葆葆身邊，握住她的纖手，低聲道：「感覺好些了沒有？」

葆葆點了點頭道：「秦姑娘剛剛給我送來了湯藥，說我只要連喝三天就能夠肅清體內的毒素。」

胡小天聽聞她的身體已經沒有大礙，這才放下心來，微笑道：「你安心休息，等到身體養好之後，我陪你出宮去玩。」

「真的？」葆葆美眸生光，可旋即又黯淡下去，搖了搖頭道：「我只怕是沒機會出去的……」喘了口氣又低聲道：「秦雨瞳好生厲害，她察覺到我體內還有慢性毒素。」

胡小天知道應該是葆葆之前所中的萬蟲蝕骨丸的毒性被秦雨瞳發現，他低聲道：「她是玄天館主的得意弟子，醫術非常厲害，只是不知道她有沒有破解的方法。」

葆葆道：「除了乾爹之外，沒有人可以化解此毒。」

胡小天倒不這麼想，老太監李雲聰應該有這個本事，只是想讓他拿出解藥並不容易。他也曾經想過李雲聰就是洪北漠，可這件事仔細一推敲就沒有任何可能，李雲聰始終在暗，而洪北漠在明，兩人之間應該是彼此合作的關係，他們的這層關係甚至連葆葆和林菀這兩個洪北漠的乾女兒都不知道。

葆葆看到胡小天突然走神，還以為他發生了什麼事情，用力握緊了他的手掌，關切道：「你是不是遇到了什麼事情？」

胡小天微笑搖頭道：「沒事。」

葆葆道：「小天，你不宜在此是非之地久留，我擔心以後還會有事情發生。」

胡小天道：「你還記不記得當時的情景？」

葆葆搖了搖頭：「我不記得了，甚至怎樣受傷都記不清了。」

「陳成強過來的時候，他的情緒正不正常？」

葆葆點了點頭道：「他沒什麼異狀，說是過來查看情況，文才人還讓我沏茶給他。本來他已經告辭了，我送他走的時候，忽然聽到文才人發出一聲驚呼，然後就挨了重重一擊，接下來的事情我都不記得了。」

胡小天道：「此事你有沒有對其他人說過？」

葆葆道：「你不讓我說，我當然不會對任何人說起。」

胡小天道：「你只當一切都沒有發生過，無論誰問只說不記得。」

葆葆明白這件事事關重大，用力點了點頭。

此時外面傳來敲門聲，胡小天以為是秦雨瞳，起身過去開門，等到房門打開，方才發現門外站著的居然是林菀，她帶著一名宮女一名太監過來探望文雅，順便也探望一下葆葆這個昔日身邊的宮女。外人並不知道林菀和葆葆的關係，胡小天卻清清楚楚。

面對胡小天，林菀可謂是又恨又怕，恨的是葆葆如今已經被他蠱惑，怕的是胡小天握有復甦笛，隨時可喚醒她體內萬蟲蝕骨丸的藥效。一雙鳳目冷冷望著胡小天，絲毫不掩飾對他的仇恨。

胡小天笑瞇瞇招呼道：「林昭儀來了！」

林菀冷冷道：「葆葆怎樣了？」

胡小天轉身朝床上看了一眼，葆葆雙目緊閉似乎已經睡了過去，剛剛還在和自己說話當然不可能入睡如此之快，應該是不想和林菀相見，胡小天身子仍然將房門擋住，並沒有放林菀入內的意思，輕聲道：「她剛剛睡著，我看林昭儀還是改天再過來。」

林菀心中怒氣頓生，冷哼一聲道：「讓開！」一徑直向房內走去，胡小天礙於身分有別也不敢當著那麼多人的面將她攔住，只能任由她走了進去。

林菀來到床邊雙目望著葆葆，葆葆躺在床上雲鬟蓬亂，俏臉憔悴，美眸緊閉，似乎仍然處在昏睡之中。胡小天緊跟過來，林菀的毒辣陰狠他曾經親自領教過，自然不放心林菀。林菀在床邊坐了下來，伸出春蔥般的白嫩纖手充滿愛憐地撫摸著葆葆的秀髮，胡小天卻感到內心一陣發毛，這女人絕對是個蛇蠍美人，保不齊她會獸性大發出手謀害葆葆，可這裡畢竟是明月宮，她應該沒有這樣的膽子。

林菀的雙眸中流露出溫柔之色，輕聲道：「本宮一直將葆葆當成自己的親妹子看待，在皇宮之中能夠找到這樣一位妹子很難……」她歎了口氣，手掌沿著葆葆的秀髮來到她的俏臉之上，最後移動到她的頸部，小指尾端輕輕搭在葆葆的頸側經脈之上，葆葆只是假寐，對林菀的一舉一動都感知得清清楚楚，芳心開始緊張起來。

胡小天比她更加緊張，微笑道：「葆葆為人善良單純，小天也將她當成自己的親姐姐一樣看待，若是有人敢傷害她一分一毫，我便是捨掉這身性命也要讓她付出代價。」

林菀焉能聽不出胡小天話中威脅的意思，不屑笑道：「話誰都會說，可做事之前必須要掂量一下自己的份量。」

胡小天道：「在別人眼中小的只是瓦片，可瓦片雖然比不上瓷器精美，硬度卻是絲毫不次於瓷器，真要是硬碰硬，最後誰吃虧還不知道呢。」

林菀白了他一眼，手從葆葆的頸部移開，輕聲道：「這明月宮真是氣悶得很，每個人說話做事都透著古怪，本宮連一刻都不想多待了。」她站起身來，自己是瓷器胡小天是瓦片，他這句話沒說錯，真要是硬碰硬，自己可討不到什麼好處。

胡小天道：「恭送林昭儀。」

林菀道：「本宮跟文才人說了，明個就差人將葆葆接回凌玉殿，去我那裡好好養傷，這裡人心惶惶的，也沒人顧及這個丫頭。」她說完這句話就轉身離開。

胡小天送她出門之後回來，葆葆睜開美眸，有些緊張地抓住他的大手，低聲道：「我不去，我絕不回去。」

胡小天道：「你理她作甚，你不走，她總不能讓人將你強綁回去？」話雖然這麼說，可既然文雅已經點頭答應，證明葆葆在明月宮無法繼續待下去了，此事看來還是要單獨找林菀談談，讓她改變主意。

夜幕降臨時分，姬飛花果然來到了明月宮，他此次前來是特地為了救治文雅，連胡小天都感覺到有些意外，他本以為姬飛花恨不能將文雅置之死地，現在文雅被冰魄修羅掌所傷，姬飛花卻不惜損耗自身的功力以融陽無極功來救治她，難道僅僅是為了避嫌，在外人面前澄清自身的嫌疑？

姬飛花為文雅療傷之時，特地點明只讓胡小天和秦雨瞳兩人在場。

這也是胡小天在時隔一天之後首次見到文雅。

文雅坐在浴桶之中，整整一天不停有人向浴桶之中添補熱水，以此來保持她的體溫。秦雨瞳在水中添加了不少的草藥，並用銀針刺激文雅的穴道，將藥效迅速導入到她的體內。

姬飛花來到內堂，望著雙目緊閉的文雅，輕聲歎了口氣，不知是憐惜文雅的遭遇，還是惋惜她沒有死去。

秦雨瞳來到文雅身邊為她檢查了一下脈相，確信文雅的脈相尚且平穩，方才向姬飛花道：「提督大人準備何時開始？」

姬飛花道：「再等等！」

因為其他人都已經退下，這浴桶裡面添加熱水的工作就落在了胡小天的頭上，胡小天拎著一桶熱水走了過來，卻被姬飛花伸手攔住，姬飛花道：「不用了！」

胡小天將那桶熱水放下。

秦雨瞳秀眉微顰，美眸之中流露出擔憂之色。

胡小天雖然也為文雅的安危感到擔心，但是，他卻認為姬飛花不可能突然改變了念頭，中途停手，如果姬飛花想文雅死去，根本沒必要主動提出要救治她，姬飛花此人心胸博大，絕對是大奸大惡的梟雄人物，應該不屑於用這種宵小的手段。

因為沒有繼續往浴桶中添加熱水，水溫驟降，文雅體內的寒氣不斷向外浸潤，不多時，浴桶中的水已經沒有了熱度，再過一會兒竟然開始結冰凝結，秦雨瞳終於忍不住，假如這種情況持續下去，文雅唯有死路一條。她想要走過去，方才走了一步，卻聽姬飛花道：「不急！」

秦雨瞳不解道：「她中了冰魄修羅掌，倘若任由這種情況發展下去，恐怕經脈會造成永久的損傷。」

姬飛花的唇角露出一抹淡然笑意：「只可惜任先生不在，看來他沒有將九轉還陽針的針法傳給你，不然又何須勞動咱家。」

秦雨瞳道：「是雨瞳天資有限，無法學得師父的真傳。」她的心態遠超常人，任何時候都保持著一份超然的淡定。

姬飛花呵呵笑道：「任天擎何等狂傲的人物，他的徒弟必然是資質超群，天賦異稟，否則又怎能入他的法眼，不是你的問題，是他藏私才對。」

秦雨瞳的目光始終留意著浴桶內，浴桶內的水面已經結起了一層薄冰。

姬飛花道：「小天，你過去看看那冰層有多厚了。」

胡小天依著他的話走了過去，屈起食指在冰面上輕輕一敲，冰層馬上開裂，回答道：「冰層很薄。」

姬飛花漫不經心道：「那就再等等，什麼時候你敲不爛了再告訴我一聲。」

胡小天應了一聲，再看文雅，此時的她如同入定一般，頭髮上眉毛上睫毛上都已經凝結了一層白霜，連俏臉之上也開始結霜，胡小天心中也有些不忍，這冰魄修羅掌真是霸道之極，只是打了一掌，竟然就將一個人打成了冰人兒，這個洪北漠的武功真是駭人聽聞。

姬飛花道：「放眼大康，有三個人咱家是最佩服的，你想不想知道是哪三個？」他的目光盯著秦雨瞳，當然是在跟秦雨瞳說話。

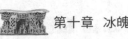

秦雨曈道：「提督大人的事情，我怎麼可能知道。」

姬飛花笑道：「這三人之中有兩個是跟你有關的，第一個就是你的師父任天擎，第二個就是你的父親……」

秦雨曈打斷姬飛花的話道：「我師父和我爹對提督大人也是欣賞得很，他們時常在雨曈面前提起大人，說大人武功蓋世，濟世為懷。」急於打斷姬飛花的話，顯然不想他道出父親的身分。

胡小天一旁聽著，秦雨曈在青雲時不是曾經說過她父母雙亡嗎？顯然都是謊言，這女人表面清高孤傲，可一肚子都是謊言，漂亮女人信不得，這臉上有刀疤的女人更是相信不得。他又敲了敲冰面，這會兒功夫冰層已結了很厚，文雅裸露在水面外的肌膚已完全被白霜所包裹。胡小天道：「提督大人，冰層已經敲不動了。」

姬飛花道：「再等等！」

胡小天心中暗暗叫苦，文雅今兒就算是不死也得被凍個半殘，姬飛花真夠狠的，說是來救人，可過來之後非但沒有出手相救，反而把所有的輔助治療措施都給撤掉了。

秦雨曈道：「提督大人，文才人的傷情耽擱不得，現在皇宮內外，滿朝文武都知道提督大人主動提出要為她療傷，若是文才人出了什麼三長兩短，只怕在情理上說不過去。」

姬飛花笑道：「秦姑娘是不是懷疑咱家會害了文才人？」

秦雨瞳沒有說話，沉默以對，等於是承認了這番說辭。

姬飛花向胡小天道：「小天，你以為咱家有沒有加害文才人之心？」

胡小天道：「不會，在小天看來，提督大人這樣做全都是為了文才人好。」雖然是違心之言，可胡小天說得卻毫不臉紅，秦雨瞳都忍不住瞪了他一眼，目光中充滿了鄙夷。

姬飛花笑道：「你這番話在別人聽來很像是在溜鬚拍馬啊，小天，你把道理說來聽聽？連咱家都感到好奇呢。」

胡小天道：「人在低溫的狀態下，身體方方面面的運行會減慢，因而文才人體內毒素的流動也會隨之放緩，減慢了向周身擴展的速度，我曾經聽說，倘若一個人完全被低溫突然凍住，這個人或許會進入低溫休眠狀態，雖然喪失了知覺，可是她的身體能夠保持數十年甚至數百年不變，直到合適的機遇將她喚醒，恢復之後就會和休眠之前一模一樣，連她的年齡都不會改變。」

姬飛花讚道：「你的天資也不差，這件事連咱家都沒有想到，你居然想到了這一層，那你索性評價一下秦姑娘的治療方法。」

胡小天道：「秦姑娘的治療方法表面上看沒什麼問題，可是仔細想想這其中還是存在著一些瑕疵，秦姑娘一心想化解文才人體內的寒氣，所以才想到了用熱水來保溫的方法，並用銀針刺穴輔以藥物的方法將文才人體內的寒氣匯出，如果對一個單純凍傷的人或許這種方法有效，可是這冰魄修羅掌是不是有毒？倘若其中混雜了其他的毒性，在這種方法的治療下，反而會加速文才人的經脈運轉，毒素也就隨之迅速擴展開來。」

秦雨瞳最初的時候也認為胡小天是在溜鬚拍馬，可是聽到這裡心中已經不由得嘆服了，胡小天對病情的剖析絲絲入扣，有理有據，此人比自己認識中更加厲害，思維更加的縝密。

姬飛花微笑道：「就算是任天擎在這裡，想必他也會認同你的說法，說不定會因為欣賞你而將你收為弟子呢。」

秦雨瞳俏臉一熱，姬飛花褒揚胡小天的同時也在嘲諷自己，不過秦雨瞳對胡小天並沒有生出任何的嫉妒之心，只是發自內心的欣賞。

胡小天道：「小天也就是瞎蒙，只希望不要貽笑大方才好。」其實他也拿不準，之所以能夠說出這番道理，究其原因還是出於對姬飛花心態的揣摩，現在看來，自己果然沒有猜錯。在現代醫學中低溫休眠已經可行，最初是為了延緩衰老和死亡，以應對漫長的時空旅行，道理雖然簡單，可是過程卻是極其複雜的，需要精確和科學的控制。姬飛花應該是想到了同樣的道理，在如今的科技環境下他居然能夠想到這樣的道理，此人果然智慧超群。

秦雨瞳道：「胡公公所說的的確很有道理，但是如果不經控制，寒毒入侵肺腑就會造成不可逆的損傷。」她所說的也是實情。

姬飛花道：「這世上哪有十全十美的事情。」

胡小天在木桶邊緣敲擊了一下，向姬飛花道：「冰層已經夠厚了。」他畢竟還是擔心文雅的死活。

姬飛花道：「不急，等到浴桶裡面的水完全凝結成冰再說。」

胡小天心中暗歎，雖然姬飛花說得有些道理，可真要是整個浴桶中的水完全凝結成冰，文雅的體質是否能夠承受得住？看來姬飛花只管救命，並沒有考慮到文雅日後會否留下後遺症，可是他也不能表露得太過焦急，以免姬飛花看出破綻呢。

秦雨瞳來到浴桶邊緣，看到文雅的身體表面已經完全被一層薄冰籠罩，感歎於冰魄修羅掌霸道威力的同時，又為文雅深深擔心，她在玄天館學醫多年，身為任天擎的親傳弟子，也從未聽說過這樣的療傷方法，難道這就是常說的置死地而後生？望著身軀完全籠罩在冰層中的文雅，秦雨瞳不知為何想起了龍曦月，她的這位好友不久即將嫁入大雍，今天的文雅會不會就是明天的龍曦月？

姬飛花終於站起身來緩步來到浴桶旁，圍繞著浴桶慢慢走了一圈，一雙鳳目盯住冰層包裹中文雅憔悴的面容，輕聲道：「好霸道的冰魄修羅掌！秦姑娘，胡小天，請兩位為咱家護法，任何人不得入內。」

「是！」胡小天大聲答道，這種時候又有誰敢輕易闖入明月宮？

姬飛花右手緩緩貼在浴桶之上，只聽到咔嚓聲響，浴桶碎裂瓦解，現出裡面完全凝結的冰塊。文雅就被凝結在冰塊之中，曼妙嬌軀一覽無遺。胡小天看得血脈賁張，眼睛差點沒有黏到冰層上去，忽然意識到秦雨瞳在一旁冷冷觀察著自己，面孔不由得一熱，如同偷東西被人現場抓住了手腕一樣，下意識垂下頭去。秦雨瞳心思縝密，該不會從自己的異常舉動看出什麼破綻？正常人看女人沒問題，可自己分明是個太監，演技，務必要注意演技了。

姬飛花雙腿微屈，雙臂張開如同抱月，內力迅速行遍全身，然後一雙宛如羊脂玉雕砌而成的手掌輕輕落在文雅的後背，沒過多久，手掌和文雅後背接觸的地方冰層開始融化，掌心和文雅後背細膩的肌膚相貼。

秦雨瞳和胡小天的注意力全都集中在姬飛花的手掌之上，只見他的手掌漸漸泛起了紅暈，然後越來越紅，似乎有光亮透出，姬飛花的手掌竟然變成了半透明的質地，甚至可以看到遍佈手掌的血脈，看得到血液的流動，紅光越來越盛，越來越強，肌膚相貼之處漸漸由紅轉橙，繼而演變為黃色，又迅速淡化，最後完全成為白色，這白色的光芒透入文雅的皮膚肌肉，浸潤到她的體內，文雅因為低溫而沉睡的經脈開始復甦，光芒沿著她的經脈迅速蔓延擴展。

胡小天望著眼前不可思議的一幕，詫異得雙目瞪得老大，這種療傷的方法根本沒辦法用現代醫學理論解釋。包裹在文雅嬌軀外的冰層並未融化，姬飛花的融陽無極功先對她的體內產生了作用。融化應該是由內而外，這一點來看，和微波爐的原理有些類似。

秦雨瞳的武功修為要強於胡小天不少，她雖然靜靜站在一旁，可是聚精會神望著眼前的一切，不放過一絲一毫的環節，很快她就聽到了微弱的心跳聲，這心跳聲來自於文雅，隨著融陽無極功的作用越來越強，心跳的速度和力量不斷增強，在心臟的收縮舒張作用下，經脈中的血液運行的速度也在不斷加快。姬飛花採取的正是由內而外的療傷方法，隨著療傷過程的深入，文雅的頭頂開始升騰起嫋嫋白霧，越來越強盛的光芒將兩人的身體籠罩其中。

強光讓胡小天幾乎睜不開眼睛，他向身邊秦雨瞳低聲道：「是不是用融陽無極功逼出她體內的寒毒？」

秦雨瞳點了點頭，目光卻始終未曾離開兩人的身上。

此時室內竟然落下了濛濛細雨，原來是籠罩在文雅周身的冰塊開始融化昇華，又迅速在低溫下凝結成露，所以才形成了這樣的現象。

胡小天暗忖這下等於淋了文雅的洗澡水。

籠罩在文雅周身的冰層迅速縮小，文雅嬌軀輪廓自冰層中重新顯露出來。姬飛花雙手脫離了文雅嬌軀，然後化掌為指，出手快如疾風，瞬間點遍文雅周身要穴。

除了師父之外，秦雨瞳還從未見過有其他人認穴如此之準，出手如此之快。穴道點完，姬飛花雙手平伸，一股無形的力量將文雅的嬌軀提升而起，凌空漂浮在一丈多高的虛空之中，伴隨著姬飛花內力的運行，文雅的嬌軀在虛空中旋轉翻騰。

胡小天看得咋舌不已，眼前的姬飛花哪裡是個太監？根本就是一個高明的魔術師，這貨若是生在現代社會，單憑著這手功夫也一定可以賺上一個盆滿缽滿。

約莫半個時辰之後，姬飛花終於停下動作，文雅的嬌軀緩緩落下，他示意胡小天將她抱住。

胡小天抱著一個活色生香的光溜溜的美人兒，呼吸心跳又不由得急促起來，他暗罵自己不爭氣，提醒自己權當抱著一具屍體，可文雅的身軀現在分明有了溫度。

秦雨瞳走過來在文雅的身上蓋上了一層毛毯，幫著胡小天將她送到了床上。

姬飛花臉色蒼白地站在那裡，明顯因為治療文雅損耗巨大。胡小天湊了過去，恭敬道：「提督大人還好嗎？」

姬飛花點了點頭道：「我沒事……」一話未說完，竟然噗地噴出了一口鮮血，身軀一晃，險些摔倒在地。

胡小天大驚失色，趕緊上前將姬飛花扶住，握住姬飛花的手掌，感覺到冰冷異常。他攙扶著姬飛花在椅子上坐下，秦雨瞳也聞訊趕了過來，主動為姬飛花請脈，姬飛花揚起手來擺了擺，閉目調息了片刻，方才緩過氣來。

胡小天為他端來一盞熱茶，姬飛花接過漱了漱口，吐在銅盆之中，連番多次，方才將嘴裡的血跡漱清，接過胡小天遞來的手帕擦了擦嘴唇，低聲道：「咱家損耗了一些功力，不過不妨事，休息一夜就好。」

秦雨瞳拿出一個藍色藥瓶，放在姬飛花身邊的茶几之上，輕聲道：「這裡有三顆歸元丹，乃是我師尊親手煉製的，也許對提督大人的復原有些好處。」

姬飛花看了一眼，將那藥瓶接過，低聲道：「謝謝了！」他深吸了一口氣，站起身來，腳步卻不由得一晃，胡小天趕緊上前扶住他。

姬飛花道：「今天的事情我希望不會有任何外人知道。」

秦雨瞳點了點頭，胡小天道：「提督大人放心，我們肯定會守口如瓶。」

姬飛花道：「送我出去。」

胡小天攙扶著姬飛花向門外走去，因為貼身伺候的緣故，他明顯感覺到姬飛花的身軀在不斷顫抖，心中大感好奇，姬飛花竟然為了營救文雅冒了這麼大的風險，這可不像他的作風，難道表面文章就這麼重要？快到門前的時候，姬飛花停下腳步：「文才人體內的寒毒已經被我清除一空，休養幾日就會沒事了。」

秦雨瞳道：「提督大人放心，我會留下來照顧她。」她望著姬飛花的腳步，明顯輕浮了許多，等到姬飛花離去之後，秦雨瞳拿起那方姬飛花剛剛擦嘴的手帕，湊在鼻翼間聞了聞，一雙秀眉深深顰起。

走出明月宮外，迎面一股寒風送來，姬飛花不由得打了個冷顫，站在原地調息了一會兒，方才適應了這寒冷的天氣。

胡小天低聲道：「我送公公去內官監？」

姬飛花搖了搖頭。

此時何暮快步來到姬飛花的面前，單膝跪地行禮道：「啟稟提督大人，皇上剛剛差人傳召，讓大人忙完這邊的事情，即刻前往宣微宮面聖。」

姬飛花點了點頭道：「知道了，你們今晚繼續留守在明月宮，以防意外發生，讓小天隨同咱家過去。」

「是！」何暮大聲道。

姬飛花放開胡小天的手臂，仰望夜色深沉的天空，當真是霸氣側露捨我其誰。大聲道：「走！」他大步離開了明月宮，龍行虎步，不見絲毫的疲態。胡小天快步跟在他的身後，出了明月宮，來到宮牆的拐角處，姬飛花忽然身軀一晃。一直在留意他動靜的胡小天趕緊上前將他攙扶住，姬飛花抬起衣袖堵住了嘴巴，身軀彎了下去，痛苦地抽搐了兩下，移開衣袖，袖口已經滿是血跡。

胡小天駭然道：「提督大人，您……」

姬飛花打斷他的話道：「馬上陪我離開。」

「去哪裡？」

「出宮！」

胡小天不知道為什麼姬飛花會選擇出宮，難道在姬飛花看來此時皇宮才是最危險的地方？姬飛花對此應該早有準備，他的車夫老吳提前備好車馬恭候在那裡。

胡小天扶著姬飛花上了馬車，老吳就駕車向宮外而去。

姬飛花進入車廂內整個人頓時軟癱下來，手中的藍色藥瓶也失落在地上，胡小天拾起地上的藥瓶，旋開瓶塞，從中取出一顆歸元丹遞給姬飛花道：「大人，您先服一顆歸元丹。」

姬飛花搖了搖頭，顫聲道：「任天擎的東西咱家不吃……」說話間牙關已經開始打顫。

胡小天看到他這番模樣，也不知應該如何是好，姬飛花伸出手去握住胡小天的手，顫聲道：「咱家冷得很……」

胡小天借著微弱的光線望去，卻見姬飛花修長的雙眉竟然已經凝結出了霜花，難道是寒毒反侵到了他的體內，環顧四周也沒有任何可以取暖之物，心下一橫，張開臂膀將姬飛花的身軀擁入懷中，以胸懷溫暖著他的身體，低聲道：「冒犯大人了。」

姬飛花被胡小天擁入懷中身軀明顯顫抖了一下，旋即安靜了許多，胡小天感覺他的手掌卻是越來越涼，不禁有些擔心道：「大人，不如我送您去太醫院？」

姬飛花搖了搖頭：「吳忍興知道將我送到……什麼地方……」

馬車離開皇宮之後一路狂奔，行了約半個時辰，來到位於康都西北方向的碧雲湖，這裡人煙稀少，前些日子的積雪仍然保留完好，放眼望去周圍都是一望無垠的雪夜，一片白茫茫的雪野之中鑲嵌著一窪深藍色的小湖，湖水並未冰封，反射出夜光的顏色，宛如一塊深藍色的寶石。

從岸邊有一道長橋徑直通往湖水之中，長橋約有二十丈，長橋的盡頭有一座小小的茅草屋孤零零佇立在湖水之中。

吳忍興停下馬車。

姬飛花此時甚至連下車的力氣都沒有了，顫聲道：「你背我過去！」

胡小天點了點頭，將姬飛花從車內抱了下去，姬飛花的身軀非常輕盈和女子無異，離開馬車之後。吳忍興向胡小天點了點頭，話都不說一句，重新上了馬車，駕車向來時的方向疾馳而去。

胡小天被眼前的一切弄得有些糊塗了，吳忍興對自己就這麼放心？大老遠將他和姬飛花送到這裡又是什麼目的？姬飛花在他懷中瑟瑟發抖，顯然受不了這寒冷的天氣，在胡小天的印象中，姬飛花還從未有過這樣軟弱無助的時候，他抱著姬飛花走上長橋，一直來到水中的茅屋門前，抬腿將房門踢開，進入茅草屋內，胡小天先找到油燈點燃，橘色的燈光充滿了整個房間，頓時顯得溫暖了許多。

看到屋內有一張小床，將姬飛花放在床上。

姬飛花躺下之後，胡小天方才留意這房間內的擺設，一桌一床兩椅，桌上還擺放著一張破破爛爛的古琴，上方沒有琴弦，牆角處有一隻火爐。

胡小天向姬飛花道：「提督大人，我去生火。」

姬飛花並無反應，湊過去一看，他竟已經入睡，姬飛花睡姿如同海棠含苞待放，如果不知道他的身分，一定以為床上的是個女人。胡小天搖了搖頭，拎著火爐躡手躡腳來到外面，茅草屋旁邊堆積了不少的乾柴，胡小天很快便將火升了起來。

將點燃的火爐重新拎回室內，拉開椅子坐下，雙手托腮望著正在熟睡的姬飛花，回憶著今晚發生的一切，姬飛花為何不聽皇上的傳召？執意出宮？甚至不敢在皇宮逗留，他在擔心什麼？是不是害怕皇宮中有人會對他不利？文雅所受的冰魄修羅掌為何如此厲害？姬飛花給她療傷竟然損耗了這麼大的功力，還因此受了內傷？他究竟是真的受傷？還是故意偽裝？

胡小天思來想去，越想越是迷惑。

就在此時姬飛花悠然醒轉，他從床上坐騎，裹著被褥望著室內的火爐，然後目光轉到胡小天身上，淡然笑了笑，僅僅是一個多時辰的功夫，他明顯憔悴了許多。

胡小天道：「大人醒了？」

姬飛花道：「我睡了多久？」

「不到半個時辰呢，大人感覺怎樣了？」

姬飛花解開冠帶，一頭長髮宛如瀑布般傾瀉在他的肩頭，雙眸半舒道：「我還以為自己要死了……」

胡小天笑道：「大人福大命大怎會有事。」

姬飛花歎了口氣道：「原是我考慮不周，想不到文雅受傷如此之重，損耗了我不少的內力，又勾起了我昔日的舊傷，所以才會落到如此境地。」

胡小天道：「大人為何要來這裡？」

姬飛花道：「我自己都不明白，只是當時覺得皇宮內處處危機，有太多人想要對我不利，所以心中只有一個念頭，我要離開皇宮，走得越遠越好。」

胡小天將茅草屋的窗口開了一些，避免室內積累太多的一氧化碳。他並不相信姬飛花的說辭，姬飛花做事向來縝密，幾乎每一步都會精確計算，絕不會盲目行動。

姬飛花道：「這裡是我入宮之前最後住過的地方。」

胡小天愣了一下，轉身看了看姬飛花，姬飛花一雙眼眸如同星辰般明亮，隱隱泛出淚光。

胡小天道：「這裡的一切保存得很好。」

姬飛花道：「早就毀掉了，三年前我又讓老吳偷偷重建了這片地方，除了咱們三人之外，再沒有人知道這個所在。」

胡小天心中一陣慚愧，想不到姬飛花對自己如此信任。他將秦雨瞳贈與的歸元丹放在小桌上，忽然想起權德安還曾經送給他一些百花滴露丸，趕緊拿了出來，送到姬飛花面前：「這是權公公給我的百花滴露丸，或許對您的傷能有些作用。」

姬飛花笑了起來，這次他沒有拒絕胡小天的好意，接過瓷瓶，從中倒出了一顆，塞入嘴中，咽下藥丸之後道：「我忽然有些餓了，小天，你去外面看看，能不能找到一些吃的。」

胡小天應了一聲，起身出門，姬飛花又叫住他：「將我的貂裘穿上，外面冷。」

胡小天笑道：「不用，我身子骨挨得住！」出了茅草屋，舉目望去，除了白茫茫一片就是這片小湖，北風呼嘯，魚潛水底，倦鳥歸巢，哪裡能夠找到一丁點吃的東西？

抱著試試看的念頭，胡小天沿著長橋走上湖岸，白茫茫的雪野之中除了剛才的車轍就是他的腳印，找不到任何動物出沒的痕跡，胡小天搖了搖頭，看來只能是無功而返了。他正準備回轉之時，忽然留意到遠方有一座白色的小包，於是走了過去，發現那小包乃是坍塌的草棚，草棚旁邊有一片田壟，胡小天在草棚內搜尋了一下，居然在其中發現了兩隻紅薯，他大喜過望，總算是不枉此行，帶著紅薯返回茅草屋。

姬飛花已經盤膝坐在床上開始調息，應該是在療傷，胡小天並沒有打擾他，將紅薯放在火爐上烘烤，沒過多久，紅薯香甜的味道就充滿了小屋。

姬飛花睜開雙目，讚道：「好香！」他起身下床，來到胡小天身邊。

胡小天道：「找不到什麼好東西，只是在附近的窩棚中撿到了兩隻紅薯。」他將烤好的一隻紅薯遞給姬飛花。

姬飛花接過那只紅薯，揭開紅薯外皮，金燦燦的瓜瓤呈現出來，熱騰騰香噴噴，姬飛花咬了一口，卻被滾燙的紅薯燙得連連哈氣，嘴中還不停道：「好香好香！」

胡小天笑了起來，總算見識到什麼叫燙手山芋了，他提醒姬飛花道：「大人，吃紅薯可不能心急。」

姬飛花笑道：「這紅薯實在太美味，讓我垂涎欲滴了。」

胡小天此時忽然留意到姬飛花並未用咱家自稱，燈光下姬飛花容顏妖嬈神情嫵媚，分明是一個風姿絕世的美麗女郎，怎麼會錯生在男兒身？胡小天望著姬飛花，一時間不由得呆在那裡。

姬飛花留意到胡小天的目光，臉上的表情顯得越發嫵媚妖嬈，輕聲道：「你看著我作甚？」

胡小天經他提醒這才回過神來，不好意思笑道：「小天從未見到大人笑得這麼開心過。」

姬飛花呵呵笑了起來，他回身來到床邊坐下，點了點頭道：「如果不是你提醒，連我自己都忘了，上次這麼開心是什麼時候。」他凝望著手中的地瓜道：「原來人的開心快樂竟然如此簡單。」目光竟然有些癡了。

胡小天心想你是錦衣玉食的日子過慣了，頓頓都是山珍海味，如今吃一塊地瓜就能高興成這個樣子，倘若連餓你一個月，恐怕你會為了一塊地瓜連手中的權力都丟掉。

姬飛花又吃了口紅薯道：「小天，你為何不吃？」

胡小天道：「我吃過晚飯了，此時不餓，再說了，大人今天損耗過度，腹中饑餓，有好東西自然先給大人吃。」

姬飛花笑靨如花，一雙明眸異常明亮，柔聲道：「我豈不是欠了你一個天大的人情？」

胡小天道：「一塊紅薯而已，大人言重了。」

姬飛花道：「這裡不是皇宮，你不用拘泥禮節，若是我沒有記錯，你十七歲了吧？」

胡小天點了點頭道：「難得大人還記得我的年齡。」

姬飛花道：「我長你九歲，沒人的時候你叫我大哥就是。」

胡小天真是有些受寵若驚了，跟姬飛花稱兄道弟，他還沒有這樣的膽子，笑了笑道：「還是叫大人自然一些。」

姬飛花似乎有些生氣了：「隨你！」

胡小天見到他一塊紅薯已經吃完了，又將另外一隻遞了過去。

姬飛花也不跟他客氣，接過來就吃。

胡小天道：「大人入宮多少年了？」

姬飛花愣了一下，雙目顯得有些迷惘，沉思片刻方才道：「我七歲入宮至今已經整整十九年了。」

胡小天道：「大人走到今天，想必也經歷了不少的辛苦吧？」

姬飛花抬起頭來，靜靜望著胡小天，忽然呵呵笑了起來：「人活在世上本來就是一件辛苦的事情，你嘴上說著我，可心中想的卻是你自己的遭遇，是不是？」

胡小天道：「小天地位卑賤，豈敢和大人相比。」

姬飛花道：「我入宮十九年，位高權重者見過，卑躬屈膝者見過，野心勃勃者見過，與世無爭者我也見過，漸漸明白了一件事，其實人心是這世上最難揣摩的東西，嘴上說的和心裡想的永遠都不會一樣，沒有人會甘心居於他人之下，表面謙卑，內心想不定早已恨之入骨。」

胡小天慌忙表白道：「小天對大人絕無這樣的歹念。」

「你對我沒有歹念是因為你有自知之明，知道現在和我實力懸殊，遠遠不是我的對手，一旦有一天你羽翼豐滿，難保你不會產生其他的想法。」

「大人……」

姬飛花打斷他的話道：「我是過來人，我比誰都要清楚此間的心理變化。權德安有沒有對你說過，我的武功是他一手傳授？」

胡小天點了點頭。

姬飛花又道：「他是不是說我有今天，全都是拜他一手提拔所賜？」

胡小天道：「他的確說過這樣的話。」

姬飛花微笑道：「他並沒有撒謊，當初我也曾經像你一樣對他惟命是從畢恭畢敬，因為那時候我只能仰視別人，看不到他的缺點，即便是看到也不敢指出，後來當我漸漸長大，忽然發現他遠沒有我想像中強大。」

胡小天聽得很認真，姬飛花說得非常坦率，他的心理歷程也許正是自己未來將要經過的道路。胡小天道：「大人做事有很多讓小天看不明白的地方。」

姬飛花笑道：「反正也沒什麼事情，你不妨說出來。」

「大人之前做了很多的準備，包括將小的調入明月宮，足見您對文才人入宮的戒備，請恕我直言，如果想要除去這個隱患，這次本是一個最好的機會，大人又為何寧願身體受損而不惜一切代價去挽救文才人的性命？」

姬飛花道：「文雅不足畏懼，真正讓我顧慮的乃是她身後的那些人。你很聰明，有很多事情都瞞不過你的眼睛，知不知道我為什麼要捨棄那麼多的親信部下，唯獨將你帶出宮來？」

胡小天道：「小天也想不明白。」

姬飛花道：「不是你不明白，是你不敢說，不用有什麼顧慮，說出來就是。」

胡小天道：「那小天就斗膽揣摩一下，文才人的傷勢應該是有人故意佈局，以冰魄修羅掌打傷了她，這種掌法必須要大人用融陽無極功去救，在此過程中大人內力損傷甚巨，短時間內功力肯定大打折扣，背後的佈局者很可能會趁著這個機會對付大人。」

姬飛花微笑道：「不錯！」

胡小天道：「這麼簡單的道理我都能夠想到，所以肯定不會瞞過大人，假如大人早已洞悉了對方的奸計，明知山有虎偏向虎山行，那麼大人就一定有了應對之策。」

姬飛花的雙眸中流露出欣賞的神情，這小子不枉自己對他的看重，頭腦如此清晰，應該將今晚自己的佈局看得清清楚楚。

胡小天道：「大人武功卓絕，就算損耗一些內力，或許不會傷得那麼嚴重。」

姬飛花笑道：「你是說我在裝病？」

胡小天道：「小天不敢妄自猜度。」心中卻認定姬飛花的傷絕沒有表現出來的那麼重，甚至包括他在明月宮當場吐血，也只是做出樣子給秦雨瞳看，難道他連秦雨瞳也懷疑上了？

姬飛花道：「我本以為文雅只是一顆棋子，卻沒有想到她藏得如此之深。」

胡小天心中一怔，卻不知姬飛花這番話因而而起。

姬飛花道：「普通人若受了那麼嚴重的傷，早已死去，根本不會活到現在。」

胡小天道：「秦雨瞳醫術高超，第一時間就趕到了明月宮，也許是她的幫助，文雅才活到現在。」在胡小天心底仍然堅持文雅就是樂瑤，而樂瑤在他的記憶中仍然是那個溫柔嫵媚的小寡婦。

姬飛花搖了搖頭道：「沒有任何可能，藥石之功畢竟有限，我當時讓她停下治療，並不是為了什麼減慢寒毒運行的速度，而是要看看文雅的忍耐力究竟到了怎樣的地步。」

胡小天道：「您是說，文雅是偽裝受傷？」

姬飛花道：「連我也看不出她的來路，她受傷的確是真，我以融陽無極功驅散她體內的寒毒也的確消耗了一些功力。」

胡小天道：「文雅如此年輕，就算從小開始修煉武功也不會太厲害。」

姬飛花道：「權德安既然可以將十年功力轉嫁到你身上，別人一樣可以。」

胡小天倒吸了一口冷氣：「難道她當真身懷武功？」

姬飛花道：「我用內力在她經脈中探察，卻沒有發現絲毫的內力跡象，可如果從未修煉過武功，她的經脈緣何如此強大？竟然能夠承受冰魄修羅掌的重創？」姬飛花秀眉顰起，至今他仍然沒有想透其中的道理。

胡小天道：「大人為何不留下查個清楚，卻要選擇在這種時候離開皇宮呢？」其實他心中已經隱約猜到了答案，姬飛花應該是將計就計，他的損耗絕沒有表面看起來那樣嚴重，之所以當場吐血，應該是故意做給別人看，其中也包括自己，他讓自己陪他出宮來到這裡，並不是對自己信任，而是因為他懷疑自己。姬飛花也在佈局，倘若文雅身後的佈局者故意冰魄修羅掌來損耗他的內力，那麼對方絕不會放過這個誅殺姬飛花的機會，說不定已經尾隨而至。

姬飛花既然已經預見到了這一切，他也不會毫無準備。胡小天想到這裡，禁不住內心生起一股寒意，似乎預見到危險正在慢慢逼近……

請續看《醫統江山》卷九　驚心動魄

醫統江山 卷8 潑天陰謀

作者：石章魚
發行人：陳曉林
出版所：風雲時代出版股份有限公司
地址：10576台北市民生東路五段178號7樓之3
電話：(02) 2756-0949
傳真：(02) 2765-3799
執行主編：劉宇青
美術設計：許惠芳
行銷企劃：林安莉
業務總監：張瑋鳳

初版日期：2020年3月
版權授權：閱文集團
ISBN ：978-986-352-798-5
風雲書網：http://www.eastbooks.com.tw
官方部落格：http://eastbooks.pixnet.net/blog
Facebook：http://www.facebook.com/h7560949
E-mail：h7560949@ms15.hinet.net
劃撥帳號：12043291
戶名：風雲時代出版股份有限公司

風雲發行所：33373桃園市龜山區公西村2鄰復興街304巷96號
電話：(03) 318-1378
傳真：(03) 318-1378
法律顧問：永然法律事務所 李永然律師
北辰著作權事務所 蕭雄淋律師

行政院新聞局局版台業字第3595號 營利事業統一編號22759935

國家圖書館出版品預行編目資料

醫統江山 ／ 石章魚 著. -- 臺北市：風雲時代，
2020.02- 冊；公分

ISBN 978-986-352-798-5（第8冊；平裝）

857.7 108022924